集英社オレンジ文庫

# 神隠しの島で

## 蒼萩高校サッカー部漂流記

樹島千草

本書は書き下ろしです。

神隠しの島で
蒼萩高校サッカー部漂流記

◆

目次

## 蒼萩《あおはぎ》高校サッカー部◆人物紹介

○**水谷　陸**◆みずたにりく（三年）
控え選手。視野が広くて心優しく、他人と争うのが苦手。

○**黒田玄翔**◆くろだげんと（三年）
おおらかで頼りがいのある守護神。陸の幼馴染みでよき理解者。

○**布施千隼**◆ふせちはや（三年）
孤高のエースストライカー。行動力があるが、誰とも馴れ合わない。

○**藤枝昌紀**◆ふじえだまさき（三年）
キャプテン兼司令塔。やや自己中心的だが、リーダーシップがある。

○**別所　翠**◆べっしょすい（三年）
温厚で人当たりのよい左サイドバック。

○**阪江泰矢**◆さかえだいや（二年）
控え選手。明るくフットワークが軽い。

○**板東拓巳**◆ばんどうたくみ（二年）
男子マネージャー。几帳面。

○**青佐明次**◆あおさあきつぐ（一年）
控え選手。資産家の一人息子。

○**本田三郎**◆ほんださぶろう（一年）
控え選手。身長も体重も部内一だが、サッカー初心者で気弱。

○**川上倫吾**◆かわかみりんご（一年）
控え選手。酒屋の息子であだ名は「バッカス」。お笑い好きのお調子者。

○**間宮寧々**◆まみやねね（三年）
女子マネージャー。明るく勝ち気で歴史好き。

○**神谷冬馬**◆かみやとうま
蒼萩高校サッカー部OBで、元日本代表選手。
監督としてサッカー部を全国準優勝に導く。

# 神隠しの島で

## 蒼萩高校サッカー部漂流記

# 1　真冬の星座

見上げると、満天の星が広がっていた。

赤、青、黄色、白と色とりどりで、その大きさもバラバラだ。それら一つ一つを熟知している者は滅多にいない。ただ、目立つ星はいつでも目立つ。星々に対する知識があろうがなかろうが、見上げた瞬間、誰もがそれに目を奪われる。

一月半ばの今、凍《い》てつく空の主役はなんといってもオリオン座だ。どんなに無数の星が光っていようと、ひときわ強烈に輝いている。

本物とはそういうものだ。理屈抜きで、人々を虜《とりこ》にする星々。

自分は……結局見上げる側の人間だった。全力で駆け抜けた自負はある。一切手を抜かず、やれることをやりきったため、後悔はしていない。

それでも三年間、空を見上げ続け、今はただ首が痛い。

「寒くないのか、陸《りく》」

不意に声をかけられ、水谷《みずたに》陸は我に返った。

湯気の立つカップを両手にそれぞれ持ち、幼馴染《おさななじ》みの黒田玄翔《くろだげんと》が歩いてくる。百九十センチに届くかという長身で、全身にしなやかな筋肉がついている。日焼けした肌と短く刈った髪。落ち着いた雰囲気はまるで二十代のようで、小柄で童顔の陸が同い年に見られたことはほとんどない。

「ライフジャケット着てるから大丈夫。コレ、思ったより暖かいんだ」

「真面目だなあ。ちゃんと着てるの、お前くらいだぞ」

「そういう甘さがいざって時に命取りになるんだ」

クルーザーのデッキにて、陸は玄翔からカップを受け取った。指先が冷え切っていたため、カップの熱で痛みを覚える。それに耐えて両手を温めていると、手のひらから全身にゆっくりと熱が回っていった。神経がほぐれたせいか、甘酸《あまず》っぱさとスパイシーな香りをようやく感じられた。

「これ、ワイン？　飲んでいいのかな」

「グリューワインっていうらしい。沸騰《ふっとう》させてアルコールを飛ばしたから大丈夫！　……ってバッカスが言ってたから、バレても問題にはならないさ。多分」

「あはは、曖昧《あいまい》だなあ」

カップの湯気越しにデッキから船内を見ると、大はしゃぎしている同年代の少年たちが目に入った。

五十人はいるだろうか。炭酸飲料のボトルを手に談笑している者、肩を組んで校歌を熱唱している者、大勢に囲まれて意気揚々《ようよう》と演説している者……。

皆、表情は明るい。

中でもひときわ目立つのが二つ下の後輩、川上倫吾《かわかみりんご》だ。酒店の息子でバッカスと呼ばれるムードメーカーの彼にとって、こうしたイベントは主戦場だ。爆発気味の天然パーマを真っ赤に染め、顔に水彩絵の具でピエロの化粧を施している。赤い蝶《ちょう》ネクタイをつけ、ラメ入りの紫色スーツをビシッと着た彼はプロの興行師のようだった。

彼が冗談でも言ったのか、船内の少年たちがドッと笑った。ドアは閉まっていたが、かすかに哄笑《こうしょう》が陸のもとにも届く。誰も彼もがリラックスし、このイベントを楽しんでいるのが伝わってきた。

「無理もないか。みんな、やっと一息つけるんだから」

この冬、本州西南部の嘉井南《かいなん》市にある私立蒼萩《あおはぎ》高校男子サッカー部は全国大会で準優勝を飾った。十年前にも一度、全国ベスト4まで上り詰めたことがあったが、当時最強メンバーと謳《うた》われた三年生が卒業した後はガクッと弱体化し、近年では県大会の初戦か二回戦で敗退することがほとんどだった。

その流れが変わったのは五年前だ。蒼萩サッカー部を「全国」に導いた時代のキャプテン、神谷冬馬《かみやとうま》が監督として戻ってきたのだ。

彼は高校卒業後はプロとしても活躍し、日本代表選手に選ばれるほどの逸材だった。怪《け》我《が》で現役を退《しりぞ》いた時点でサッカー人生に幕を下ろそうとしていたようだが、校長の熱心な要請で考えを変えたらしい。

冬馬は就任してすぐ四国や九州にも足を伸ばし、優秀な選手を探し始めた。一年目はスカウトの年だ。二年目には前年に声をかけられた選手が蒼萩高校に入ってきた。そして三年目からはその流れが軌道に乗り……ついに五年目の今年、サッカー部は全国準優勝を飾ったのだった。

「来年はバッカスたちの時代だもんね。玄翔は行けると思う？」

「そうだなあ。結構いい選手がそろってるとは思うぞ。阪江《さかえ》はぐんぐん力をつけてるし、青佐《あおさ》も来年はスタメンになるだろう。ちょっと癖が強い奴だが、その辺は同級生の川上や本田《ほんだ》がフォローしてくれるはずだ」

今年一年生の青佐明次《あきつぐ》はある意味、校内一の有名人だ。

父親が県内有数の資産家で、愛息子《まなむすこ》が入学した今年度は蒼萩高校に多額の寄付をしたという。それだけではなく息子が入部したサッカー部にも最新式のトレーニング機材を導入したり、トップアスリートが使う合宿所を手配したり、となにかと目をかけてくれた。

二〇二二年一月二十二日の今日、祝勝会と称して豪華な中型クルーザーによるナイトクルーズにサッカー部員五十人全員が招待されたのも、青佐の父からのプレゼントだ。

特別感を出すためか、クルーザーは陸たちが見慣れている日本海ではなく、瀬戸内海《せとないかい》を通って太平洋へ向かった。夕方に出港し、片道四時間かけて外洋に出た後、ゆっくりと船旅を楽しみ、明日の昼に嘉井南市へと戻る手はずになっている。

緩やかに夜が更《ふ》け、今は二十一時を回った頃だ。ちょうど高知県南部の海岸を通過し、目の前には広大な夜の海が広がっている。

船内には一流ホテルのケータリングがずらりと並び、ドリンクも菓子も山ほど用意されていた。大人が集う船旅なら一流シェフや音楽家も同乗しただろうが、今回は子供たちだけで気兼ねなく楽しめるよう、青佐の父が考えてくれたらしい。

大人はクルーザーのスタッフの他は監督の冬馬だけだが、彼は彼で部員たちに囲まれ、楽しそうに談笑していた。

「ああしてると、元日本代表には見えないよな」

陸の視線に気づき、玄翔が笑った。

「就任当初は『一流選手が名監督になれるわけじゃない』なんて陰口《かげぐち》を叩かれたこともあったらしいけど、全部はねのけて俺たちを全国まで導いてくれたんだもんな。あの人がいなかったら、ここまで強くなれなかった」

「そうかも。……いや、玄翔は昔から強かったけど。ずっとみんなの守護神だったよ」

「そういうセリフを面と向かって言うなよ、恥ずかしい」

照れたように頰《ほお》を掻《か》く玄翔に、陸も少し笑ってみせた。

玄翔がいくら謙遜《けんそん》しようと、彼に対する自分の評価も、世間の評価も変わらない。

名実ともに、玄翔は蒼萩サッカー部の名キーパーだ。大柄でありつつ、彼は反射神経と勘がいい。どんなに強烈なシュートを打たれようと、瞬時に反応してボールに飛びついてみせたし、何より彼はどんなピンチの時でも揺るがない精神力を持っていた。

浮き足立つ味方のディフェンダーを圧倒的な声量で一喝《いっかつ》し、的確なコーチングで立て直す。今大会でサッカー部が準優勝できたのは間違いなく玄翔がいたからだ。噂《うわさ》では、監督を引き受けるか迷っていた冬馬が就任を決めたのが、彼ともう一人の存在だったという。

——何人かめぼしい選手はいるが、あの二人は別格だ。彼らを確保できたなら、蒼萩サッカー部はまた全国区のチームになれる。

三年前に冬馬はそう確信し、鹿児島県にある岩久《いわく》中学校に何度も足を運んだ。そんな彼の熱意に応《こた》え、玄翔は地元を出て蒼萩高校への入学を決めたのだった。

「玄翔はこの後、いつ頃こっちを発《た》つの？　卒業式まではいるんだよね」

「しばらくは向こうとこっちを行き来する予定だ。早くチームのやり方に慣れておかないとな」

「授業のほうは大丈夫？」

「ああ、どうせ受験はしないし、出席日数も足りてる。日野《ひの》センが融通を利かせてくれるってさ」

玄翔は高校卒業と同時に、国内一部リーグのサッカークラブに入団が決まっていた。元々声はかかっていたようだが、全国大会を勝ち抜く中で、先方のスカウトも文句なしと太鼓判《たいこばん》を押したらしい。

「さすがだよ。幼馴染みとして誇らしい」

「陸」

何か言いたそうな顔で玄翔がこちらを見た。生まれた時から十八年間の付き合いだ。彼が何を考え、何を言おうとし……そして何を飲み込んだのか、嫌でもわかってしまう。

「俺は公式戦で、お前とピッチに立ちたかったぞ」

迷った末、玄翔は意を決したように口を開いた。

珍しい。言ってもどうしようもないことなのだから、普段の彼なら言わずに飲み込んだはずなのに。

今を逃したら、もう言う機会がないと思ったからだろうか。確かにここで自分たちの道は大きく分かれる。この先は離れる一方だろう。

（寒いな……）

不意に凍てつく海風が吹き付けてきて、陸は首をすくめた。

コートとマフラーできちんと防寒対策はしていたが、顔が冷えるのは防げない。髪も頬も凍るように冷たく、鼻の頭も感覚がない。先ほどは温かかったグリューワインもぬるくなっていた。

「俺も。……俺がもっとうまかったらな」

「それは違う。監督の戦術に運悪くマッチしなかっただけだ。イワ中のようにリトリート主体だったら、陸は絶対守備の要《かなめ》に」

「いいんだ。神谷監督のもとでサッカーをするって決めた時点で覚悟してたから」

神谷が目指したのは守備陣も積極的に攻撃に参加するハイプレスサッカーだ。ボールを奪われても諦《あきら》めず、ボールホルダーに絡んで奪い返したらすぐにボールを前線につなげる。

それに対し、陸が中学時代から得意としていたのはリトリートサッカーと呼ばれるものだった。ボールを奪われたら、いち早く自陣に戻り、守備を固める。守備陣の連携を高めてゴールを死守し、自分たちの攻撃時もディフェンスラインをそろえて守りながら戦う戦術だ。

運動量と視野の広さなら、陸はスターティングメンバー《スタメン》勢と張り合えたと自負している。だが積極性や瞬発力の面で、神谷の求める水準には達しなかったのだろう。

結果、陸は高校三年間を控え選手として終えた。リーグ戦を含めればいくつか小さな公式戦には出場したが、その時は陸以外も全員控え選手だ。蒼萩サッカー部の監督は冬馬だけなので一軍二軍といった区別はなかったが、スタメン勢とそれ以外の間には明確な線が引かれていたように思う。

そもそも三年前の時点で、岩久中に来た冬馬は玄翔だけに声をかけ、陸のことは視界に入ってもいない様子だった。それでも一般受験してまで蒼萩高校に行くことを選んだのは陸自身だ。親元を離れて高校の寮に入り、三年間サッカー漬けの生活を選んだことも。

玄翔に誘われたことも理由の一つだが、冬馬に対する憧れもあった。

十年前、冬馬は蒼萩サッカー部でＣＭＦ《セントラルミッドフィールダー》としてチームの司令塔を担《にな》っていた。攻守の切り替えに素早く対応し、どんなピンチの時も浮き足立つことなく、冷静にチームを指揮してみせた。堂々とした采配で自軍を勝利に導く冬馬の姿は幼い陸の目に、誰よりも格好いいヒーローに見えたものだ。

彼のような選手になりたい。彼のようにチームを支え、守る存在になりたい。

そんな想いに支えられ、陸は十年間、ひたむきにボールを追いかけてきたのだった。

「蒼萩で目一杯サッカーができたんだから、悔いはないよ。地元に帰って、実家を継ごうと思ってる」

「大学は行かないのか」

「どうしても学びたいことも特にないからね。あ、落ち着いたら住所教えてよ。シーズンになったら夏みかん送るから」

「おお、陸んちの、めちゃくちゃうまいもんな。あれ食ったら、他のところのはもう食えない」

少し複雑な顔をしたものの、この時は玄翔も陸に合わせてくれた。

(よかった)

これ以上この話を続けられたら、感傷的になりそうだった。悔いはない、満足だ、と自分に言い聞かせていないと、何かがこみ上げそうになる。

「ただ陸、実家に帰るとしても、間宮《まみや》さんにはちゃんと……」

「あーっ、薩摩《さつま》組はっけーん！」

その時、ハイテンションな声と共に陸は真横から激しい衝撃を受けた。こらえきれずによろめいたところで、すかさず逆側から玄翔に支えられる。自分の非力さに若干《じゃっかん》落ち込むが、それよりも今は真横の存在感に気を取られてしまう。

「間宮さん⁉」

「ひー、ここ風、めちゃくちゃ冷たいよ、風邪引かない？　……っていうか、なんか暗くない？　暗いよね？　深刻な話？　人生相談？」

「あはは、違うって」

「じゃあ勝利に酔ってる？　お酒に酔ってる？　ダメだよ、こんなことで新聞沙汰《ざた》になって準優勝剝奪されたら、嘉井南市にいられなくなっちゃうからね！」

「俺は地元に帰るから、別に……」

「ひいいいん、それ、さみしい〜。なんで帰っちゃうのよ、薄情者〜」

くしゃりと顔をゆがめ、小柄な陸よりさらに十センチほど下で小さな頭が揺れた。今時珍しく染めてもいない、まっすぐな黒髪。ウサギのように大きな瞳と細い手足が目を引く少女だ。

一見文学好きなインドア派に見えるが、口を開けばこの通り、騒々しいことこの上ない。

間宮寧々《ねね》はこの蒼萩サッカー部の女子マネージャーだ。おまけに陸とは高校一年から三年まで、ずっと同じクラスだった。同じクラスで同じ部活。距離を縮める方法なんて山ほどあったはずなのに、気づけば距離も関係性も変わることなく、三年たってしまった。

マネージャーと万年控えのサッカー部員。それだけだ。

「間宮さんはゆっくりできてる？　いつも俺たちの世話ばっかりだったでしょ」

「やーさーしーいーっ。そんなこと言ってくれるの、水谷くんくらいだよ！　布施《ふせ》とか藤《ふじ》枝《えだ》とかもう最悪。お茶取れ、メシがなくなった、あいつ黙らせろ……って、なんで私？　全部自分でできるよね？　あんたらはサッカー以外のことをしたら死罪になる国の王様か何か？　そんなにプロが偉いのか！」

「えっと……」

「私にだって三年分の鬱憤《うつぷん》と愚痴《ぐち》があるんだよ、聞いてよーっ」

「わ、わかった！　わかったから！」

詰め寄られて慌《あわ》てつつ、助けを求めて振り返る。

だがその瞬間、玄翔はニコッと太陽のような微笑《ほほえ》みを向け、身を引いた。

「俺、腹減ったから中に入ってるな」

「玄翔！」

「後は若い二人でごゆっくり。頑張れ！」

グッと親指を立て、玄翔は一目散に船内に入ってしまった。友達甲斐《がい》がないというか、逆に「ある」というべきか。

（……って言われても）

頑張れ、という玄翔の声がよみがえり、陸は慌てて首を振った。意識してしまうと、話すことすらできなくなりそうだ。

確かに、自分たちはあと二カ月弱で卒業だ。その後地元に帰ってしまえば、寧々と会うこともなくなるだろう。この三年間、毎日顔を合わせていたのに、そんな日々が終わってしまうなんて想像もできない。……したくない、が正しいのかもしれないが。

「三年間、ありがとう、間宮さん」

迷った結果、そんな月並みなことしか言えなかった。

驚いたように目を見開いた寧々が複雑そうに苦笑する。

「そんな他人行儀な。薩長同盟結んだ仲じゃない」

「間宮さんの中で、今は何時代なんだろう……」

「平安、戦国、幕末はいつの時代も最先端！」

グッと拳《こぶし》を握り、寧々が断言した。昔からサッカーと日本史が大好きらしい。

サッカー好きは従兄《いとこ》である名監督、神谷冬馬の影響で。

日本史好きはずいぶん昔、嘉井南市が長州《ちょうしゅう》藩と呼ばれたことに端を発しているらしい。

この地で百五十年以上前、多くの維新志士が立ち上がり、日本の未来のために戦った……。

彼らの行動は寧々にとって、自身の行動を決める指針になっているようだった。

「ほんとは今日、嘉井南市でもお祭りだったんだよ。嘉井南祭。去年はみんなで行ったよね」

「ああ、そういえば……。間宮さんが喧嘩《けんか》ゴマの大会で優勝して、アマダイ一匹もらったんだよね。あれ、すごかったな」

「……ふふふ、その場で捌《さば》いてみんなで食べようって言ったのに、藤枝が『まるごとの魚とか普通に無理だな。目が合うから気色悪い』って言い出したんだよね。あの自己中ナルシスト……っ、ああ、思い出したら、腹立ってきた」

「お、落ち着いて、間宮さん」

「布施は布施で、前日に誘ったら、『は?』で終わったしね。同じ部活の仲間がお祭りに誘ったら、普通もっとあるでしょ！　行かないにしても『他に予定あるから』とか『誘ってくれてありがとう、またの機会に』とか！　なんであんな反応されたのか、一年たってもまだわからない！　あの傲慢《ごうまん》ストライカーに天罰を！」

「お疲れ様……。確かに三年分の鬱憤が溜まってるね」

「今年だって、ほんとは嘉井南祭に行くはずだったんだよ。今年は十年に一度の大祭だから喧嘩ゴマだけじゃなくて、けん玉部門、羽子板部門、蹴鞠《けまり》部門っていくつもの大会が開かれるし、賞品も普段の十倍くらいすごいの。……でもまあ、こっちのほうが大事だからね。当然こっちを優先したけどね」

ぶすっとした顔で寧々は船内に顔を向けた。その目の奥が一瞬、スッと透き通る。

「なのに、あいつ、この祝勝会も『面倒くせえ』とか言って欠席しようとするしさ。説得したから渋々来てるけど、結局『三年間、サポートありがとう』の一言もないんだから」

彼女の目に誰が映っているのかは見なくてもわかる。三年間、気づくと寧々を目で追っていた陸だ。その寧々が「彼」を見ていることにも、誰より早く気づいてしまった。

「その……布施は確かに一匹狼《おおかみ》っぽいところあるけど、間宮さんのおかげで救われたこと、いっぱいあったと思う。孤立しがちな時とか、間宮さんがいつも気にかけてたの、多分すごく感謝してるはずだから」

「ふふふ、ありがと。水谷くん、いつも周りをよく見てるもんね。水谷くんに言われると、何でも『そうかも！』って思えるよ」

「褒め過ぎだって」

「本当だって！　トーマくんも水谷くんにすごい感謝してたよ。目立つ試合に出られなくてもクサらなくて、後輩の面倒見たり、率先して手伝ってくれるから助かるって……って、ごめん。これ、言うことじゃなかったね」

「いや……俺でもチームの役に立ててたならよかった」

　寧々のセリフは確かに胸をえぐったが、彼女の気持ち自体はうれしかった。陸を励まそうとして出た言葉なのだから、どんなものでもありがたく思ってしまう。我ながら単純だと呆《あき》れてしまうが。

　トーマくん、と親しげに神谷冬馬のことを呼んだ寧々を見て、従兄妹《いとこ》同士というのは少しうらやましいな、とも思った。もし陸が寧々の従兄ならば、高校を卒業しても完全に疎遠になることはないだろう。たまに会って、近況を報告しあうだけでも、その日のために頑張ろうと思えたはずだ。

（このまま）

　ナイトクルーズがずっと終わらないといいな、と不意に思ってしまった。

満天の星の下、真っ暗な海をゆっくり進んでいく。今は何も見えないが、朝になればあちこちに離島の影が見えるだろう。さらに先へ進めば、やがて離島も見えなくなり、どこまでも大海原《おおうなばら》が続くのだ。

打ち寄せる波の音もカモメの声も聞こえず、静かな海をただ進む。船内の食糧が尽きれば、魚を捕るしかなくなりそうだ。我の強い連中ばかりなので喧嘩も起きるだろうが、お互いにフォローしあっていけるだろう。

そんな航海の中なら、いつか寧々に自分の気持ちを言えるかもしれない。今は勇気が出なくても、いつかぽろっと言葉が口からこぼれる日が来るかも。

「何考えてるの？」

急に黙った陸を不思議に思ったのか、寧々が小首をかしげた。我に返った途端、子供じみた逃避行を夢想していた自分が恥ずかしくなる。

「い、いや、何でも」

「そう？　私、このまま漂流したらどうしようって考えちゃった」

「漂流？」

「想像してたより真っ暗だからかなあ。最初にナイトクルーズって聞いた時、海から陸地のイルミネーションを見るようなロマンあふれるイベントかと思ったのに」

陸と似たシチュエーションを思い描きつつ、寧々は違う感想を抱いたようだ。大げさに眉間《みけん》にしわを寄せ、肩をすくめてみせる。

「明かりが全然ないから、ちょっと不安になってきたのかも。風も冷たいし、水谷くんのカップももう冷えてない？」

「確かに。中、入ろうか」

「よし、バッカスくんにホットカクテルの作り方を教えてもらったから作ってあげる。『三年間、お互いお疲れ様でした会』をやろう」

「ちゃんとアルコールは飛ばそうね。バレたら大変だ」

船内に入りたがっている寧々の気配を感じ、陸もそれに従った。我ながら、高校生にしてはこういうことに気がつくほうだと思う。気がついたからといって、さらに一歩距離を詰める勇気はないので、あまり意味はないのだが。

凪《な》いだ海をゆっくり走行しているため、クルーザーはまるで停止しているように穏やかだった。静かな波と風の音に、船内で弾ける仲間たちの笑い声が混ざりあう。平地のように安定感のある甲板《かんぱん》を寧々と共に歩いていた時だった。

——……とや……け……。

「……うん？」

どこからかか細い声が聞こえた気がした。

風の音かと思ったが違う。

——……ん、とや……けん……。

——……もおおの……ええええば……。

長く息を吐いているような、それでいて不思議と抑揚がついているような、奇妙な声だ。女性のものか男性のものかもわからない。

「何だろ、これ」

「何って?」

「ほら、この歌。部員の誰かが歌ってるのかな。……いや、違うか。こんな変なの、今まで聞いたことないし」

「歌が聞こえるの? 誰かがスマホでも置き忘れたとか?」

……どうも会話がかみ合っていない。

キョロキョロと周囲を見回している寧々を見て、陸は首をひねった。

(こんなにはっきり聞こえてるのに)

寧々は風の音だと思い込んでいるのだろうか。いや、そうではなく陸のほうが風の音を歌だと聞き間違えているのだろうか。

「ほらこれ、どんどん大きくなってて……うわっ」

その瞬間、いきなりクルーザーがガクンと揺れた。

近くに鯨《くじら》がいたのだろうか。それとも岩礁《がんしょう》にクルーザーがぶつかったのかもしれない。

転倒しそうになった寧々を、陸はとっさに抱きとめた。平時なら赤面しただろうが、今はそれどころではない。転ばないように片膝《かたひざ》をついて、甲板にしゃがみ込む。

少し遅れて、船内から慌ただしく部員たちが出てきた。

「おい、何だよ今の！　何かにぶつかった？」

「というか誰だ、こんな時に。歌ってる場合じゃないだろ！」

「う、歌ってなんですか？　俺は何も……つか、今ので船に穴とか開いてないですよね？」

　皆、暖かい船内でくつろいでいたため、コートやマフラーは身につけていない。ジャケットやセーター姿で荷物も持っていないが、寒さを感じる余裕はないようだ。

　船は立て続けにガクンガクンと揺れた。そのたびに部員たちが悲鳴を上げる。

（……これ、下から突き上げてる感じじゃない気がする）

　大型の海獣《かいじゅう》が体当たりしているような重い衝撃ではない。うまく言えないが、衝撃が走るたびに妙な浮遊感が内臓を押し上げるような不快感がある。まるで超高層ビルのエレベーターで最上階から一階まで一気に急降下した時のようだ。自分たちは一歩も動いておらず、風も吹いていないのに、なぜこんな感覚を覚えるのか。

「船のヘリに近づくな！　海に落ちたらやばいぞ！」

「ライフジャケット！　全員分あるだろ、誰か出せ！」

　船が激しく揺れるたび、あちこちで部員たちが転倒した。体重の軽い部員が甲板を転がるたび、他の部員が必死で手を貸している。

（俺もこのままじゃ……間宮さんだけでも）

　鍛えているとはいえ、陸は標準的な体格だ。身体能力のどれをとっても、サッカー部のスタメン勢には及ばない。このまま甲板で寧々を支えていても、二人そろって海に投げ出される危険が高い。

「玄翔、間宮さんを！」

甲板に倒れながら、陸は必死で寧々の身体《からだ》を押し上げ、玄翔の方にかかげた。素早く寧々を抱え、神谷冬馬に預けた玄翔が続けて陸にも手を伸ばす。

「陸も！」

「玄……」

こちらからも手を伸ばした瞬間、ひときわ激しく船が揺れた。

「――……あ」

まずい、と直感的に思った。

これは無理だ。

指先が空を切った。足が甲板を離れ、浮遊感が全身を包んだ。

ゾッとするような感覚の中、奇妙な歌が頭の中で鳴り響き――背中が氷のように冷たい海水に触れる。

がぼん、と音を立て、凍てついた海に落ちた瞬間、陸の思考は夜の海以上の暗闇《くらやみ》に塗りつぶされた。

## 2　サマーサンシャイン

　ザザン……と力強い波の音がすぐ近くで聞こえた。穏やかだが存在感のある潮騒《しおさい》が血液に乗って、陸《りく》の体内を巡っていく。

　続けて濡れた砂の感触と、まっすぐに降り注ぐ太陽の熱を全身に感じた。黄金色の太陽に炙《あぶ》られ、ゆっくりと意識が浮上する。

「まぶし……」

　一瞬、地元の夢を見ているのだと思った。白い砂浜とエメラルドグリーン色の海。幼い頃は幼馴染《おさなな じ》みの玄翔《げんと》と共に、砂浜でボールを蹴《け》って走り続けた。陸のスタミナはその頃に培《つちか》われたものだ。あの時の感覚に浸りたくて再び目を閉じかけ……、

「う、ぐっ……」

　すぐそばで苦痛に満ちたうめき声を聞き、陸はハッとした。

「え……」

　起き上がった瞬間、呆然《ぼうぜん》とする。

　目の前に真っ青な海が広がっていた。船や島影といったものは何もない。真上に昇った

強烈な太陽がギラギラと海を輝かせているばかりだ。

身体《からだ》の下はクリーム色のきめ細やかな砂浜が続いている。ぐっしょりと濡れて重くなったコートやマフラー、スラックスの感触はリアルだが、あまりにも現実味を欠いた光景だ。

――一体何が起きたのか。

困惑しながら辺りを見回し、陸は息を呑《の》んだ。すぐ隣に玄翔が倒れている。

「玄翔、大丈夫⁉」

玄翔は右の太もも辺りをきつく摑《つか》んでいた。厚手のズボンが一部、黒く色を変え、指の間から何本も赤い線が走っている。荒い呼吸といい、額《ひたい》にびっしりと浮かんだ脂汗《あぶらあせ》といい、怪我《けが》をしたのは間違いない。

「と、とにかく止血しないと」

陸は無我夢中で首に巻いていたマフラーをほどき、玄翔の太ももを縛った。それだけでも多少は楽になったのか、玄翔のうめき声が弱まるが、まだ安心はできない。

(そうだ、俺、海に落ちて……)

ナイトクルーズ中、突然船が激しく揺れて海に投げ出されたのだ。周囲には自分と玄翔だけではなく、何人かの少年が倒れていた。誰もが皆、陸と同じように冬服のまま、ぐったりしている。

「みんなしっかり！　藤枝《ふじえだ》！　バッカス！　三郎《さぶろう》！」

「う……っ、げほっ、ごほ……っ」

「は……っ、はあああっ、い、生きてる……！」

　手当たり次第に揺り動かすと、蒼萩《あおはぎ》サッカー部の面々が目を覚ました。勢いよく咳《せ》き込んでいるが、玄翔以外は無傷のようだ。

「クソッ、何がどうなってるんだ」

　口に入った砂を吐き出しながら、キャプテンの藤枝昌紀《まさき》が悪態をついた。百八十センチを超す長身で髪を金に近い茶色に染め、モデルのように整った顔立ちをしている。今は海水と砂にまみれているが、着ているジャケットとパンツ、靴は有名な海外ブランドのもので、平時であれば彼が歩くたびにあちこちから熱い視線が注がれたものだ。

　そんな彼も今は、長めの髪も陶器のようになめらかな肌も砂まみれだ。救命浮環《ふかん》をしっかりと抱きかかえている様子が少しコミカルだが、それを笑う気にはなれなかった。

（むしろすごい）

　藤枝はライフジャケットを着ていない。ナイトクルーズ中はずっと暖かい船内にいたため、コートも身につけていなかったようだ。それほどリラックスしていたというのに、大きく揺れた瞬間、救命浮環を摑んだのだろう。

　部活中、彼はＣＭＦ《セントラルミッドフィールダー》として攻守の要《かなめ》を担《にな》っていた。チームの監督は神谷冬馬《かみやとうま》だが、試合が始まってしまえば細かい指示は出せない。そうした時、フィールド内のもう一人の監督役を藤枝が担う。選手たちは藤枝の指示を受け、一丸となって戦ってきた。

　彼こそが蒼萩サッカー部の司令塔だ。そして三年間、陸が勝てなかった相手でもある。

他のポジションにコンバートすることも一度は考えたが、小柄な陸は体格がものを言う守備陣には向いておらず、かといって強靱《きょうじん》なシュート力もないため、前線で戦うこともできなかった。

藤枝に敵《かな》わないとわかった時点で、サッカーそのものから離れるべきだったかもしれない。藤枝を見るたび、陸はそう思う。

「水谷《みずたに》、何が起きた？」

藤枝は目覚めるやいなや、ぐるりと陸たちを見回した。

ここがどこで、周囲に誰がいて、何が起きたのかを把握《はあく》するように。

「なんだここ。……というかお前、海に落ちなかったか」

「俺にも何が何だかさっぱり……。それより玄翔が怪我して」

「マジか。……おい、黒田《くろだ》しっかりしろ」

藤枝はそばに落ちていたミネラルウォーターの入ったペットボトルを拾い、足早に玄翔に近づいた。

「そこまでやばくはないみたいだな。とりあえずこれで傷口、洗っておけ」

「ああ、助かる」

「こんなの、何でもないだろ。……目が覚めた奴、手分けして周りの奴を起こせ！　ついでに流れ着いてるものも引き上げておけよ。本田《ほんだ》、板東《ばんどう》、動揺するのは後にしろ！」

「は、はい！」

「阪江《さかえ》は海を見とけ。船が通ったら大声で知らせるんだ」

「はいっす！」

部を率いるキャプテンの顔で、藤枝がテキパキと部員たちに指示を飛ばす。

藤枝は玄翔と同じ「スカウト組」だ。神谷冬馬が直々に探し、自分の目指《めざ》すハイプレスサッカーを体現できる逸材だとして連れてきた。藤枝もまた冬馬の期待に応えるようにリーダーシップを発揮して勝利を重ね、卒業後はプロクラブへ行くことになっている。

部員たちのことは藤枝に任せ、陸は玄翔に向き直った。先ほど右太ももを縛ったマフラーにも血がにじんでいる。

「玄翔、足見せて」

「あ、ああ。手間かけて悪い……いっつ」

一度マフラーを外し、玄翔が脚を出すのを待って、陸はその太ももにミネラルウォーターをかけた。こびりついている血と砂を洗い流し、傷口を確認する。クルーザーの機材か何かで切ったのか、一直線に皮膚が裂けていた。

再びマフラーで傷口を縛りつつ、陸は膨れ上がる不安をなんとか飲み込んだ。縫《ぬ》うほどの大怪我ではないようだが、本当ならば今すぐ病院に連れて行きたいところだ。それが無理でも清潔な包帯や消毒液は絶対にほしい。

だが今、辺りには自分たち以外、誰もいない。病院を含め建物は一つもなく、救急箱すらない。

自分たちが乗っていたクルーザーは流れ着いていないようだ。寧々《ねね》たちの姿もない。左右にどこまでも砂浜が続き、十メートルほど奥まった内地にうっそうとした森が広がっている。

「玄翔、ここ、どこだと思う？」

「建物どころか、電信柱すら見えないしな……。人もいないとなると島なのかもしれない。ほら、瀬戸内海《せとないかい》には無人島が多いし」

「船から落ちた後、潮で流されたのかな」

ただ、どれだけ目をこらしても、他の小島は見えなかった。そのせいで、まるで海の真ん中で遭難し、ぽつんと浮かぶ無人島に流れ着いたような錯覚を起こす。

違和感を覚えるのはそれだけではない。今は一月半ばだというのに暑すぎるのだ。

(三十度以上ありそうだ)

目が痛くなるほどの青い空と海も、降り注ぐ太陽光も、まるで真夏のようだ。

全身びしょ濡れだったにもかかわらず、衣服や髪がどんどん乾いていった。コートとライフジャケットを脱ぐだけではしのげず、陸は上着も脱いでTシャツ姿になる。玄翔も傷をかばいながら、衣服を何枚か脱いでいた。いっそのこと上半身裸になってしまいたかったが、さすがに何があるかわからない今、そこまで軽装になるのはやめておく。

「まさか、ここって死後の世界なんじゃ……」

「怖いこと言うなよ、陸。いいか悪いかはおいといて、これは現実だと思うぞ」

「なんで言い切れるの？」

「めちゃくちゃ痛いからな。死んでたら痛みなんてないだろうし、夢だったら、とっくに覚めてるはずだ」

怪我した自分の右太ももを指さし、玄翔が苦笑した。確かに彼にとっては傷の痛みが現実の証拠だろう。

（俺はどこも怪我してないけど、確かに）

五感を判断基準にすれば、陸も実感が湧いてくる。

陸が眠った時に見る夢は常に「無色」だ。少なくとも夢の中で、赤だ青だと色を認識したことはない。潮風の匂いや太陽の暑さも、砂を噛《か》んだ時の不快感も全てがリアルで、夢とは思えなかった。

「じゃあこれは現実で、俺たちは船から投げ出されて、冬だけど真夏みたいな島に流れ着いたってことなのかな」

「多分な。何が何だか、わからないが……」

「陸くん陸くん……黒田くんは大丈夫？」

不意に、耳元で妙に甘い声でささやかれ、陸は飛び上がって驚いた。

振り返ると、夢見る人形のようにトロンと眠たげな目をした少年、別所翠《べっしょすい》が陸の真後ろに膝《ひざ》をついていた。ふっくらした頬《ほお》と赤い唇。緩くうねる髪の毛を肩の辺りで遊ばせているところはまるで宗教画に描かれている天使のようだ。

どこか中性的で捉《とら》えどころのない雰囲気だが、翠はれっきとした蒼萩サッカー部のスタメンだ。細身ながら視野の広さを見込まれてＬＳＢ《レフトサイドバック》として起用され、他の守備陣と共に自陣を守り抜いてきた。

「波打ち際にいると熱中症を起こしそう……。木陰《こかげ》で一息ついたらどう？」

「あ、ありがとう、翠ちゃん」

「気にしないで。お互い、助け合いましょ」

ふわりと微笑《ほほえ》み、翠は玄翔に肩を貸した。陸も反対側に回り、両方から玄翔の身体を支えて波打ち際を離れる。

砂浜から十メートルほど内地に向かうと、むせかえるような植物と土の匂いが鼻をついた。高温多湿な地域に分布することが多い照葉樹林だろうか。陸の地元である鹿児島県にも似たような林はあったが、ここは人の手が入っていないせいか森のようになっていた。目をこらしても奥まで行ける道はなく、十メートルを超す大樹が縦横無尽に枝葉を伸ばし、太陽を遮《さえぎ》っている。

ぶん、と森の方から重い羽音が聞こえた。その虫が無害なのか、毒を持っているのか、知識のない陸にはわからない。他に何がいるかもわからないため、森には踏み込まないほうがよさそうだ。

「陸くんたちは何が起きたか、覚えている？」

木陰に腰を下ろし、翠が尋《たず》ねた。直射日光が遮られるだけで、ずいぶん涼しく感じられる。やっと一息ついて、手で額や首筋の汗を拭《ぬぐ》う陸たちとは違い、翠は汗一つかいていなかった。口調もおっとりしていて、この異常事態にも動じていない様子だ。

翠はいつもこんな調子だった。高校一年の時、やる気が感じられないと先輩連中に怒鳴られていた時も、試合の勝敗を決めるＰＫ戦で自分の番が来た時も。

陸は翠がうろたえるところや、緊張で足や声を震わせているところを見たことがない。これまでは不思議に思うこともあったが、今は翠の泰然《たいぜん》自若《じじゃく》とした雰囲気がありがたかった。

「それが全然……。海に落ちてすぐ、気絶しちゃって」

「あ……それは見えていたかも。離れていたから、助けに行けなかったのだけれど」

ごめんね、と詫《わ》びられ、陸は慌《あわ》てて首を振った。

「逆の立場だったら、俺も動けなかったから気にしないで。他には何かあった？」

「阪江くんと板東くんも船から落ちたかな。僕は船内に避難しようとしたのだけれど、その時誰かに後ろからぶつかられてしまって。……あれは多分本田くんね。もちろん、彼のせいだなんて思ってはいないけれど。あんな状況だったもの」

「それで翠ちゃんも海に？」

「多分……。倒れた時にどこかにぶつけたのか、気が遠くなってしまったのね。それで、そのまま落ちてしまったのだと思う」

絵本でも読んでいるように、翠はのんびりと自分の状況を説明した。聞けば聞くほど九死に一生を得た状況だが、翠は相変わらず夢を見ているように、ぽやっとしている。

「俺がいたところからだと阪江と板東は見えなかったな。あの時、甲板《かんぱん》はごった返してたし……俺は陸の次に落ちたって認識だった」

玄翔が言った。

(俺の後に落ちたのはその三人か)

阪江泰矢《だいや》は坊主頭の二年部員で、しょっちゅうキャプテンの藤枝に雑用を押しつけられていた。フットワークが軽く、何を頼んでもパッと行動するので藤枝も阪江をかわいがっていたように思う。雑用を任せる一方で部活後によく彼をラーメン店やファストフード店に誘い、おごっていた。

板東拓巳《たくみ》は同じく二年生の男子マネージャーだ。分厚い眼鏡をかけ、長い前髪で目元を隠している。滅多に自己主張はしないが言われたことは完璧にこなす、と先輩マネージャーの寧々がよく褒めていた。

(間宮《まみや》さん、本当に大丈夫だよな?)

先ほどは神谷冬馬が守っていたから平気だろうと思えたが、どんどん不安になってきた。もしかしたらどこか別の場所に流れ着いているのかもしれない。

「俺、ちょっと周りを見てくるよ」

「大丈夫か、陸。俺も……」

「その足で無理したら傷口が開くって。玄翔は休んでて」

木陰から出た瞬間、再びカッと肌を焼くような光が降り注いできた。照りつける太陽で汗が噴き出す上、焼けた砂が靴の中に入り込んできてピリピリと痛む。

不快感をかみ殺しながら、陸は小走りで海岸沿いを移動した。潮の流れもあるため、同じ船から落ちて、全く別の場所に漂着することはないだろう。何一つ見落とさないように、あちこちをキョロキョロと見回した時だった。

「こっち、何もなかったぞ」

正面から少年が一人歩いてきた。まるでもう何日もこの島にいたかのように悠然としている。

「布施《ふせ》！」

同い年の布施千隼《ちはや》だ。名前の響きは柔らかいが、本人に人を和《なご》ませるような温かさはあまりない。すらりと背が高く、切れ長で凄《すご》みのある目元が特徴的だ。姿勢がいいからか冷静だからか、彼は常に鞘《さや》に収めたナイフのような気配をまとっていた。触っただけで怪我することはないが、何かあれば容赦《ようしゃ》なくその刃《やいば》を向けてきそうな雰囲気だ。

（でも間宮さんはそう思ってなかった）

部活中、彼女の視線の先にはいつも彼がいた。瞬《まばた》きするのも惜しいというように熱く、まっすぐに。

「布施も遭難してたのか。怪我とかは大丈夫？」

鈍く痛む胸から意識をそらし、陸は尋ねた。いぶかしげに布施が目を細める。

「怪我？」

「こっちは、玄翔が太ももを切っちゃって」

「じゃあコレ」

海岸に落ちていたのだろうか。布施が一本のボトルを投げ渡してきた。

アルコール度数の高いウォッカだ。ナイトクルーズで船内に持ち込まれたものだろう。

さすがにこれを飲むのは皆ためらったのか、封は開いていない。

「こっち、二キロくらい行ったところが島の果てだった。裏側も気になるが、いったん保留だ。海岸にはろくなものが落ちてねえ。見つけたのはソレくらいだ」

「……さすが」

それ以上聞くことがないくらい完璧な報告だ。

それでも一瞬、「最初に目覚めたなら起こしてくれてもよかったのに」という気持ちが脳裏をよぎった。起きた時、周囲に仲間が何人も倒れていたら、普通は声をかけないだろうか。陸は不安に駆られ、必死で揺り動かしたというのに。

だが布施は誰のことも起こさず、一人で周囲の探索に向かった。もしもエンジン付きの一人用ボートでも見つけていたら、そのまま島から脱出を図ったのかも……。

（ダメだ、そんなこと考えちゃ）

ハッと我に返り、陸は自己嫌悪を覚えた。

今の妄想は何の根拠もない。布施という人間を理解した上での発想でもなく、単に劣等感と敗北感の裏返しだ。

布施はいつだって一匹狼《おおかみ》だった。学校でも部活中でも。

ポジションが攻撃に欠かせないセンターフォワードだからか、試合中も声をかけ合うというよりは一方的にボールを求めるほうが多かった気がする。

それでも蒼萩サッカー部が全国準優勝できたのは彼の功績が大きかった。貪欲《どんよく》に、ただひたすらゴールを狙い、彼はフィールドを走り続ける。どんなに無理な体勢からでも、どんなにゴールが遠くても布施は闘志を失わず、何本外そうとシュートを打ち続けた。

五年前、監督に就任した神谷が是《ぜ》が非《ひ》でも獲得したい、と言ったのが玄翔と布施だった。声をかけた選手は多いが、最悪彼ら二人だけでも確保できれば、蒼萩サッカー部は全国を狙える、と。

彼の考えは正しかった。布施の勇猛さと、玄翔の鉄壁の守りがチームの要となり、サッカー部は全国二位まで上り詰めたのだ。

布施もまた卒業後はプロの道へ進む。十年前、神谷冬馬たちの時代にも二人の選手が卒業後に国内クラブへ入団を果たしたが、今年は三人だ。しかも布施と玄翔は一部リーグ所属のクラブへ行く。

おそらく今年の蒼萩サッカー部は最強だった。今年以上の逸材がそろうことはもうないのではないかと思うほど。

「向こうで他に漂着してる人がいないか、心配でさ。布施が見てきてくれてよかったよ」

「他人の心配してる場合かよ」

「他人じゃないから心配したんだ」

即答すると、布施は虚《きょ》を突かれたように黙った。すぐに顔を背け、彼はさっさと歩き出す。後を追おうとした時、どこかから嗅《か》ぎ慣れた香りが漂ってきた気がして、陸は思わず足を止めた。

「どうした、水谷」

「いや、今、何か……」

うっそうと木々が生い茂る森の方からだ。枝葉が重なり、薄暗くなっている木々の奥から爽快《そうかい》感と清涼感を同時に覚える香りが流れてくる。潮の香りに邪魔されても気づけたのは、それが陸にとって、何よりもなじみのある香りだったからだろう。

「夏みかんの匂いだ。どこかに生えてる」

「ミカン？　こんなところにか」

「間違いないよ。こっちの方から……あった！」

日頃の慎重さも忘れ、陸は夢中で森に踏み込んだ。砂浜から五メートルほど入った森の中に数本、見知った木が生えている。濃緑色で肉厚の葉の中、デコボコとした黄色いこぶし大の実がたわわになっていた。

「自生してる夏みかんだ。初めて見たよ」

「食ってみろ」

おもむろに布施が夏みかんを一つもぐと、半分に割って黄色い果実を陸の口に押し込んだ。

陸の実家が作っている夏みかんは外皮も内皮も薄く、甘みと果汁がふんだんに詰まった宝石のような果物だ。それと比べると、この島の夏みかんは皮が分厚く、酸味が強い。果汁も少なく、パサついていて、とても売り物にはなりそうにない。それでも、

「……うま」

カラカラに渇いた喉《のど》に、その果実は一瞬でしみこんだ。ゴクリと喉を鳴らし、果汁を飲み込む。キンとこめかみがしびれるような酸味がむしろ意識をクリアにしてくれた。

陸の反応をまじまじと見つめてから、布施も一房口に入れた。

「へえ、レモンみてえ」

「昔の夏みかんってこんな感じだったんだろうね。というか、俺に毒味させないでよ」

「俺が食っても、ほんとに夏みかんかわからねえだろ」

さも当然のように言い、布施はいくつか実をもいだ。

一瞬ムッとしたが、確かに一理ある。素直に認めるのは悔しいが、と無駄に反抗心が首をもたげた時、不意に別のことが脳裏をよぎった。

「確かめて、大丈夫だったから放置した、とか……？」

「あ？」

最初に布施が目覚めた時のことだ。

周囲に倒れている仲間たちに気づき、駆け寄り、呼吸を確かめ……布施は全員が生きていることを確かめた。だからこそ他の生存者がいないかどうか、この島に何か危険なものはないのかを急いで調べようとしたのではないだろうか。

自分が起きた時、他には誰も起きていなかったから。

優しく起こし、一緒に来てもらう、という選択肢《し》がそもそもない男だったから。

だが今のように、隣に誰かがいれば、布施は得意不得意を見極めて頼ってくれる。自分が手に入れたものでも、より必要としている人がいれば譲ってくれる。そういう男なのかもしれない。

「……わかりにくいなあ」

「全員集合ーっ！」

思わず苦笑した時、陸の来た方向から藤枝の声が聞こえた。

部活中、何かあるとキャプテンの彼はこうして皆を呼び集めたものだ。張りのある声に、ふと今が部活中のような錯覚を起こし、気を抜きそうになる。

（集中しないと）

ここは自分たちのホームグラウンドではない。自分たちの身に何が起きたのか、一刻も早く把握しなければ。

陸は持てる分だけ夏みかんを収穫すると、布施と共に来た道を戻った。

「ここにいる連中以外に、誰か見つかったか？」

　流れついたのは十人だった。砂浜にぐるりと円を描くようにして陸たちは座る。一人だけ議長のように立ち上がった藤枝が布施に尋ねた。

「二キロほど行ったが、誰もいねえ。生存者も、ここの住人らしき奴もな。ついでに建物の類《たぐい》も見当たらなかった」

「そうか……。そこまで人の痕跡《こんせき》がないなら、ここは無人島なのかもな」

「無人島……」

　陸も玄翔たちとその可能性を考えていたが、改めて言われると不安が募る。

「俺たちの他に流れ着いたのはこれだけだ。私物はほとんどない。こんなことになるとは思ってなかったから、持ち物はクルーザーの室内に置きっぱなしだったしな」

　藤枝が車座の中央を指し示す。ウーロン茶やミネラルウォーターが二十本近く入ったクーラーボックスが一つと、バラバラに流れ着いたであろうジュースや炭酸飲料のペットボトルが数本。そして未開封のスナック菓子がいくつか並べられている。

　クーラーボックスは大容量のものが複数、クルーザーには用意されていた。サッカー部員五十人分の飲料水なので当然だが、陸たちと一緒に流れ着いたのはその中の一つだけだ。そのせいか、ずいぶん心許《もと》なく感じられる。

　ただ皆はそうは思わなかったようだ。飲み水がそばにあることで安心したのか、陸と布施の取ってきた夏みかんも手つかずのまま、クーラーボックスのそばに放置されていた。

他には救命浮環と救命胴衣が三個ずつ。運良く何人かはズボンや上着のポケットにスマートフォンを入れていたが、海水に長時間浸かっていたせいか、いずれも電源すら入らなかった。

「真ん中にあるリュックは誰の？」

「僕……です、水谷さん」

肩に軽く背負えるくらいの小さなリュックサックだ。ぼそぼそとマネージャーの板東が片手を上げた。

「一泊って聞いていたので、大したものは入っていませんが」

「それでも今は貴重だ。もちろん財布とスマホは渡すが、それ以外は共有してもいいか？」

藤枝が板東に尋ねた。

一応頼んでいる形だが、今は緊急事態だ。有無を言わさぬ口調のキャプテンに逆らえるわけもなく、板東は素直に頷《うなず》いた。

「あれも漂着物？」

集められた物品の他、砂浜に半分打ち上げられるようにして、見覚えのないイカダが二枚置かれていた。それぞれ、成人男性が三人は乗れる大きさだ。一つはどこかにぶつかったのか、底に深い亀裂が入っていたが、一つは無傷で残っている。どちらも綺麗《きれい》な真四角で、四辺にそれぞれ棒が立てられ、ねじって紐《ひも》状にした朱色の布が結ばれていた。レジャーで使うイカダというより、祭りで使う神具を思わせる作りだ。

「なんだろう、あれ」

「精霊流《しょうろうなが》しに似てるっすね」

隣で膝を抱えていた阪江が坊主頭を掻《か》いて首をかしげた。努力家だが落ち着きがなく、監督の指示を待たずに行動しては怒られることが多い男だ。今もじっとしているのがつらいのか、そわそわと貧乏揺すりをしている。

「形は違いますけど、地元でお盆の時期によく見たやつに似てるっす」

「精霊流しって確か、花とか灯籠《とうろう》で飾った船にお供え物を載せて海に流すんだよね」

「はいっす。うちのほうはすごいんすよ。初盆の家だとでけえ屋台船にずらっと明かりをつけた提灯《ちょうちん》並べて、流し場では花火をバンバン上げて、もうお祭り騒ぎっす」

「それはすごいな。町中で盛り上がりそうだ」

「そりゃもう！　そうだ、今度水谷さんも……」

「二人とも、私語は後にしろ。緊急事態だぞ」

めざとく藤枝が陸たちをいさめた。米つきバッタのように阪江は飛び上がり、すぐにガバッと頭を下げた。

「はいっす、キャプテン、すんません！」

「藤枝、そのイカダが気になるって俺が話を振ったんだ」

「水谷、何か気づいたことがあるのか？」

「流れ着いたのはほとんど、俺たちの乗ってた船から落ちたものだけど、そのイカダだけは違うよね。あのタイミングで船の近くに流れてきてたなら、何か理由があるかもしれないと思って……」

「まさかイカダがぶつかったせいで、クルーザーが転覆《てんぷく》した、なんて言わないだろうな」

藤枝が慎重に問い返してきた。動揺した陸が荒唐無稽《こうとうむけい》な妄想に取り憑《つ》かれたのでは、と心配したのかもしれない。

「さすがにそこまでは考えてないよ、安心して」

「確かにイカダのことも気になるが、今は俺たち全員、何もわかってない状況だからな……。いくら考えても憶測にしかならない以上、ひとまず保留にしておこう」

「そうだね」

「俺たちのことは神谷監督が警察に連絡してくれているはずだ。すぐに助けが来るだろうし、心配することはないさ」

皆を見回し、力強く藤枝が拳《こぶし》を握った。

あちこちからわっと拍手が上がる。皆、同じことを思っていたのだろう。すぐに助けが来るはずだ。何も不安になることはない、と。

(俺もそう思いたいけど)

ただ、どうしても気がかりなことがあった。

真冬の海にいたはずなのに、流れ着いた先が真夏のような暑さであること。島で夏みかんが採れたこと。

（たまたま今日が猛暑だったとか？）

偶然がいくつも重なり、陸の知らない異常気象が発生していた、という可能性はゼロではない。

だが温室栽培をしない限り、植物は季節の移り変わりに合わせて花開き、実を付ける。夏みかんが実るのは「夏」だ。偶然、一日だけ暖かくなった島で実を付けることはあり得ない。

ただ、だからといって、ここが常夏の島だとも思えない。クルーザーから落ちた陸たちが潮の流れでたどり着けるのは当然、数キロ圏内だ。ならばここは日本であり、季節は冬でなければおかしい。

「それじゃあ各自、役割分担を決めるぞ」

「あ、うん」

考え込んでいた陸はキビキビとした藤枝の声で我に返った。気温や夏みかんに関して、引っかかっているのはどうやら自分だけのようだ。他の部員は頭を切り替え、やるべきことに集中している。

「念のため、この島に危険がないのかは調べておいたほうがいいな。島を見回るチームと、ここで待機して救助船を待つチームに分かれよう」

「キャプテン、救助船やヘリが近くを通ったとして、大声で呼ぶだけで気づいてもらえるっすかね」

「砂浜にでかく『ＳＯＳ』は書いておいたほうがいいな。後は……旗はどうだ？　太い枝を拾ってきて、先端に服を結びつければ、遠くからでも気づいてもらいやすいだろう」

「じゃあ僕のシャツ、使ってください。今、着ることはなさそうなんで」

あちこちから声が上がり、次々と方針がまとまっていく。

部活中も同じように話し合いが行われた。藤枝が方向性を決め、皆が自分にできることを提案するのだ。藤枝が議論をまとめる能力に長《た》けているからか、滅多に意見が割れることはなく、スムーズに結論が出ることが多かった。

「じゃあそれで行こう。青佐《あおさ》とバッカスはここから右側、水谷と本田は左側を見回ってきてくれ」

十分ほどであっさりと役割分担が決まった。海に向かって右と左、という言い回しで藤枝が陸たちに指示を出す。左側といわれた陸は先ほど同じ方角に向かい、途中で布施と会って戻ってきた。それでも、さらに先を自分の目で見てみたかったこともあり、素直に頷く。

「食べ物でも漂着物でも、目についたものは何でも持ってこいよ。阪江と板東は旗作りだ。太い枝があればいいが、なければ細い枝を組み合わせて、一本にしろ」

「はいっす！　行ってくるっす！」

「待て、馬鹿《ばか》。そのまま森に入るな。毒蛇《へび》とかいるかもしれないんだぞ」

フットワークは軽いがそそっかしい阪江がパッと立ち上がったため、藤枝が慌てて止めた。照りつける太陽の下、阪江は早々にシャツを脱ぎ捨て、上半身裸になっている。靴も脱ぎ捨てていて裸足《はだし》だ。

陸は苦笑しながら、脇に置いていた自分のコートを差し出した。

「これ使って。羽織るだけでも、多少は安全だと思う」

「助かる、水谷。……阪江、シャツを着た上でコートを羽織れ。暑くても脱ぐなよ。服で防げるのは虫くらいだ。奥には何がいるかわからないし、深入りはするな」

「はいっす！」

「迷っても助けには行かないぞ」

「ひどいっす！」

「板東、コイツの面倒、任せたぞ。暴走するようなら木の蔓《つる》でも阪江の腰に巻いておけ」

「わかりました」

本気の声音《こわね》で言う藤枝に、男子マネージャーの板東も大真面目に頷いた。汗で分厚い眼鏡が滑るのか、何度も押し上げながら阪江と共に森の中に入っていく。

今回漂着した十人の中では、彼ら二人が二年生だ。先輩後輩という間柄ではない分、気兼ねなく意見交換しながら探索できるだろう。藤枝もそう考え、彼らをペアにしたのかもしれない。

「スタメン勢はここで救助船を探しながら、今後の方針を話し合おう。すぐに助けが来るとは思うが、最悪の場合、数日かかるかもしれないしな」

藤枝は玄翔、布施、翠に言った。

悪気はないのだろうが、彼は普段からこうしたチーム分けをした。文化祭の準備や部室の掃除、部活で利用したグラウンドの整備に至るまで、雑用は基本的にスタメン以外の部員に割り振られる。実力のあるスタメン連中は雑事に時間を割くより練習すべき、というのが彼の持論だ。外部から招いた監督である神谷冬馬は学校行事には口を出さず、藤枝に一任していた。

ただ、今は非常事態だ。一刻も早く状況を把握するためにも、一丸となって辺りを探索したほうがよいのではないだろうか。

そう思ったが、陸は結局言葉を飲み込んだ。そもそも玄翔は足を怪我していて動けない。全員が出歩くべきと主張した場合、彼は申し訳なく思うだろうし、今後の方針を話し合う者が必要なのも確かだ。

だが陸がそう納得しようとした時、

「勝手にやってろ」

呆《あき》れたように嘆息し、布施が海に向かって右手方向に歩き出した。島の両端を自分の目で見て確かめたいのだろう。

「待て、布施、勝手に……ああもう、あいつはなんでいつも勝手なんだ！」

制止の声を無視された藤枝が声を荒らげる。

「今がどういう状況なのかわかっているのか？　こんな時くらい話を聞いたらどうだ！」

「まあまあ、布施がサボって寝始めたら問題だけど、積極的に動いてくれるんだから、任せようよ」

「そうやって水谷たちが甘やかすから、あいつが図に乗るんだ。……まあいい。代わりに青佐が残れ。お前もレギュラーだしな」

「お任せください、キャプテン」

胸に手を当て、スッと一人の一年生が立ち上がった。

瓜実顔《うりざね》というのだろうか。色白で面長《おもなが》の顔をしており、髪を綺麗に切りそろえている。どこか平安貴族のような雰囲気なのは彼の出自によるものだろうか。

彼は蒼萩高校にもサッカー部にも多額の寄付をしてくれた青佐氏の一人息子だ。サッカーも小学生の頃から専用トレーナーを雇い、みっちり学んでいた。そのためか手足が長く、ひょろりとした印象だが、身体にはしっかり筋肉がついている。

意外にも私服は厳《いか》つく、高そうなライダースの革ジャンを着ていて、首から天然石のネックレスをさげていた。学校ではお互い制服を着ていたし、寮住まいの陸とは違って青佐は自宅から通学していたため、今まで私服を見る機会がなかったのだ。

青佐は普段同様、この時もうろたえることなく泰然としていた。指名されたことを当然のように受け止め、布施の座っていた場所に腰を下ろす。

「さて、対策を検討しましょう、キャプテン」

「水谷さん、そろそろ……」

なんとなく青佐の様子を見ていた陸に本田三郎がそわそわと声をかけた。百九十センチを超す長身で、ウエイトも重い一年だ。幼い頃から鍛えていた青佐とは逆で、三郎は高校に入るまで一度もサッカーボールを蹴ったことがない初心者だった。

当然テクニックもスタミナもなく、部活中は神谷冬馬にも藤枝にもよく怒られていた。今も「早く出発しないとキャプテンに叱《しか》られる」と不安がっているようだ。

「うん。……あ、ちょっとだけ待って」

落ち着きのない三郎に一言断りを入れ、陸は藤枝に近づいた。

「藤枝、さっき布施からウォッカの瓶《びん》を預かったんだ。少し離れたところに流れ着いてたみたいでさ。これで玄翔の傷を消毒したいんだけど、いいかな」

「もちろん構わないが、布施はそんなこと一言も言ってなかったぞ。なんで、自分で報告しないんだ」

「俺に渡した時点で、『お前が報告しておけ』ってことだったのかも」

不満げに布施の去った方をにらむ藤枝に苦笑しつつ、陸は玄翔に瓶を渡した。

「行ってくるね」

「ああ、悪いな。頼んだ」

歯がゆそうに玄翔が言う。

だが彼は今まで、文化祭の準備も部室の掃除も、全て一緒にやってくれた。恐縮する陸にいつだって「サッカー部全員の仕事だろ」と笑ってくれた。スタメンとそれ以外を区別しない彼に、どれだけ救われたかわからない。

（今度は俺の番だ）

気を引き締め、陸は三郎と共にその場を離れた。海岸沿いを歩きつつ、周囲を見渡す。

「なんか大変なことになっちゃったね」

「は、はい。……僕たち、ちゃんと帰れますかね」

せわしなく視線をさまよわせながら、三郎が分厚い肩を不安そうに震わせた。

「なんで僕がこんな……悪いことなんて何もしてないのになんで」

「きっと大丈夫。それより、帰ったら報道陣に囲まれると思うよ」

あえてのんきな予想を口にすると、三郎がきょとんとした顔をした。少し遅れて、その状況が想像できたのか、弱々しく笑う。

「報道陣……。そ、そうですね。大事件ですもんね」

「マイク向けられたら、なんて言う？　今から考えておかないと」

「ははっ、そしたら母さん、録画しちゃいますね、きっと」

「そうなの？」

「僕、何の取り柄もないんで……。いつも活躍する人たちを遠くから見てるだけでした。そんな自分を変えたくてサッカー部に入ったのに、結局ほとんどついて行けてないし。やっぱり選ばれた人とそうじゃない人って違うんだなって……」

「そんなことない。三郎は頑張ってるよ」

三郎は陸とよく似ている。自分に自信がなくて消極的で、できることよりできていないことに目が行ってしまう。才能のある人々に目を奪われ、自分との格差を思い知って何度も打ちのめされている。だが……そんな自分たちだからこそ、できることもあるはずだ。

「三郎はこの一年間、部を辞めたいって一度も言わなかっただろ。入部した時、三郎よりうまい一年生はたくさんいたけど、その半分は辞めたのに。リフティングも五十回続くようになったし、部活中に倒れることもなくなった。早朝ランニングしてるからだよ」

「……知っててくれたんですか」

「当然だよ。三郎は根気と忍耐力があるし、体格もいい。それ、俺にはない天性のものだから、再来年にはきっと守備の要になるよ」

「水谷さん……」

三郎はくしゃりと顔全体をゆがめて泣き笑いのような表情になった。

「ありがとうございます。僕……僕、本当にみんなに迷惑かけてますけど、頑張ります。身体は丈夫ですし、力も強いので、何でもやります。何でも言ってください」

「うん、全員で力を合わせて、絶対に帰ろう」

力強く頷き、陸も笑った。

自分と、幼馴染みのゴールキーパー、黒田玄翔。

キャプテンでサッカー部の司令塔でもある藤枝昌紀。

一匹狼のエースストライカー、布施千隼。

愛くるしい見た目とおっとりとした性格のサイドバック、別所翠。

この五人が高校三年生で、陸を除いた四人はスタメンとして今年、部を全国二位に押し上げた実力者でもある。

丸刈りでそそっかしい阪江泰矢。

自己主張はしないが有能な男子マネージャー、板東拓巳。

酒屋の息子でお調子者のバッカスこと川上倫吾《かわかみりんご》。

初心者だが努力家の本田三郎。

そして親の財力で部をサポートしてきた青佐明次《あきつぐ》。

彼らが次代を担う後輩たちだ。

正直、漂着したのが全くの他人同士なら、陸ももっと動揺していただろう。不安と恐怖に駆られ、うずくまることしかできなかったかもしれない。

だが今は違う。共に全国大会の大舞台を戦い抜いた仲間と一緒なのだ。

（きっと帰れる）

胸の奥でうごめく不安を押し殺し、陸はキラキラと輝く青い海を見つめた。

# 3　予測不可能

「しんじられない……っ」

海上保安署の前で間宮寧々《まみやねね》は悔しさのあまり、地団駄を踏んだ。

出入り口には困った顔の保安官が立っていて、こちらをジッと見ている。事情がわからないため同情的だが、強引に署内に戻ろうとしたら身体《からだ》を張って止められそうだ。

「寧々、落ち着けって。このままじゃお前、檻《おり》に入れられるぞ」

「トーマくんが落ち着いてるのも信じられない！」

くわっと噛《か》みつくように言い返し、寧々は保安署の建物をにらんだ。

「絶対おかしいのに、なんで探してくれないの……！」

昨夜サッカー部の祝勝パーティーがあった。

しばらくはナイトクルーズを楽しんでいたが、突然船が大きく揺れ始めたのだ。近くにいた陸《りく》が必死で支え、玄翔《げんと》を介して冬馬《とうま》に受け渡してくれたため、寧々は無事だった。だが船がひときわ激しく揺れたため、一瞬思わず目を閉じ……次に目を開けた時、数名の部員が甲板《かんぱん》から跡形もなく消えていたのだ。

「急に揺れたのと同じくらい、急に船が落ち着いて……でもすぐ探したのに、水谷《みずたに》くんたちは誰も海から上がってこなかったよね。あ、あのまま溺《おぼ》れて沈んじゃってたら……」

「いや、そもそもあれは妙だ」

冬馬が眉間《みけん》にしわを寄せた。

「海に落ちたのは確か水谷と黒田《くろだ》……それに阪江《さかえ》と本田《ほんだ》だったな。暗くてちょっと自信がないが、板東《ばんどう》も落ちたと思う」

「よく見てる……」

「一応、元日本代表だからな」

冬馬は十年前、蒼萩《あおはぎ》サッカー部を全国ベスト4に導いた後、華々しくプロデビューした。一時は海外移籍の話もあったが不慮の事故で選手生命を絶たれ、引退を余儀なくされたのだ。しばらくはさすがに落ち込んでいたが、五年前に蒼萩高校の校長からサッカー部の監督に推薦されると気持ちを切り替え、精力的にサッカー部強化に乗り出した。

現役を退《しりぞ》いた後も、冬馬の「目」は健在だ。昨夜起きた謎の事故の時も、彼はしっかりと船内を見つめていたらしい。

「五人ともカナヅチじゃなかったはずだ。それなのに誰も水面に上がってこなかったのはおかしいだろ？　それに布施《ふせ》や藤枝《ふじえだ》は船内にいた」

「……うん」

揺れが収まった時のことを思い出す。

自分をかばってくれた陸が落ちたところは見えていたので、必死で船縁《ふなべり》に駆け寄り、彼を呼んだ。ただその辺りで、徐々に部員たちがざわめき始めたのだ。

——あれ、キャプテン？

——布施さん、今、隣にいたのに……。

冬馬の指示で急いで点呼を取ると、海に落ちた五人の他、布施と藤枝、別所《べっしょ》と青佐《あおさ》、川上《かわかみ》の姿も消えていた。ずっと隣にいた、と断言する部員が何人もいたため、彼ら五人がひっそりと海に落ちたとは思えない。

「でも誰も、いなくなったところは見てなかったよね」

「ああ、瞬《まばた》きの間に音もなく消えたとしか考えられない」

「何が起きてるの……」

「わからないが、説明できない何かが起きたんだ。警察や海上自衛隊に話しても、信じてもらえないだろう」

十人が消えた直後、クルーザーの船長は無線で救助要請を行った。だが海上保安署に一晩中捜索してもらったにもかかわらず陸たちは見当たらず、海に落ちたはずの飲料水や救命浮環《ふかん》などの漂流物も一つもなかったそうだ。

突然船が揺れて部員が消えたが、誰も消えたところは見ていない、と正直に説明したのもまずかった。目撃者もおらず、海に漂流物も浮かんでいないなら、寧々たちの証言を裏付けるものはないと判断されてしまった。

「でも早く探してもらわないと！」

「とにかく落ち着け。この状況で騒ぎ続けるとちょっとまずいことになるかもしれない」

「これ以上まずいことなんて、何もないでしょ！」

「黙ってくれって！　だから……事故じゃなくて事件性を疑われるとか」

署の前で保安官がまだこちらを見ていることに気づき、冬馬は寧々の肩を押してその場を離れた。相手の目が届かないところまで離れた上で、さらに声を潜めて言う。

「確か海の上で起きた犯罪なら、海上保安署は警察と同じように捜査権限を持つはずだ。サッカー部員四十人が共謀《きょうぼう》して十人を海に沈めた、なんて話になったら、大問題に発展するんだぞ」

「はあ？　トーマくん、もしかして実はすごく想像力があったの？」

煽《あお》ったわけでも馬鹿《ばか》にしたわけでもなく、寧々は本気で啞然《あぜん》とした。

四十人の部員が十人の部員を殺害した、なんて今時ホラー映画でもあり得ない。そもそもそんなことがあれば船内を調べたり、部員たちを事情聴取すればすぐにわかる。サッカー部とは無関係の操縦士も乗っているのだから、全員で口裏を合わせるなんて不可能だ。

「冷静になってよ、トーマくん。やってもない犯罪に怯《おび》えてる場合じゃないでしょ。早くみんなを……」

「と、とにかく一度戻ろう。部員たちをいつまでも船内待機させせられないし」

残った部員たちもまた、寧々たちと同じようにパニックになっていた。

ただ理解不能な出来事が起きたからこそ、急遽寄港《きゅうきょ》することになっても皆、船内でじっとしてくれている。合宿や修学旅行なら、こぞって街に繰り出そうとする部員も多いが、今はその心配もないだろう。

「最悪だ……。こんなこと、学校になんて説明すればいいんだ」

青ざめてブツブツ呟《つぶや》いている冬馬を見て、寧々はふっとめまいを覚えた。

(トーマくん、ずっと自分の心配をしてる)

失踪《しっそう》者の親や学校関係者に詰問《きつもん》されることを恐れ、引率者である自分の責任問題に発展することを恐れ、サッカー部の監督を解任されることを恐れている。むろん陸たちの身を案じる気持ちもあるだろうが、その気持ちは今、冬馬の中で相当小さい。

……悔しい。

昔から格好よくて自慢だった従兄《いとこ》がこうも保身に走る大人になっていたことが。

そして大事な仲間を助け出せない自分自身が。

「待ってて、水谷くんたち」

海上保安庁も海上自衛隊も警察も、きっと頼れない。

ならば、自分でどうにかするしかない。

遺体が見つからなかったのだから、陸たちはきっと生きている。あんな極限状態の中、自分をかばってくれた優しい彼を見捨てることなんて絶対しない。

「きっと助けるから……！」

あまり大げさにしないように、と言わんばかりの冬馬を振り切り、寧々は一人で走り出した。

＊　＊　＊

重い泥に沈み込んでいくような夢を見た。

もがいてももがいても重い泥をかき分けるだけで浮上できず、逆にズブズブと沈んでいく。泥は全身にまとわりつき、体内に侵入しようとするように皮膚《ひふ》に吸着して離れない。早く浮上しなければ、と焦れば焦るほど身体は埋まり、足が、腰が、胸元が、首が、泥に埋まる。そしてついに顔も泥の中に――、

「は、あああっ……」

ゴホッと咳《せ》き込んだ次の瞬間、ドッと新鮮な酸素が喉《のど》に流れ込んできて、陸は激しくむせた。仰向けになって横たわっていた身体を倒し、荒く息をついてから気づく。

「朝だ……」

つい先ほどまで重い泥に沈む夢を見ていたとは思えないほど、すがすがしい潮風が吹いていた。見上げれば、グレーに近い水色の空が頭上に広がっている。まだ太陽は昇っていないが、夜明けが近いのだろう。

一瞬、自分がなぜこんなところにいるのかわからず、陸は混乱した。

ってくる。

だが周囲を見回し、砂浜に寝転んでいる九人の少年たちを見た瞬間、ぶわっと記憶が戻ってくる。

「俺たち、遭難したんだった……」

これを「遭難」と言っていいかわからないが、他にしっくりくる言葉も思いつかない。

クルーザーから夜の海に落ち、南国のように暑い島の海岸に流れ着いたのだ。

着ていたコートを敷いて寝たものの、砂浜にごろ寝したせいか、全身がこわばっている。

頭を振ると寝ているうちに入り込んだ砂が髪の間からパラパラと落ちた。

辺りを見回すと、夏みかんの皮やスナック菓子の袋が散らばっていた。昨夜の名残《なごり》だ。

育ち盛りの高校生にはとても足りず、起きた瞬間から腹が鳴る。

「起きたか、陸。おはよう」

隣に寝転んでいた玄翔が声をかけてきた。陸が起きるよりも早く目覚めていたようだ。

「おはよう。傷は大丈夫？」

「ああ、ちゃんと血は止まってる。陸こそ、うなされてたけど平気か？」

「嫌な夢見ちゃったよ。泥に沈んでいって窒息しそうになるやつ」

「俺は実家に帰って、お袋のさつま汁を腹一杯食べてる夢見たな」

「それ、最高だ」

他愛ない雑談が悪夢を忘れさせてくれる。

ここに玄翔がいてよかった。幼馴染《おさななじ》みと一緒だからこそ、自分はこんな状況でも比較的落ち着いていられるのかもしれない。

「今日こそ帰れるといいね」

昨日は結局、軽く周囲を探索した後は皆、流れ着いた海岸に戻ってきていた。キャプテンの藤枝は「もっと遠くまで確認してこい」と何度か言ったが、誰もが顔を見合わせ、控えめに難色を示した。

皆、怖かったのだろう。

——もし自分がこの場を離れている間に救助船が来たら？

——何かアクシデントがあり、自分だけ置いていかれてしまったら？

——そもそも皆から離れて探索している時、森から猛獣《もうじゅう》が飛び出してきたら？

そうした悪い想像ばかりが思い浮かぶ。

きっとすぐに救助船が来るのだから、熱心に島の探索をすることもないんじゃないか。全員がバラバラになるより、この海岸でまとまっていたほうがいいんじゃないか。

そうした部員たちの訴えに藤枝が折れ、結局陸たちもぼんやりと海を見て、時間を過ごしてしまった。

「夜のうちに救助船が通りかかった、なんてことはないよね？」

陸たち以外の八人は全員、ぐっすり眠っている。昨夜、寝る前に二人ひと組で不寝番をすることにしたが、結局陸は一度も起こされなかった。どこかの時点で不寝番も眠ってしまい、そのまま次の不寝番も起こされることなく朝を迎えてしまったのだろう。

「一度この近くを通ったけど動く人影もなかったから、異常なしと思われたとか……」

「大丈夫。仮に来てたとしても、ちゃんと昼間にも確認しに来てくれるはずさ。それに多分、布施が起きてた」

「布施が？」

「夜中に何度か目が覚めたけど、そのたびに布施は座って海の方を見ていたぞ。さっき、俺がちゃんと起きたのを見て、やっと寝た」

「そうだったんだ……」

　布施は陸たち他の部員から少し離れた砂浜で横になっていた。目を閉じていても、彼の鋭い雰囲気はあまり和《やわ》らいでいない。

　部活中と同じだ。布施は他人を信用せず、気も許さない。部活中にスタミナ切れを起こした部員がいても、悩みを抱えた部員がいても、呆《あき》れたように一瞥《いちべつ》するだけだ。手を貸すことも寄り添うこともなく、一人で黙々と練習する彼のことを怖がる後輩は多かった。単なる連絡事項を伝えることすら怯え、陸や翠《すい》がメッセンジャーになることも一度や二度ではない。

（頼りになるのは間違いないんだけどな）

　もう少し歩み寄ってくれればいいのに、ともどかしく思う。ただそんな風に陸が考えていること自体、布施はうっとうしく思いそうだ。

「玄翔も顔洗うよね。水、持ってくるよ」

陸は頭を切り替え、玄翔に言った。

「海水だし、石鹸《せっけん》もないけど」

「サンキュ。面倒かけてすまん」

「何言ってるんだよ。こんなこと、何でもないだろ」

先ほど、玄翔は「夜中に何度か目が覚めた」と言っていた。単に慣れない環境で寝付けなかったように装っているが、長い付き合いだ。太ももの傷が痛んだのだろうと嫌でもわかってしまう。

（すぐよくなるといいけど）

顔をこわばらせている玄翔に気づかないフリをしながら、陸は波打ち際に足を向けた。

昨日皆で飲みきり、空になったペットボトルに海水を汲《く》む。普通に生活している時は邪魔だったのに、ここでは何よりも貴重な資源だ。ペットボトルだけではない。衣服も加工済みの木材も。

「これも、だよね」

軽く顎《あご》に触れてみると、さりさりとした違和感があった。ひげだ。元々薄いほうだが、それでも半日以上たてば、こうして伸びてくる。

陸は海水で満たしたペットボトルを手に、森に足を向けた。森と砂浜の境目辺りに、昨日打ち上げられたイカダが二枚置いてある。半壊したほうのイカダは放置していたが、無事なイカダにはクーラーボックスやペットボトル、救命胴衣など、拾い集めた漂着物を保管していた。

その中に男子マネージャーである板東のリュックサックも置かれている。昨日、本人が了承してくれたため、今だけは部員全員の共有財産だ。そうは言っても、入っているのは薄手のタオルとTシャツが一枚。スマートフォンの充電器とイヤホンに歯ブラシ程度だが。

元々気心の知れた仲間とのナイトクルーズだったので、持ち物が少ないのも頷《うなず》ける。この他に電源の入らないスマートフォンと財布もあったが、これは板東本人が所持していた。

だが唯一、ここにいる全員が目を輝かせたものがある。

「玄翔、先にどうぞ」

板東のリュックサックから取り出した五枚刃のカミソリとシェービングフォームを玄翔に渡す。一晩たち、陸よりも濃いひげが生えていた玄翔が顔をほころばせた。

「まさか現代に生まれてきて、これほどカミソリをあがめたくなる日が来るとはな」

大げさだ、と笑う気にはなれなかった。陸も同じことを思っていた。

「習慣になっちゃってるもんね。俺たちしかいないのは確かだけど、やっぱりできるだけ清潔にしておきたいし」

「ほんとになあ。万が一、救助が一カ月後で、ここにカミソリがなかったら、救助隊が来ても現地の人に間違われるかもしれない」

「それは怖すぎる」

もっとも一カ月もここにいる羽目になった場合、まず生き延びられるか不安だが。

イカダに置かれたペットボトルは全部かき集めても二十本ほどだ。十人で分けあえば明日には尽きてしまうだろう。

「昨日は救助を待つことを優先しちゃったけど、今日はちゃんと探索したほうがいいよね」

「せめてこの付近に何があるのか、知っておきたいな」

「水辺と、夏みかん以外の食べ物探しも。森に入るのは……どうかなあ」

「昨日、阪江たちはすぐ引き返してきたんだったか」

「うん、『これ』がすぐ見つかったみたいだからね」

少し離れたところに、五メートルほどの木が立っていた。先端に部員の私物のシャツを結びつけ、根元は砂浜に埋めてある。

昨日、森に入った阪江と板東が見つけてきた古木だ。葉が完全に落ち、幹の中も空洞でカサカサに乾いている。伝染病にかかってナラ枯れしたミズナラにも見えるが、樹木に詳しくない陸にはよくわからない。ただ軽かったおかげで、阪江たちは二人でもこの古木を持ち帰ってこられたことは幸いだった。救助船が通りかかれば、きっとこの旗を見て、異変に気づいてくれるはずだ。

一応阪江たちは他にも、どんぐりなどを拾ってきた。しかし生のどんぐりは灰汁《あく》が強く、とてもそのままでは食べられない。一口かじった阪江たちも即座に吐き出し、これは無理だと白旗を上げた。

（どんぐりパンとかどんぐりラーメンとか名前は聞いたことあるし、何か調理法はあるんだろうけど……）

漂着した十人の中に調理法を知る者がいなければ、どうにもならない。これはどんぐりに限ったことではなく、森に生えているあらゆる植物にいえることだった。

「夏みかんだけでも収穫できてよかったよね。藤枝にはすごく文句言われたけど……」

「本人に悪気がないのがまた、な……。『ずいぶん酸《す》っぱいな。皮も硬いし、こんな緊急事態じゃなければ食えたものじゃないぞ』って延々言ってたもんなあ。普段温厚なお前が、結構やばい顔してたぞ」

「うん、結構腹立った。藤枝にはもうシーズンになっても夏みかん送ってやらない」

むすっとしつつ言うと、玄翔がおかしそうに噴き出した。子供じみた怒りを笑われたのは恥ずかしいが、玄翔が相手だからこそ出た愚痴《ぐち》だ。彼もわかっているだろう。

「不用意に森の奥まで入ったら、何があるかもわからないしな。猛獣なんかも潜んでいたら、それこそ命に関わる」

「た、多分、猛獣はいないんじゃないかな。ここが四国近海の離島なら、だけど」

「ああ、そうか。でも毒蛇《へび》とか虫はいるかもな」

「そっちは用心したほうがいいよね。噛まれたり刺されたりしても治療薬がないし……」

「……ったく、汚いな！」

突然、苛立《いらだ》たしげな舌打ちが聞こえ、陸と玄翔は反射的にそちらを振り向いた。

ようやく起きた藤枝が本田三郎《さぶろう》を捕まえて詰め寄っている。寝起きで頭が働いていないのか、おどおどしている三郎を見て、陸はとっさに駆け寄った。

「おはよう、藤枝。どうかした？」

「どうかした、じゃないだろう。水谷もこれを見ろよ」

藤枝は辺り一帯を示すように腕をなぎ払った。食べ散らかした夏みかんの皮やスナック菓子の袋のことだとようやく陸も気づく。

「昨日寝る前、本田に片付けておけって言ったんだ。なのに、これはどういうことだ？」

「すみません、キャプテン。昨日は疲れてて……」

「言い訳するな！　疲れてるのは全員一緒だろう。そもそも昨日の不寝番は誰で止まったんだ？　俺は一度も起こされなかったぞ」

「あ、それ……」

俺も起きなかった、と言いかけ、陸はより一層青ざめた三郎に気がついた。

(三郎だったんだ)

彼は確か青佐とペアを組んだはずだ。三郎たちの次が陸と玄翔、その次が藤枝と阪江だったと記憶しているが、彼らがそろって眠ったため、陸たちは起こされなかったのだろう。

「ごめん、藤枝。それ、俺だ。三郎たちには起こしてもらったのに、途中で寝ちゃって」

「お前なあ……。三年がそれじゃ、下に示しがつかないだろ」

「次は気をつけるよ。あ、この辺りの片付けは俺がやるから」

「当然だ。それくらいやってもらわないと困る」

大きなため息をつき、藤枝はきびすを返した。苛立っているせいか、シャツから出た腕や腹を乱暴に掻《か》いている。普段、見た目のスマートさに気を配る彼にしては珍しい。

「すみません、水谷さん」

また藤枝に叱《しか》られる前に、とゴミ拾いをする陸に三郎が頭を下げた。百九十センチの体格が半分以下にしぼんで見える。

「僕、寝ちゃって。なんでいつもこうなんだろう……。先輩に迷惑かけて、本当にこんな」

「気にするなって。藤枝だって、たまたま寝起きで機嫌が悪かっただけだよ」

「でも」

「ペアで不寝番っていっても、案外両方寝ちゃうものかもしれないね。周りが寝てるんだから、大声で歌ったり喋《しゃべ》ったりして眠気を覚ますこともできないし」

「いえ、昨日は」

「三郎？」

「な、何でもないです。今日はちゃんと起きていられるように気をつけます。いや、今日こそ助けが来ますよね、きっと」

「そうだね。……そういえば夏みかんの皮で試したいことがあったんだ。集めたら、預かってもいい？」

「は、はい！」

威勢よく返事をし、三郎はせかせかとゴミを拾い集めた。少しでも自分の失態を取り返そうとするかのように。

その背中がどんどん汗で濡れていく。まだ日が昇ったばかりだというのに、気温が上がっているせいだろう。

陸もまた、全身から汗が噴き出した。汗をかくだけなら部活中と同じなので気にならないが、場所が砂地なのが厄介《やっかい》だ。風で舞う砂が足や手に貼り付き、さらにその手で顔や首筋の汗を拭《ぬぐ》うことで砂まみれになってしまう。その砂交じりの汗が流れるたび、身体を虫が這《は》っているような不快感を覚えた。

（後でまた海に入らないと）

ただ海に入っているうちはいいが、その後は自然乾燥するしかない。塩水を洗い流すこともできないため、それはそれで肌がべたついた。

地元にいる時は海水浴の後は真水のシャワーが浴びられた。腹が減れば、辺りで売っている露店の焼きそばなどで腹も満たせた。

そのどちらも、今はどんなに望んでも得られない。

とんでもない事態になってしまったと陸は改めてため息をついた。

少しして、部員たちが起き出した。水平線から昇る強烈な朝日で無理矢理起こされたのだろう。誰もが生あくびをしている。

布施だけは夜通し起きていたこともあり、ギラつく太陽が昇っても寝ていたが、起こそうとする者はいなかった。最上級生でありスタメンであり、卒業後はプロサッカー選手になることが決まっている男だ。その行動に口を出せる者はあまりいない。

だからこそこれは同学年の役目なのだろうが、陸と玄翔は布施が徹夜していたことを知っている。翠はあまり興味がないようで、藤枝はスタメンならば多少の特権は与えられると考えているのか、寝続ける布施を放置していた。

「今日こそ助けが来るとは思うが、それでも食料は重要だな」

昨日同様に車座に座る中、藤枝が険しい顔で言った。余裕のなさが影響しているのか、今も腹や腕を掻いている。

「すぐ飢《う》え死にすることはないだろうが、救助船を待ってて干からびたんじゃ目も当てられない。全員、手分けして探索しよう」

「陸くん、向こうには夏みかん以外、何もなかったのだよね？」

おっとりとした様子で翠が尋《たず》ねた。普段から眠そうだからか、遭難している今は逆に部員の中でもっとも元気に見えるのが不思議だ。

あっち、と海岸に向かって左手を指さされ、陸は頷いた。

目の前に広がる海から朝日が昇ったということは、そちらが東と考えていいだろう。必然的に背後の森は西、昨日陸が本田三郎と向かったのは北になる。

「多分。といっても、俺と三郎に植物の知識がないから、他に食べられるものを見落としてたのかもしれないけど」

「知識を言い訳にするなよ。どうせ森の奥までは入ってないんだろ」

「それはまあ……。でも何の準備もしないで森に入るのは危険だしね。遭難中に遭難するのは避けたいし」

遭難中に遭難、という言い回しは滑稽《こっけい》だが、実際に起きてしまえば笑えない。森で迷った仲間を追いかけて二次被害が出る恐れもあるし、迷っている間に救助船が来た場合、捜索隊はまず海岸に残っている部員だけを救出するだろう。

十人で見知らぬ無人島に取り残されている今ですら不安なのに、やっとの思いで森から出たら自分一人だけだった、なんてことになったら、正気を保つ自信がない。

「北の方角で、夏みかんの木があったのが一キロくらい先かな。その先に一キロくらい行ったら島の端に着いたけど、それ以上は行けなくて」

裏側に回り込めそうな場所が水没していたのだ。ちょうど下り坂になっていたようで、二十メートルほど泳がなければ、反対側へは渡れない。さらに都合の悪いことに、複数の大岩が沈んでいるのか、海面にはいくつもの渦が発生していた。

ずぞぞ、ぞぞぞぞ、と不気味な音を立てながら海中に水が流れ込んでいく。一度引きずり込まれれば、自力では上がれなそうな渦を前に、陸はひるんだ。渦の流れに逆らって泳げるかどうか、試す気にもなれない。漂着初日、布施もそれを見たからこそ、引き返してきたのだろう。

「その程度、なんとか泳いでくれよ」

「藤枝、昨日も報告したけど、あれは絶対危険……」

「言い訳ばかりしてないで、少しは役に立ってくれ！」

突然、藤枝が怒鳴った。陸も驚いたが、それ以上に後輩たちが怯えたように身をこわばらせる。キャプテンの怒りというのはそれだけ緊張感をもたらすものだ。ただでさえストレスの高いこの状況で、そうした空気感がよいとは思えない。

「ごめん、藤枝。俺はただ」

「藤枝、陸は昨日、夏みかんを見つけたぞ。そういう言い方はないんじゃないか？」

「そうだな、黒田。確かに歩けもしないお前が一番の役立たずだった」

仲裁に入ろうとした玄翔のことも藤枝は憎々しげににらんだ。

（なんか変だ）

藤枝は確かに横柄《おうへい》な一面もあるが、日頃はキャプテンとして五十人もの部員をまとめていた。丁寧に一人一人の話を聞くというよりは、ぐいぐいと皆を引っ張るタイプではあったが、こんな風に怪我《けが》した部員を皆の前で責め立てるようなことはしなかったはずだ。非常事態ゆえに冷静さを欠いているのはわかるが、それでも普段の彼と明らかに違う。

一体どうしたというのだろうと藤枝を見つめ、陸はふと違和感を覚えた。

藤枝は今も身体のあちこちを掻いていた。寝起きに肌がむずがゆいことは誰でもあるが、時間がたっても収まらないのはおかしい。腕やシャツからのぞく腹にポツポツと赤い湿疹《しっしん》が浮いており、そこに赤く、爪の痕《あと》が走っていた。

「藤枝、大丈夫？」

陸が尋ねると、藤枝は厄介そうに顔をしかめた。

「潮風に当たりすぎたんだろうな。俺はデリケートなんだ」

「ストレスかな。……いや、藤枝だけじゃないか。青佐もさっきからずっと掻いてない？」

積極的に発言するわけではないので見逃していたが、青佐の二の腕にも湿疹が浮いていた。資産家の跡取り息子として大切に育てられてきたため、肌が弱いのかもしれない。

「砂にかぶれた、とか……」

「そんなことあるのか、水谷」

「俺も子供の頃、海で泳いだ後で似たような湿疹が出たことがあったんだ。プランクトンのトゲで肌が傷ついた時、海水とか潮風に当たると発症することがあるって医者に言われてさ」

その時は皮膚科で海水浴皮膚炎と診断された。症状がひどくなるようならステロイド剤を処方することもあるようだが、基本的にはそう深刻なものではないそうだ。

「真水で患部を洗えば、すぐに治まるって言われたよ」

「その真水がないんだよ、くそ！　おい、バッカス、南側の様子はどうだった」

すぐに対処できないと知り、藤枝はより一層かゆみが増したようだった。患部を乱暴に掻きながら、彼は一年生の川上倫吾《りんご》に顔を向けた。

バッカスとあだ名で呼ばれた彼はナイトクルーズでピエロに扮していた名残で、遭難中の今も真っ赤な天然パーマのままだった。水性絵の具で施した化粧は落ちていたが、ラメの入った紫色のスーツと赤い蝶《ちょう》ネクタイも健在だ。

そのせいで、この状況自体が悪趣味なドッキリ番組に思えてくる。今にも森の方から「ドッキリ大成功」と書かれたプラカードを持って、誰かが飛び出してきそうだ。

「い、いやあ〜」

急に話題を振られ、川上はドギマギと視線を泳がせた。言葉を探したが何も思いつかなかったようで、突然コントのように滑舌《かつぜつ》よく笑い出す。

「なははは、えらいすんませんっ。昨日はウチ、途中で引き返してきちゃったんですわ」

「なんだと?」

「いや〜、布施さんがどんどん先に行っちゃうもんですから、ウチの短足じゃ追いつけなくて。それにほら、いつ森から虎やらライオンやらが飛び出してくるか、思たら、そらもうコワイのなんの」

川上の実家は嘉井南《かいなん》市で代々、酒屋を営んでいる。関西地方に住んだことはないようだが、彼の口調には奇妙な訛《なま》りがあった。関西弁のようでいて全く違う。ノリと勢いで語尾を上げたり下げたりしているだけなので、部に数人いた関西出身の部員からは嫌な顔をされていた。

ただ藤枝は普段、こうした川上のノリを楽しんでいた。一発芸や漫才を要求し、川上が

それに応《こた》えると上機嫌になっていた姿を覚えている。川上自身、その記憶があったため、明るく報告したのだろう。しかし、

「……帰ってくるんじゃねえよ」

「なははは……え？」

底光りするほど冷たい目で藤枝がにらんだ。ピエロのように大げさな動作で頭を掻いていた川上がきょとんとした後、さあっと青ざめた。

「あ……えっと」

「お前に任せた俺が馬鹿だった。もういい、お前には何も頼まない」

「あのキャプテ……」

「阪江、もう一度、南を見てきてくれ。手間をかけてすまないが、頼むぞ」

「はいっす！」

阪江が威勢よく立ち上がり、パッと走り出した。落ち着きのなさも目立つが、阪江はとにかくフットワークが軽い。彼なら南側に何があるのか、すぐに調べてくるだろう。ただ……、

（これはよくない）

立ち尽くす川上を見て、陸はひやりとした。藤枝はもう川上のほうを見もしない。まるで存在そのものが見えなくなってしまったように。

「川ならあったぞ」

何か言わないと、と陸が焦った時、全く別方向から声がした。

あくびをかみ殺しながら、布施がのそりと起き上がる。これまでの経緯はよくわかっていないのか、まだ半分は寝ているような顔つきで、彼は阪江の走っていった南の方向を指さした。

「向こう二キロほど行った辺りだ。大河ってわけじゃねえが、水は澄んでたな」

「布施……っ、なんで昨日のうちにそれを言わないんだ」

「帰ってきた時はもう日が落ちかけてただろ。あの場で言ったって、どうせ川には行けねえし、今朝言うのと変わらねえ」

「そういう問題じゃ……っ。ああ、もういい。行くぞ、みんな」

藤枝の怒りなどお構いなしで、布施は再びごろりと寝転がった。眠気が勝ったのか、皮膚炎にはならずにすんだのか、どちらにせよあまりにも当然のように寝てしまうので、誰も何も言えずにいる。

藤枝も舌を打ったが、それよりも皮膚のかゆみが勝ったのだろう。皆を従え、阪江の後を追って走っていった。

「本田くん、こちら、持って行ってくれる？」

さりげなく翠だけは三郎を呼び止め、空のペットボトルを数本持たせていた。川の水を持ち帰ってくるためだろう。

（翠ちゃんは冷静だ）

川上が藤枝につるし上げられていた時は我関せず、という様子だったが、生活に必要なことはちゃんと把握《はあく》している。

――本当に頼もしい。

だが少し奇妙にも感じた。こんな状況下で、本当に普段と同じ精神状況を保てるものだろうか。

(まあ、別にいいか)

落ち着いている翠を見て、陸たち他の部員も浮き足立つことなく冷静でいられる。この先、翠が取り乱すことがあれば、その時はいよいよ自分たち全員に危機が迫っていると言えるのかもしれない。

藤枝たちに遅れても焦ることなく、のんびりと歩いていく翠の背中を見送る。二キロ先なら、走れば十五分もかからない。川で水浴びができると思うと、陸も改めてべたつく身体の不快感を思い出した。

「玄翔、俺たちも行こう。肩を貸すよ」

「うーん、俺は後でいい。救助船が通るかもしれないし、誰かが見ておかないとな」

「じゃあ俺もいるよ。藤枝たちが帰ってきたら、交代してもらおう」

「いや、陸は行ってくれ。いつ、何が起きるかわからないからな」

水浴びする前に救助船が来たら、汗臭いまま救助されることになるぞ、と玄翔は冗談めかして笑った。本人は何気ない様子を装っているが、相変わらず彼の呼吸は不規則だ。

（傷が痛むんだ）

二キロという距離すら歩けないと玄翔自身が判断してしまうほど。

何かを言おうとしたが言葉が見つからず、陸は玄翔を見つめた。それだけで全て伝わってしまったのか、玄翔が苦笑する。

「すぐよくなる」

「も、もちろん！　そんなの、当たり前だろ」

「待ってる間、火をおこしてみようと思うんだ。ほら、昔アニメでやってたみたいに、棒を両手でくるくる回して、土台にした板に摩擦《まさつ》で火をつけるやつ」

「あはは、懐かしい」

二人がまだ保育園に通っていた頃、「無人島ヨット丸《まる》」という幼児向けアニメがやっていたことを思い出した。ヨット一つで無人島に流れ着いてしまった侍《さむらい》が知恵と勇気を振り絞り、たくましく生き抜く番組だ。時代考証はめちゃくちゃで、ヨット丸は木の棒では火をおこせずにライターで着火し、丸太で家を建てようとして挫折《ざせつ》して結局クレーン車を操作して家を建てたりしていた。

そのハチャメチャ具合もあわせて、陸も玄翔も夢中で番組を観ていたものだ。ここにはライターやクレーン車どころか、ヨット丸が腰に差していた刀もないが。

「ヨット丸には無理だったけど、玄翔ならできそうだ。……あ、そういえば小学生の時、理科の時間でペットボトルを使った実験もやったよね。水を入れたペットボトルを太陽にかざすとレンズ代わりになるってやつ」

「……そっちのほうが簡単そうだな。やっぱりヨット丸より陸のほうが頼りになる」

「俺は全然……」

「謙遜《けんそん》するな、謙遜するな。川に行く前に、その辺の材料だけ持ってきてもらっていいか？」

「うん、色々試せるように木の枝と板とペットボトルと……。あ、何か燃えやすいものもあったほうがいいよね。葉っぱも集めてくるよ」

頷き、陸は森に踏み込んだ。あまり奥には行かないように気をつけながら、できるだけ乾いた木の枝や落ち葉《おお》を探す。

森の中は深い緑で覆われ、太陽があまり届いていない。直射日光が降り注ぐ海岸に比べれば遙《はる》かに涼しいが湿度は高く、あちこちで虫が飛び交っていた。苔《こけ》むした木の幹には蔓《つる》植物が絡んでいて、一瞬蛇に見間違う。鳥は多いようで、「ホォオー、ホォ」「キィイ、キィー」とあちこちで鳴き声が聞こえた。アオバトやヒヨドリだろうか。

……あまりにも濃厚な「生」の気配が充満する空間に、陸は圧倒された。

海岸から数メートル進んだだけなのに、まるで森そのものに取り込まれてしまったようだ。人工物のない大自然は陸にとって、リラックスできる場所ではなかった。むしろ自分が得体の知れない何者かの縄張りに入り込んでしまったような不安感に襲われる。

「……っ」

不意に森の奥から、ガサリと大きな音がした。

とっさに身構えたが、特に何も起きない。獰猛《どうもう》なうなり声や獣臭《けものしゅう》もしないため、危険な動物が近づいてきたわけではなかったようだ。

(鳥とか、かな)

それにしては重い音だったような気もしたが、陸は再び這い寄ってきた不安を慌てて振り払った。

早く玄翔のもとへ帰ろう。仲間と合流すれば、こんな不安感はすぐに溶けて消えるはず。

自分にそう言い聞かせ、陸は大急ぎで枯れ木を集めて海岸に戻った。

# 4　緩やかな覚醒

南に二キロほど歩くと空気が変わった。濃厚な潮の香りが和《やわ》らぎ、涼やかな風が鼻腔《びこう》をくすぐる感覚に陸《りく》は目をしばたたいた。

さらさらとした砂浜も徐々に小石が目立ち始め、やがてこぶし大の石や一抱えもある岩が目につくようになった。

その先に目を向け、陸はハッと息を呑《の》む。

――崖だ。

十メートルはあろうかという崖がそびえ立っている。

どうやらこの島は平地に森と砂浜があるのではなく、南から北にかけて傾斜ができているようだ。

自然にこの地形が形成されたとは考えにくい。おそらくこの島は遠い昔、中央に小山を持っていたのだろう。その山の半面が波浪によって崩れ、海食崖《かいしょくがい》が形成されたに違いない。

切り立った崖は岩肌が露出していて、どこか荒涼とした雰囲気を感じさせた。

崩れ落ちた山の一部は完全に水没しているようで、崖下は海になっていた。南北どちらの「端」も道が途切れているとなると、裏側に何があるのかを調べるには中央の森を突っ切るしかないようだ。何も持たず、正体不明の森に踏み込むリスクを考えると、島の裏側の探索はしばらく保留になるだろう。

「みんなは……」

陸はキョロキョロと周囲を見回した。風に乗って、男たちがはしゃぐ声がかすかに聞こえてくる。

周囲に転がる岩を踏み越えて進むと、崖の手前に小川があった。川幅は三メートルほど、水深は五十センチほどだろうか。高低差がある地形だからか、小川にも流れがあり、水は澄んでいる。せせらぎと葉擦《はず》れの音が絶えず聞こえる涼しげな場所だ。岩だらけの両岸が川の左右を固め、その先は森に続いていた。

「うわーっ、つめてえ！」

「水、うめえっす！　やべえ、止まらねえ！」

陸が到着した時、すでに部員たちは水浴びをしていた。人目を気にする必要がないせいか、誰も彼もが全裸か下着一枚だ。

下流域ではあるが、海水は混ざっていないようで、水浴びしながら真水を飲んでいる者もいる。腹を壊さないか心配だが、今はそれよりも喉《のど》の渇きが深刻だったのだろう。

「あ〜、石鹸《せっけん》がほしいっす！　寮でこの前捨てた、あのカスみたいなやつでいいから！」

「頭も洗いたい……かゆい……」

「とりあえず水でいいだろ。砂を落とせば、だいぶマシだって」

あちこちで嘆く声が聞こえるが、海岸にいた時よりも声には張りがある。真水にこれほどの効果があるとは。

「みんな、ついでに服も洗っておけよ」

赤くなった腕や腹をこすりながら、藤枝《ふじえだ》が言った。彼もまた下着姿で、ブランドものの私服をザバザバと洗っている。

「救助船が来た時、全員臭かったら最悪だぞ。週刊誌になんて書かれることか」

「はいっす！　『全国準優勝校、野生にかえった姿で発見』とかっすか」

「せめて言葉は忘れないようにしろよ、阪江《さかえ》。ウホウホ言い出したら、動物園に売り飛ばすからな」

「そしたらキャプテン、たまには遊びに来てくださいっすウホ」

「ばぁか」

藤枝はおかしそうに笑い、水面をなぎ払って阪江に水を浴びせた。先ほどまで彼を苦しめていたかゆみは水浴びのおかげでかなり落ち着いたようだ。

ホッとしたのもつかの間、陸は川辺でぽつんと佇《たたず》んでいた川上倫吾《かわかみりんご》に気づいた。彼だけは服を脱いでもいない。途方に暮れた迷子のような表情で、目に痛いほど真っ赤な天然パーマも心なしか色あせて見える。

先ほど藤枝に叱責《しっせき》されたことが原因なのは間違いない。どんな時も常に明るく、皆を盛り上げていた川上の弱々しい姿に、陸は胸が痛んだ。

「バッカス、よかったら水を汲《く》むの、手伝ってくれない？」

声をかけると、川上はびくりと肩を揺らした。陸に気づくと、彼はなぜか信じられないものを見たように目を見開き、続いてくしゃりと顔をゆがめた。

「水谷《みずたに》さん……あの、ウチ、さっき、全然そんなつもりじゃ」

「わかってる。藤枝だって気にしてないよ」

陸は川上の肩を叩いた。

「俺も今、一人でここまで来たからわかったんだ。確かに森の方から何か飛び出してきそうで落ち着かないね」

「……はい」

「でも非常時って警戒心が強いほうがいいって言うよ。何も確かめないで進むより、危険なことが起きるかもしれないって想像しながら慎重に進んだほうが安全だろうし」

「はい……」

「藤枝、上流で水、汲ませてもらうね！」

あえて大きく声を張り上げると、ちらりと陸たちを見た藤枝が「わかった」というように片手を上げた。たったそれだけの動作だが、皆の間にうっすらと漂っていた緊張感がスッと消える。

——藤枝は川上を「見た」。そしてちゃんと反応した。

透明人間扱いはもう終わり、ということだろう。

陸も安堵《あんど》し、川辺に放置されていた空のペットボトルを拾って上流に向かった。川上も駆け足で追ってくる。

「ここ、よく見たら結構魚がいるね」

十数本のペットボトルに水を満たし終え、陸は改めて川をのぞき込んだ。水草が揺れる中、手のひら大の川魚がすいすいと泳いでいる。陸たちを見ても警戒して逃げるそぶりはない。

「鮎《あゆ》っぽいな。自信ないけど」

鮎は秋になると、寮の食堂で夕食によく出た。今、川で泳いでいる魚は、あの時の焼き魚とよく似ている気がする。

「鮎はつかみ取りできるって聞いたことがあったけど、俺たちでもやれるかな」

「ええですね、水谷さん。ほんならウチに任せてください！」

ようやく調子を取り戻したのか、川上が威勢よく言った。ギラギラ光る紫色のスーツを脱ぎ、両方の袖《そで》口をそれぞれ縛ると、静かに川に入っていく。

「男バッカス、行きますわ！」

広げたスーツで鮎を囲むと、慌《あわ》てた鮎は逃げ惑い、袖の中にすぽっと入った。出口がないため逃げられず、鮎は袖の中でビチビチと威勢よく跳ねている。

「すごい、ナイス！」

「なははは、ざっとこんなもんです！」

川上が岸で袖を逆さにすると、水と一緒に鮎が出てきた。川上はすぐさまもう一度川に入り、二匹目の捕獲に入っている。この調子なら、全員分の鮎が捕れそうだ。

「今日の朝飯はバッカスのおかげで豪華になりそうだ」

「いやいや、そんなっ。ウチにできることをしたまでですわ」

陸たちは石鹸一つ持っていない。魚を何匹も捕まえてしまえば、いくら洗ってもスーツの生臭さは取れないだろう。それでも川上は気にせず、ニコニコと笑った。

「……ありがとうございます」

魚捕りに奮闘しながら川上が呟《つぶや》いた。普段なら下手《へた》な関西弁で「ほんまおおきにですわ」などと言っただろうに。

「ウチ、さっきみたいなの、ちょっとアレで」

「さっきのって」

藤枝の冷ややかな対応のことだろうと陸も察した。

「小学生の時、急にハブられたことがあったんですわ。きっかけも何も、もう覚えてないんですけど」

「バッカス……」

「昨日まで仲良かったダチが急にウチのこと、見んようになってしもて。喋《しゃべ》りかけても反応せんし、なんか自分が透明になった感じでしたわ」

「それ、きついね」

「どうしたらええかわからんまま、ただただ怖くて焦ったこと、覚えてます。どうしようしよって毎日考えて考えて……我慢できなくなって三日後くらいに、酒樽《さかだる》をかぶって登校したんですわ」

「酒樽？」

「ちょうど店の脇に空のがあったんで、両手両足と頭のところに穴開けて……。『酒樽マン登場！』って教室に飛び込んだら、もうバカウケで。無視されるんもそこで終わりましたわ。その日から、全部元通りでしたねん」

なははは、と川上は笑った。口調は得意げだったが、表情はむしろ真逆に見えた。自信のない気弱な、小学生時代の川上がそこに見えた気がする。

きっと途方もない恐怖を覚えたことだろう。理由もわからずに離れていく友人をつなぎ止めたくて必死だったはずだ。

川上が皆の笑いを取るために身体《からだ》を張る理由がやっとわかった気がした。川上の心には今も、仲間外れにされることを極端に恐れる幼い彼が膝《ひざ》を抱えて座っているのだ。

（そんなの、トラウマになって当然だ）

孤立しても平気なのは一握りの強者だけだ。たとえ一時的に一人になったとしても、強者は自《みずか》らが放つ光で他者を惹《ひ》きつける。同じような実力者や賛同者、まっすぐに慕う信奉者に囲まれ、彼を中心とした新たな「輪」が形成されるだろう。

ていける。玄翔《げんと》や布施《ふせ》のように。

たとえ誰もついてこなかったとしても、きっと強者は揺らがない。自分の力だけで生きていける。玄翔《げんと》や布施《ふせ》のように。


そうした力に恵まれなかった陸や川上のような凡人は、強者が作る輪の中で必死で生きるしかない。多少の理不尽さや悔しさは飲み込み、集団から外れないように。

「頑張ろうね、バッカス。絶対みんなで元気で帰ろう」

「はい、ウチ、何でもやりますわ。遠慮なくこき使ってください！」

力強く頷《うなず》き、川上は真っ赤な天然パーマを揺らして笑った。

彼に倣《なら》い、陸も鮎のつかみ取りに挑戦しようとした時だ。不意に、トントンと肩を叩かれた。

「陸くん、陸くん、先に戻っているね」

翠《すい》が後ろに立っている。

いつの間にか下流域で水浴びしていた部員たちは一人もいなくなっていた。辺りを見回すと、駆け足で砂浜を走っていく何人かの背中が見える。

まさか子供じみたイタズラで陸たちを置き去りにする気か、と一瞬緊張したが、すぐにそうではないとわかった。一見いつも通りに見える翠が少し焦っている。

「昌紀《まさき》くんが上半身裸のまま、急に走っていってしまったの。『おい、マジか。待ってくれ』って」

「藤枝が？　何か見つけたのかな」

「どうなのかな……少し変な感じ」

　翠の言う「変な感じ」が陸にはピンとこなかったが、直接藤枝の声を聞いた部員たちはただ事ではないと思ったのだろう。そのため、皆で藤枝を追っていったということか。

「僕も追いかけるから、こちらは陸くんに任せてもいい？」

「もちろん。全員分の魚を捕まえておくよ」

「楽しみにしているね」

　んふ、と鼻の奥でこもったように甘く笑い、翠も川辺を後にした。その際、岸に置いておいたペットボトルを数本持って行ってくれる辺り、頼りになる。

　海岸を走っていった藤枝のことは翠に任せ、陸たちはそれから二十分ほど魚捕りに専念した。数本のペットボトルと鮎を手に、二人が拠点にしていた海岸に戻った時だった。

「やめろ藤枝！　戻ってこい！」

　熱い風に乗って、焦った玄翔の声が聞こえた。右太ももを怪我《けが》しているのに、彼は足を引きずりながら海へ入ろうとしている。他の部員も波打ち際に駆け寄り、しきりに声を張り上げていた。

「玄翔、どうしたんだ？」

　異常事態が起きたのだと嫌でもわかった。川上と顔を見合わせ、急いで玄翔たちのもとに走る。陸に気づき、玄翔が青ざめた顔で海を指した。

「藤枝がイカダで海に！」

「な、なんで？　魚でも釣りに行ったとか？」

「いや、俺にも何が何だか……」

「救助船が見えたって昌紀くんが言い出したの」

砂浜に尻餅《しりもち》をついていた翠が困惑した顔で言った。うっすらと頬《ほお》が赤く腫《は》れている。

「翠ちゃん、その頬……」

「ちょっと腕が当たっただけ。僕は大丈夫」

藤枝は制止しようとした翠を振り切り、イカダで海に出たらしい。周囲を見回すと藤枝の他に、布施と阪江の姿も見えない。まさか三人そろってイカダに乗ったのか、と焦った陸に、玄翔が続けた。

「布施は北側に夏みかんを採りに行ってる。あいつがいたら、殴ってでも藤枝を止めてくれただろうけどな」

「じゃあイカダに乗ったのは藤枝と阪江か……。救助船が見えたっていうのは本当？」

「わからない。俺には見えなかった。座っていたせいで遠くまで見えなかっただけかもしれないが。……阪江も多分、自分で見たわけじゃないだろうな。あいつは藤枝が『来い！』って言ったから、いつものノリでついて行った感じだった」

目をこらしてみると、水平線の彼方《かなた》に黒点が一つ見えた。おそらくあれが藤枝たちの乗るイカダなのだろう。今から泳いで追いかけても間に合いそうにない。

「誰か、他に救助船を見た人は？」

「あ、確か青佐《あおさ》も見たって……」

本田三郎《ほんださぶろう》がおどおどしながらも言った。自分に注目が集まったことを嫌がるように顔をしかめた青佐だが、すぐに表情を改めた。咳《せき》払いを一つし、京の天気を語る平安貴族のような上品な微笑《ほほえ》みを浮かべる。

「ええ、見ましたよ。間違いありません」

「船体はどんな形だった？　色や乗っていた人は見えた？」

「そこまでは……。すぐに水平線の向こう側に行ってしまったものですから」

「そう……」

なぜ翠や玄翔以外の部員が藤枝たちを見送ったのか、謎が解けた。

普通に考えれば、ろくに準備もせずにイカダで海に出るなど自殺行為だ。それでも複数の部員が「見た」と証言したことで、他の者も「本当に救助船が通ったのかも」と思ってしまったのだろう。

船が近くまで来ていた場合、誰かが追いかければ向こうから気づいてもらえる確率も上がるはずだ。そうすれば陸たちはすぐに救助される。無人島で一泊したことも数年後には笑い話になるだろう。今ならば、その程度の「思い出」で終わることができる。

「船に追いつけなかったら、すぐ戻ってくるさ」

玄翔が自分に言い聞かせるように言った。

「その確率のほうが高いだろうな。あいつら、オールもないから、元々壊れてたほうのイカダを壊して、底板をオール代わりにしたんだ」

「それだと、ろくにスピードも出ないよね」

「ああ。あと、二人にはペットボトルを二本持たせた。なくなる前には戻ってくるさ」

「ありがとう。なら大丈夫、かな」

　不安は飲み込んでも飲み込んでも腹の奥からにじみ出てくる。それでも後を追う手段がない以上、祈るしかない。

（大丈夫、藤枝なんだから）

なんといっても彼は蒼萩《あおはぎ》高校サッカー部を全国準優勝に導いた男だ。三年間を「控え」で終えた陸とは違い、きっと無事に帰ってくるはずだ。

　陸は何度か深呼吸をし、意識を切り替えた。

「二人を信じて、俺たちは朝ご飯にしよう。バッカスが鮎を捕まえてくれたんだ」

「すごいな、陸。この島、鮎なんていたのか」

「本当に鮎なのか、自信はないんだけどね。多分、大丈夫だと思う」

　皆が喜びに沸く中、青佐が顔をしかめた。

「待ってください。そんな不確かなものを食べろと言うのですか？」

　気のせいだろうか。言葉に少しトゲを感じる。

　陸が先ほど船体の色や形を尋ねたことで、自分の証言を疑われた気がしたのだろうか。

　資産家の父から溺愛《できあい》されて育てられてきたからか、青佐は自分の思い通りにならないことを極端に嫌う。普段は礼儀正しいが一度へそを曲げるとなかなか直らず、何を言われても否定的に返すことがあった。

「その魚に毒があった場合、キャプテンの帰りを待たずに我々は全滅するのでは？　水谷さんはその責任をどう取るつもりです？」

「責任は取れないな……。でも今は他に食べ物がないし」

「ではまず、水谷さんが食べてもらえませんか？」

「なんや、青佐。その言い方はないやろ！」

耐えかねたように川上が声を荒らげたが、青佐は小馬鹿《ばか》にするように片眉を跳ね上げた。

「もちろん川上でも構いませんよ。自分で捕ったものには責任を持ってもらわないと」

「ああ、やったるわ！　その代わり、無事やったらお前が食うのは、一番小さいやつやからな！」

「やめろ、二人とも！　喧嘩《けんか》するようなことじゃないだろう」

つかみ合いに発展しかけた川上と青佐を玄翔が止めた。傷が痛んだのか、一瞬顔をしかめたが、すぐに彼は笑顔で胸を叩いた。

「毒味は俺が引き受ける。それでいいだろう」

「何言ってるんだよ、玄翔！」

「ここでぼんやり待っていて、陸たちが捕ってきてくれたものを食うだけっていうのも気が引けていたところだ。俺なら身体はでかいし、毒に当たってもちょっと腹を壊す程度さ」

「でも」

「青佐の言うように、捕ってきた奴が毒味するっていうのも一つの手だろうが、それはある程度の知識があること前提だろう？　明らかに危険なものを避けた上で、自分が食べてみるならともかく、俺たちはその基礎知識すらないんだからな」

確かに採取した植物や魚介類が無毒である保証もない中、最初に口をつけるのは勇気がいることだ。自分が採ってきたものを最初に食べろと言われた場合、誰もが食材集めに消極的になる恐れがあった。

「でも、だからって……」

「さあ、メシにしよう！　俺だって、ただ座ってたわけじゃない。頑張って火をおこしたんだぞ。褒めてくれ」

やや大げさな仕草で胸を張った玄翔に、皆も表情を和らげた。玄翔の思いを汲んだのだろうが、その中に若干《じゃっかん》の安堵も見える。

――自分は毒味をしなくてもいいのだ。

皆、そのことに安心している。

陸もまた、かすかにホッとしている自分に気づいた。

玄翔は大事な幼馴染《おさななじ》みで親友なのに。彼を案じる気持ちも本物なのに。

「貝は当たると怖いから、絶対捕ってこない。キノコも。でも他は俺も全然わからなくて。匂いとか色とか、最初によく見るようにするから」

「ああ、頼りにしてる」

力強く肩を叩かれ、陸は言葉に詰まった。

なぜ玄翔はこんなに強いのだろう。そしてなぜ自分は……。

「スナック菓子の袋とか、何かに使えないですかね。水を入れて沸騰《ふっとう》させるとか」

後輩たちは素早く動き、食事の準備に取りかかっていた。

「このまま火にかけたら、さすがに燃えますよね。鍋とかほしいけど、流れ着いてないもんなあ」

「そういえば子供の頃、家族旅行で泊まったホテルで紙製の鍋が出てきたんですよ。直火で温めてるのに燃えないから、何で？　って聞いたら、親父《おやじ》が『紙は水を入れておけば燃えないんだ』みたいなこと言ってて」

「はー？　なんだそれ」

「紙がいけるなら、木の皮とかもいけるかなあ。ちょっと森の方で、木の皮剝がしてくる」

あやふやな知識だが、それでも今は貴重だ。

紙が燃える温度は三百度近い。百度で沸騰する水を入れておけば、紙の温度はそれ以上にはならず、燃えることもない。その原理を利用すれば、木の皮は鍋代わりになるだろう。

「陸、藤枝と青佐が見たっていう船のこと、どう思う?」

突然話題を振られ、陸はハッとした。毒味の件を引きずっている陸を見かね、話題を変えてくれたのだろう。

（しっかりしなきゃ）

当事者である玄翔に気を遣わせてはいけない。

陸は頭を振り、なんとか意識を切り替えた。

「船のこと……。何か気になることがあるの？」

「さっき『座ってたから俺は見えなかったのかもしれない』って言ったが、やっぱりちょっと気になってな。陸が聞いた時、青佐は船体の形も色もわからないって言っただろう？」

「うん。……でも船を見たこと自体は断言したよね」

「そんなこと、あると思うか？　普通『水平線の彼方に何かが見えた気がする』くらいのニュアンスになる気がするんだが」

「それは……」

もしかして藤枝と青佐は蜃気楼《しんきろう》や魚影を船だと思い込んだ、ということだろうか。

普段ならば、誰かがそんなことを言ったとしても、慎重に確かめようとするだろう。ただ今朝は藤枝たち二人だけが湿疹《しっしん》に悩まされていた。たとえば藤枝が何かを船だと見間違え、青佐がそれが船だと思い込む。同意を得たことで藤枝は間違いないと確信し、衝動的に海に出てしまう……。そんな可能性もゼロではない。

「病院に行くことさえできれば、皮膚《ひ ふ》炎の薬はすぐ手に入るんだからな。かゆみを止めたい、暖かいベッドで寝たい、風呂に入りたい、腹一杯食いたい……。そんなことで頭がいっぱいになってたら、多少違和感があっても、蜃気楼を船だと思い込みそうな気がしてな」

「あり得るかも。藤枝たち、大丈夫かな」

「まあ、本当に船が通ったかもしれないし、決めつけるのはよくないけどな」

自分に言いきかせるように呟いた玄翔に陸も頷いた。

藤枝たちも心配だが、こんな形でキャプテンを欠いた自分たちのことも気にかかる。彼が率いてくれたからこそ、自分たちはまとまっていられたのだ。試合中、どんなに劣勢でも藤枝は臆《おく》さずに顔を上げ、最善策を考えてメンバーを導いてくれた。

藤枝が不在の間、自分たちだけで大丈夫だろうか。

何か取り返しのつかないことが起きてしまわないだろうか……。

＊　＊　＊

「水谷さん、水谷さん、ウチら、こんなの見つけましたわ！」

カッと照りつける太陽の下、陸は元気いっぱいに呼ばれて振り返った。真っ赤な天然パーマを揺らした川上倫吾と、大柄な本田三郎が両手に何か色鮮やかなものを抱えている。

この島に流れ着いたサッカー部員のうち、一年生は彼ら二人と青佐だ。なにかと財力をひけらかす青佐とはウマが合わない川上も、三郎とは仲がいいようだった。

「うわっ、すごいな。ヒオウギ貝？」

「そういう名前なんです？　えらいきれいやったんで、集めてきましたわ」

「崖の方、岩が多いじゃないですか。波打ち際の岩場にたくさんありました」

藤枝たちが海に出てから、二時間ほど経過していた。水平線から昇った朝日は今、真上から強烈に降り注いでいる。

彼らが無事に帰ってくることを祈りつつ、ぼんやりと砂浜で時間を潰すこともできず、陸たちは思い思いに動き始めた。

川辺と拠点にしている海岸を往復して真水を確保する者。藤枝たちがオールを得るために破壊したイカダをバラバラに解体し、使いやすいように板や布の状態に戻す者。朝の水浴びでは洗いきれなかった皆の衣服を集めて洗濯する者。食料を探す者……。

皆、自分で考えて行動している。キャプテンの藤枝がいない間、どう行動していいかわからないのではないか、と不安に思ったことを陸は恥じた。

(そんなのは俺だけだったみたいだ)

川上と三郎は漂着物がないか、海岸を見て回っていた。

二人が集めてきたのは直径十センチほどの二枚貝だ。扇《おうぎ》を開いたような美しい形をしていて、褐色《かっしょく》に色づいている。その色と形から「緋《ひ》扇」と名付けられた貝だ。

陸の地元、岩久《いわく》市でもヒオウギ貝はよく捕れた。生きている時は岩礁《がんしょう》に貼り付いているため、ナイフがないと引き剝がせないが、中身の貝が死んだ後、貝殻《かいがら》だけが崖下の岩場に溜まったのだろう。

「これ、皿の代わりになりませんやろか。魚でも何でも、盛り付けたらえらい風流でっせ！」

「いいね、それにヒオウギ貝なら、ちゃんと食べられる。素手だと引き剝がせないけど……」

「ナイフがあったらよかったですねえ。まあ、無い物ねだりをしても仕方ないですけど」

「それ、いい案かも」

　陸はふと閃《ひらめ》いた。

「崖の方に石がたくさん落ちてたけど、あれで石器を作れないかな。市販のナイフと同じ切れ味とはいかないだろうけど、素手よりは色々できそうじゃない？」

「うおお、ウチらにやれますかね？　やってみちゃいますかね？」

「試すだけ試してみようよ。ヒオウギ貝も食べたいし」

　石器作りと聞いて、面白そうだと思ったのだろう。身を乗り出して目を輝かせる二人に、陸は力強く頷いた。

「頼りにしてる。任せてもいいかな？」

「もちろんですわ！　頑丈そうな石、仰山《ぎょうさん》集めてきます！」

「そういえば岩場の方に平べったい石もあったんです。あれも作業台にできるかも……。持ってきます」

「二人で大丈夫？　俺も行こうか」

「大丈夫です、任せてください！」

　威勢よく請け負い、駆け出していく二人が頼もしい。

「うまいもんだな」

惚れ惚れと見送った時、脇から声がかかった。今度は布施がこちらに歩いてきている。

たき火を絶やさないようにするためか、森の近くで枯れ木を集めていたようだ。

火をおこしている玄翔の脇に枯れ木を積み上げつつ、彼は筋肉をほぐすように腕を伸ばしながら川上たちの背中を目で追った。

「今朝までは指示がないと動かなかった奴らが自分で考えて動いてる。どうやったんだ」

「俺は何もしてないよ。元々みんな、そういう力があるんだって」

「お前はそれでいいのか」

「うん？」

「チャンスじゃねえのか、これ」

「何が？」

布施が何を言っているのかわからず、陸は首をかしげた。

だが彼は詳しく説明することなく、ため息をついただけできびすを返した。

「ナイフができたら、一本よこせ。素手じゃ落ちてる枝を拾うことしかできねえ」

「それはいいけど、布施ももっとみんなで協力しようよ」

「俺は早く帰りてえんだよ」

「それは俺も同じだよ」

「じゃあ具体的な話をしろ。何を確かめるために、誰と、どのくらいの時間、どこを回るのか。その話をするなら聞いてやる」

「それは」

——俺が決めていいことじゃない。

途中でかき消えた陸の言葉が聞こえてしまったように、布施は舌を打ち、さっさと立ち去ってしまった。

失望されたのだ。

直感的にそう悟る。陸の優柔不断さと、人の陰《かげ》に隠れようとする気弱さに布施はがっかりしたのだろう。

（でも、俺が言ったって）

三年間、控え選手だったサッカー部員が何を言ったところで説得力はないだろう。そもそも三年前にも監督にスカウトされなかったし、これまで一度も、何かを決定する場面に呼ばれたこともないし。

そんな卑屈《ひくつ》な考えが頭の中を駆け巡る。

陸とて、今まで何もしなかったわけではない。布施や玄翔のようなわかりやすい強さに憧れた。彼らのようにその身一つで勝負してみたかった。

だから挑んだのだ。三年間ずっと。

言い訳もせず、ひたすら考えて、走って、練習して。

そしてその結果がこれだ。三年間藤枝には敵《かな》わず、玄翔や布施たち、主要メンバーと試合に出場することもできなかった。

そんな自分が、なぜ布施のように選ばれた男に指示を出せるというのだろう。自分が思いつく程度のことなら、彼はとっくの昔に気づき、実行しているはずだ。そうした男だからこそ、寧々《ねね》の視線を三年間、独占してきたのだろうから。

「俺にできることなんて……」

「陸くん、少しいいかな？」

無力感に囚《とら》われそうになった時、今度は翠が近づいてきた。

……なぜだろう。今日はいろんな人が話しかけてくる気がする。

「もちろん。どうしたの、翠ちゃん？」

「僕には関係のないことなのね？　でももしかしたら喧嘩をしてしまうかもしれないから」

「喧嘩？　誰と誰が？」

翠の話し方は独特で、会話の本題を摑《つか》むのに少し苦労する。それでも急《せ》かすことなく待っていると、翠はちらりと森の方に目を向けた。

砂浜と森の境に青佐がいる。男子マネージャーの板東《ばんどう》と共に、イカダを解体する作業をしているようだ。

「本田くんと青佐くん」

「三郎と青佐が喧嘩しそうなの？　何かあった？」

「今朝、本田くんは昌紀くんに怒られていたでしょう？　海岸のゴミを片付けていなかったと言われて。あと不寝番がどこかで止まったって」

「あ、それは」

「ええ、陸くんが、自分だと言っていたよね。でもあれ、本当は一つ前の本田くんと青佐くんペアのところで止まったのではない？」

「気づいてたんだ……」

　翠は普段、積極的に他人の揉め事には関わらない。藤枝が三郎を怒鳴りつけていた時も、仲裁した陸が三郎をかばい、逆に叱《しか》られていた時もただ傍観《ぼうかん》していた。

　それでも彼は「気づき」、「見る」。映像を記録する装置のように、周囲の人間模様をジッと観察している。

「昨日、不寝番のペアが決まった時、少し離れたところで青佐くんが本田くんに言っていたの。『寝ずの番は君一人で頼みますよ。無駄飯食らいで役立たずのド素人《しろうと》でもそれくらいはできるでしょう』って」

「ええっ、なんだよ、それ」

「ちゃんとペアで起きていたら、一人が寝てしまっても、もう一人が起こせたと思うのだけれど……。昨日は一人だったせいで本田くんも起きていられなかったのだと思うの」

「三郎、なんでそのことを言わなかったんだろう」

「さあ……。でも、ここにいる一年生三人は全員、嘉井南《かいなん》市の人よね？　ご家族も、ご両親の仕事先も」

「まさかそれって……！」

「お話、聞いてあげてくれる？」

お願いね、とふわりと微笑み、翠はふわふわした足取りで陸のそばを離れた。彼は川辺で洗濯する係を引き受けていたようだ。汚れた衣服を両手いっぱいに持ち、川辺の方に向かおうとしている。

「待って、翠ちゃん。布に包めば楽かも」

ふと思いつき、陸は翠を呼び止めてから壊れたイカダの方に向かった。青佐が丁寧にたたんでいた布を借り、翠のもとに駆け戻る。

「これを風呂敷代わりにして服を包んだら、持ち運びが楽だと思うんだ。というか、俺も行くよ」

「あ、確かにこうすればとても楽ね。気づかなかった」

イカダに巻き付けられていた布は長く、伸ばせば七、八メートルにもなった。薄手なので重くはないが、この長さのまま使うとなると使い道は限られる。それでも一度切ってしまえば今度は縫《ぬ》う道具がないため、できるだけこのまま使う方法を考えたいところだ。

二メートル幅ほどに折りたたみ、中に服を入れて二人で四隅《よすみ》を持つ。この方法なら一度で全ての洗濯物を運べるだろう。

「陸くんは不思議ね」

二人で川辺まで向かう途中、翠が笑った。陸を肯定しているような温かさがあるが、多少のもどかしさも感じ取れる。

「ちゃんと考えている時と、そうでない時とで見えているものが全然違うみたい。先ほどの本田くんと青佐くんのことも気づいていなかったのでしょう？」

「……うん、恥ずかしいけど」

「陸くんの見えている世界はとても綺麗なのでしょうね」

今度のセリフはかなり辛辣《しんらつ》だったが、翠としては純粋にうらやんだようだった。先ほどのもどかしさもなく、まぶしそうに目を細めて笑っている。

不思議だった。いつも夢を見ているように穏やかで、全てのことを柔らかく受け流している翠のほうがよほど「綺麗な世界」で生きているように見えるのに。

（俺は、多分違う）

自分のことで手一杯で、周囲を見る余裕がないだけだ。

「今日から不寝番、俺が青佐とペアになるよ。あ、もちろん今日、救助される可能性もあるけどね。というか、そっちのほうがずっとありそうだけど」

「そうね」

翠はにこりと笑った。不利益を被《こうむ》っている三郎の身を案じたというよりは、我慢し続けた彼が青佐と喧嘩しなければ何でもいい、と思っているようだった。

「陸くんの目は、いつまで開いていてくれるのかな……」

「翠ちゃん……」

謳《うた》うようにささやいた翠に何かを言おうとした時、不意に視界の隅に何かがちらついた。海の方に目を向け、陸はハッと息を呑む。

真っ青な海の真ん中に黒点が見えた。気のせいかと思ったが、それはどんどん大きくなり、やがてイカダに乗った男たちだとわかった。

藤枝と阪江だ。

「藤枝たちだ、戻ってきた！」

洗濯物を投げ出し、陸は波打ち際に走った。それに気づき、砂浜にいた面々も一斉に駆けてくる。

「本当だ！　おおおおい、こっちですよおおおお！」

「救助船はいないか……。で、でも無事でよかったです！」

「手伝ったほうがいいですよね。俺ら、行ってきます！」

藤枝たちの手があまり動いていないことに気づき、ちょうど崖の方から戻ってきていた川上倫吾と本田三郎が海に飛び込んだ。力強く波をかき分けてイカダに近づき、二人はぐいぐいとそれを引っ張ってくる。

彼らを待ちながら、陸も無我夢中で周囲に声を張り上げた。

「板東、水を用意して！　青佐はイカダの板を持ってきて！」

「ええっ……私、そういう力仕事はちょっと……」

「早く！」

「は、はい……っ」

陸も海に入り、三郎たちと力を合わせてイカダを海岸に引き上げる。

乗っていた藤枝と阪江をイカダから降ろすと、二人とも腕も上げられないほど疲弊《ひへい》していた。上半身裸だったせいで皮膚は真っ赤に日焼けしており、呼吸は速い。熱中症を起こしているのは明らかだ。

駆け寄ってきた板東がペットボトルの水を二人の上から浴びせかけた。貴重な真水だが、今は緊急事態だ。二人の上半身を起こしてヒオウギ貝の貝殻に水を満たし、陸は二人に手渡した。もし吐いてしまうようなら、病状は深刻だ。普段なら大至急救急車を呼ぶところだが、この無人島ではそれもできない。

「藤枝、阪江、飲んで！」

大声で呼びかけると、藤枝たちがうっすらと目を開けた。

「水、谷……なんでお前が……」

「今はそんなことどうでもいいから、水を！」

再度催促《さいそく》すると、ようやく貝殻に入った水に気づいたのか、藤枝が一息でそれを飲み干した。少し力が戻ったようなので、ペットボトルごと二人に渡す。

同時に、青佐から壊れたイカダの底面を受け取り、陸は日陰を作るように斜めに砂浜に突き立てようとした。力が足りずにもたついていると、騒ぎを聞きつけた布施が戻ってくる。

「貸せ」

ドス、と布施は深々と板を砂浜に突き立てた。その頼もしさにあちこちから歓声が上がる。腕力には自信がある三郎が出遅れたことを悔やむように陸の方に身を乗り出した。

「み、水谷さん、僕は何すればいいですか！」

「とにかく扇《あお》いで、みんな！」

灼熱《しゃくねつ》の太陽に照らされた海岸でどれだけ足しになるかはわからないが、やらないよりはマシだろう。脱いだシャツを団扇《うちわ》代わりにして、皆で必死に藤枝たちを扇ぐ。

「まずは身体を冷やさないと。あと水分……経口補水液って砂糖と塩が必要だし、塩はともかく砂糖はない……。代わりになるのは……」

自分でもうまく考えがまとまらないまま、とにかく必要そうなことを並べ立てる。

「三郎、バッカス、波打ち際に二人が入れるくらいの穴を掘ってくれる？　埋めるわけじゃなくて、寝かせた時に身体だけ海水に浸るくらい浅い穴。そこで身体を冷やして、落ち着いたら、日陰に連れて行って休ませよう」

「わかりました！」

「青佐はイカダが海に流されないように引き上げておいて。翠ちゃんは収穫しておいた夏みかんを持ってきてくれる？」

「夏みかん、熱中症に効くの？」

「わからないけど、多分……。ここの夏みかんはレモン並みに酸《す》っぱいからクエン酸が豊富だと思うんだ。それなら果汁からミネラルも摂取できる。海水をちょっと混ぜれば塩からナトリウムも取れるし、多分……多分大丈夫」

何もかもがあやふやだが、陸たちはサッカー部員のため、熱中症に関する知識はそれなりに持っている。つたない陸の言葉でも皆、理解できたようだ。

「どう、なってるんだ」

しばらく海水に浸かり、藤枝と阪江は落ち着いたようだった。嘔吐《おうと》や意識障害までは行かずにすんだようで、陸は胸をなで下ろす。

ただ藤枝は意識がはっきりしてもなお、混乱しているようだった。何か理解の及ばないものに遭遇してしまったというように。

「救助船が見当たらなかったことなら仕方ないよ。きっとまた次が……」

「そうじゃない！　まっすぐ漕《こ》いでいたのに、どうしてここに戻ってくるんだ！」

絶叫した藤枝に陸たちは困惑した。どういうことかと顔を見合わせる中、代表して陸が問い返す。

「藤枝たちは引き返してきたつもりじゃないってこと？」

「つもり、じゃなくて、そうなんだ！　俺たちはまっすぐ進んでいった。船は……確かにどこにも見当たらなかったが、陸地が見えたから次の島に着いたと思ったんだ。それで近づいたらお前たちがいた」

「どういうこと？」

まっすぐ進んでいたつもりで同じ島に戻ってきた、というだけならあり得ることだ。潮に流されて島を半周してしまい、流れ着いた島を別の島だと勘違いしたのなら……。

ただ藤枝たちはそう言っているわけではないようだった。まっすぐに進み、偶然まっすぐ戻ってくるなどあり得ない。

「一ついいか。藤枝たちの話とは関係ないかもしれないんだが」

その時、玄翔がためらいながらも切り出した。皆の視線を受け、珍しく居心地の悪そうな顔をしている。

「俺は昨日からずっとここにいただろう。作業を皆に任せる代わりに、藤枝たちが帰ってきたらすぐに気づけるよう、海を見てたんだ」

「玄翔、それがどうかしたの？」

「水平線って普通、カーブを描いてないか？」

「……？」

何を当然のことを言っているのだろう、と陸は困惑した。地球は球体なのだから、水平線も当然、なだらかに湾曲している。そんなことは小学生でも知っているはずなのに。

「それがどうかし……え？」

促《うなが》されるままに振り返り、陸は愕然《がくぜん》とした。

目が痛くなるほど青い海がどこまでも続いている。右を見ても、左を見ても、水平線はただひたすらまっすぐだ。

「俺の目の錯覚かと思ったんだが、陸にも直線に見えるか？　……なんかこう、水を浮かべたバケツの中から縁を見ているみたいに思えてきてな」

「なに、それ」

　誰も笑う者はいなかった。皆、玄翔がこういう状況で笑えない冗談を言う男ではないと知っている。

（言われてみたら俺も……）

　この島に来てから、陸もいくつか違和感を覚えていた。

　冬の海に落ちたはずなのに、真夏のような島に流れ着いたこと。その島には夏みかんが生え、夏に捕れるはずの鮎が川にいたこと。

「じゃあもしかしてこれも関係あんのか」

「布施？」

「そもそも俺は海に落ちた記憶がねえ。揺れまくってる途中でいきなり意識が途切れて、気づいたらこの海岸に打ち上げられてたんだ」

「な、なんでそんな重要なこと、今まで……っ」

「普通、そんなこと起きねえだろ。よろけた拍子にどっかに頭でもぶつけて気絶したのかと思ってたんだよ。それで海に転げ落ちたって考えるのが自然だろ」

　布施はバツが悪そうに渋面《じゅうめん》を作った。

　誰もが唖然《あぜん》としている中、陸はふと思い出す。布施と同じことを昨日、翠も言っていなかっただろうか。

「翠ちゃんも海に落ちたことを覚えてないって言ってたよね？　誰かに後ろからぶつかられて甲板に倒れたことは覚えてるけど、そこから先の記憶がないって……」

「ええ、僕も布施くんと同じで、気絶して海に落ちたのだと思っていて」

改めて話を聞くと、布施と翠だけではなく藤枝と青佐、川上も同じだった。十人中、半数が海に落ちたわけではなかったのに、誰もこの島に流れ着いたことを疑問に思わなかったようだ。

だがそれも無理のないことではあった。誰だろうと「船に乗っていたはずが、気づいたら無人島だった」と「自分でも気づかないうちに海に落ち、無人島に流れ着いていた」の二つなら後者だと思うだろう。五人ともそう考えた結果、特に誰かに相談することもなく、自分以外にも同じ経験をしている者がいることも知らなかったようだ。

「歌……」

「陸？」

「歌なのか、声なのか、よくわからない音を聞いた人は？　俺はすごくうるさく聞こえてたんだけど、間宮《まみや》さんは全然聞こえてなかったのを今、思い出して」

これには全員が手を上げた。

「遊びがどうの、子供がどうのって歌ってた気がします」

誰かが自信なさげに呟いたが、完全に歌詞を覚えている者はいなかった。歌詞に意味が

あるのかどうかはまだわからない。ただ、

（歌を聞いた部員だけがここに来た……？）

理解不能なことが起きた、ということだけはわかった。

自分たち十人はただ海難事故に遭《あ》い、この島に流れ着いたのではない。もっと大きな何か、よくわからない事情でここにいるのかもしれない、と。

「じゃあ、待ってても助けは来ないのか……？」

それが誰の声だったのか、誰も確かめようとはしなかった。全員、同じことを考えていたからだろう。

――助けは来ない。沖に出ても戻される。

自分たちはもしかして、この島に閉じ込められているのではないか、と。

# 5　調査と亀裂

寧々《ねね》が嘉井南市《かいなんし》に戻ってきた日、街には雨が降っていた。

骨に凍《し》みるほど冷たい雨が街全体を灰色の氷に閉じ込めたようだ。

昨夜は十年ぶりに嘉井南大祭が開かれたはずだが、一夜明けた今はその名残《なごり》もない。冷たい雨から逃げるように、通行人は足早に商店街を歩いている。

「寧々、これからどうするつもりだ？」

二メートルほど後ろをついてくる冬馬《とうま》を、寧々は振り返ってキッとにらんだ。いつも堂々とチームを指揮してきた彼が寧々に意見を仰いだことなど一度もなかったというのに。

「もちろん情報を集めるの。水谷《みずたに》くんたちと同じ体験をした人がいたら、絶対にネットに書き込んでる。探せば、きっと何か出てくるはずなんだから」

「どうやって検索するんだ？　『海』『夜』『人が消える』とか？　まともな記事が出てくるとは思えないぞ」

「まともじゃないことが起きたんだから、まともな記事なんて役に立たないと思う！」

「だから落ち着けって……。お前はしょっちゅう思い込みで暴走するっておばさんたちにも注意されてきただろ？　まずは落ち着いて、情報を整理するところから始めないと」

「それは」

従兄《いとこ》である冬馬に昔話をされると、何も言い返せない。

言葉に詰まった寧々を見て、冬馬は安堵《あんど》したようだった。

「今日はとりあえず家に帰れ。俺はあちこち連絡しなきゃならないからさ」

「そうか、水谷くんたちのご家族に連絡しないと……」

「いや、触れないほうがいい。普段から頻繁《ひんぱん》に連絡しているわけじゃないだろうし、下手《へた》に連絡するほうが怪しまれる。……ああ、残っている部員たちにも口止めしておくか。海上保安署にも信じてもらえなかった以上、騒げば自分たちの進退にも影響があると、みんなわかるだろうしな。実家通いの連中は俺の家にいることにするか。川上《かわかみ》と本田《ほんだ》は来年のチーム編成を相談するために個別に集めたとか言えば、ご家族もきっと信じてくれる」

「……っ」

「でも青佐《あおさ》さんのところはな……。時間稼ぎはできるだろうが、それも数日が限界だ。その間に青佐さんを納得させられる情報が集まればいいが、仮に収穫ゼロだった場合、俺はもうお終《しま》いだ。そうなるくらいなら事前に相談したほうが、まだ理解は得られるはずだ」

「ああ、そう」

思った以上に低く、冷たい声が出たと自分でも思ったが、訂正する気にはならなかった。

冬馬もまた、寧々の声音《こわね》には気づいていない様子で、うんうんと頭を悩ませている。

冬馬の頭の中は相変わらず自己保身でいっぱいだ。少しでも問題を先送りにできる方法、自分が責任を負わなくてもすむ方法を考えようとしている。

蒼萩《あおはぎ》サッカー部のスポンサーにして、今回のナイトクルーズを計画した青佐氏に、他の保護者たちよりも前に話を通そうとするのも、結局はそういう考えなのだろう。青佐氏を巻き込み、自分の責任を軽くしたいという意図が透けて見える。

「青佐くんのお父さん、協力してくれるといいね。じゃあお疲れ様」

「まっすぐ帰るんだぞ、寧々。おばさんにも話すなよ」

「ご心配なく。家で調べ物をしますから」

冬馬の視線を振り切るように、寧々は足早にその場を立ち去った。

嘉井南市は今もなおあちこちに、歴史を感じさせる町並みが残っている。維新志士が活躍した時代の名残を観光資源にしているため、蔵造りの商家や観光名所化している木造建築が多い。

さらに古い時代の名残か、野面積《のづらづ》みの石垣や城址《じょうし》も通学路や商店街の中に残っている。歴史書で語られるような有名どころ以外は特に取り上げられることもなく、なじみの風景の一部になっていた。

都会のような便利なデパートも繁華街もなく、おしゃれなカフェやショップもない。街を歩いていて芸能人とすれ違うこともなければ、ドラマの撮影現場になったこともない。流行の中心になることなど一生ないだろう。

だが、それがなんだというのだろう。流行に興味がない人にとって、この街は何も不自由のない街だ。

（トーマくんは変わっちゃった）

この街でサッカーに明け暮れていた十年前、冬馬は今の寧々と同じように満ち足りているように見えた。サッカーをしていれば幸せだと豪語する少年が、サッカーだけをしていられたのだ。朝も昼も夜もサッカーをして、ついには名もなき弱小サッカー部を全国ベスト4に押し上げた。

ただその後、冬馬はプロになった。サッカーが生活の手段になり、大金を手にし、それまで知らなかった華やかな世界を知った。

その世界に居続けるには嘘もごまかしもごますりも大切で……冬馬はきっと、それらを使うことに違和感を覚えなくなってしまったのだ。

＊　＊　＊

三百六十度、どこを見回しても大海原《おおうなばら》というのは思った以上の恐怖だった。

イカダが転覆《てんぷく》すれば、どうすることもできずに溺《おぼ》れ死ぬ。水を吸ってぶよぶよになった身体《からだ》は魚についばまれ、骨や髪は潮流に巻かれて、バラバラになることだろう。

大地を踏みしめて生きてきた陸《りく》にとって、その寄る辺なさは不安でしかなかった。知らないうちに息を詰めていたことに気づき、意識して深呼吸を繰り返す。

「大丈夫。落ち着こう」

今、陸が乗っているイカダは本来、二、三人は乗れるものだ。二枚の板をオール代わりにしているが、イカダの四隅《よすみ》に突き立てられた棒に布を使って結びつけてある。そのため安定感が増し、一人でもしっかり漕《こ》ぐことができた。

「今、一時間くらい漕いだかな」

昨日、藤枝《ふじえだ》と阪江《さかえ》は海に出てから数時間後に戻ってきた。特に方向転換したわけでもないのに、陸たちがいる島に戻ってきてしまったのだと訴える彼らに対し、最初に動いたのは布施《ふせ》だった。

飲み水と夏みかんを数個持ち、上着を羽織った状態で彼は一人で海に出た。そして彼もまた日暮れ前、島に戻ってきたのだった。

『本当に直進してたら戻ってきたぞ。どこが折り返し地点だったのかはわからねえ。俺の感覚じゃ、ただ凪《な》いだ海をまっすぐ進んでただけだった』

海上できちんと対策していたからか、元々身体能力が桁違《けたちが》いだからか、戻ってきた布施は藤枝たちとは違い、まだ余力を残していた。それでも珍しく彼も動揺し、困惑していた。

確かにそれほどの異常事態だ。

――キャプテンの藤枝とエースストライカーの布施が確認したのだから、もう勘違いではない。

誰もが納得し、恐怖した。

そうだというのに布施は一夜明けた今日、なぜか陸にも確かめに行くように強い口調で要求してきたのだった。

「なんで俺なんだろう」

せめて同行者がほしかったが、誰もが尻込みした。普段なら玄翔《げんと》が付き合ってくれただろうが、今回ばかりは「俺だと足手まといになるだけだ」と悔しそうに辞退したほどだ。

むしろ布施はよく一人で沖に出られたものだ。陸は三人の部員がちゃんと生還した後でも怖くてたまらないのに。

じりじりと照りつける太陽に辟易《へきえき》し、陸はコートを海水に浸してから羽織り、フードをかぶった。きちんと袖《そで》を通してしまうと熱が逃げずに熱射病になりそうだが、太陽を浴び続ければ日射病になる危険もある。できるだけ早く島に戻ることを考えたほうがよさそうだ。

「五、六キロくらい進んだのかな。よくわからないや……」

静かな海で一人イカダを漕ぎ続ける孤独感に耐えきれず、陸は独り言を呟《つぶや》いた。

市販の手漕ぎボートとオールを使えば、おそらく時速十キロくらいは出るだろうが、今は木材をオール代わりにして、不安定なイカダを漕いでいる状態だ。事前に考えた速度の半分ほどしか出ていないと考えたほうがいいだろう。

ただ、もう島影は海と空の「青」に溶けて見えなくなっている。それだけ離れたことは間違いない。

「多分、この辺りが折り返し地点だと思うけど……」

改めて周囲を見回してみても何もない。海と空だけがどこまでも続き、方向感覚すらわからなくなりそうだ。

このまま進むと玄翔たちのいる島に「戻る」というのは本当だろうか。ならばここで自主的に引き返した場合はどうなるのだろう。

その時もやはり戻るのか、その時は島を脱出できるのか……。

不思議と、運良く自分だけ脱出できるほうが恐ろしかった。これ以上進めたとしても、水も食糧もすぐに尽きてしまうだろう。何よりも一人でこの海をあてどなくさまようことに耐えられそうにない。

「俺は、布施みたいに強くないのに……」

行ってこい、と半ば命令してきた布施を思い出し、陸はうめいた。

ただ自分でも意外なことに、パニックを起こすほどではなかった。恐怖が募るほど誰にも頼れない状況だと自覚し、意識が研ぎ澄まされていく。身体は恐怖ですくみ上がっているのに、視野が広がり、辺りの景色がよく見えた。

『陸くんの目は、いつまで開いていてくれるのかな……』

昨日、歌うように翠《すい》がささやいた言葉がふと耳の奥によみがえった。

あの時は藤枝が海に出ていた。陸に「指示」を出す人がいなかった。自分でやるしかないと覚悟する時、確かに自分は普段よりも色々なものが見えるのかもしれない。

「あれ？」

少しイカダを進めた時、不意にめまいに襲われた。暑さや疲労が原因ではない。体調不良によるものではなく、視界が突然ゆがんだような、奇妙な感覚だ。

「ここだ。なんかある」

一メートルほど引き返し、もう一度イカダを進めてから確信する。イカダがある一点を通過した時、「何か」が起きている。

それが何なのかわからない。確かめようにも四方八方が海と空で囲まれているため、目印にできるものが何もない。

「あ……そうだ、目印なら」

ハッとし、陸は空を見上げたまま、同じ動作を繰り返した。

ゆっくりとイカダを漕ぎ進め、ある一点を通過した時、

「反転した……！」

雲の形がぐるりと百八十度変化した。

イカダが半回転したわけではない。何も特殊なことはしていないのに、陸の乗るイカダの前後が入れ替わったのだ。

目には見えない「境界線」が存在し、そこで空間が折れ曲がっていると考えればいいだろうか。その一線を通過すると、強制的に進行方向が逆になってしまう。

陸は試しに横に数メートル移動してから境界を越えてみた。続いて、今度は境界線上を漕いでみた。さらには自分がイカダの上で向きや立ち位置を変えつつ境界を越えた。

……全て、結果は変わらなかった。

イカダの上でできることをした程度では、簡単に反転させられてしまう。

バケツの中から縁を見ているようだ、と昨日玄翔がたとえたが、それよりも遥《はる》かにたちが悪い。バケツなら側面を壊すことで脱出できるかもしれないが、「これ」は何も抵抗がないのだ。壊せる壁も乗り越えられる塀もないのだから、どうすれば脱出できるのかもわからない。

「俺たちがなんでこんなことに」

この不吉な異常事態に巻き込まれる心当たりはない。

だが、ただの偶然とも思えない。何か理由があるはずだ。自分たちがここに来ることになった理由と原因を解き明かせば、脱出の手がかりも得られるのではないだろうか。

必死に考えを巡らせながらイカダを漕ぐと、やがて島が見えてきた。目をこらすと、海岸に太い棒が立っているのが見える。救助船に見つけてもらいやすいよう、コートを結びつけた古木だ。陸もまた、戻ってきてしまった。

みんなにどう説明しようかと考えながら、陸は島を眺めた。海に落ち、気づいたら海岸に流れ着いていた陸にとって、イカダで出航したことでようやく島の全景が見通せるようになっていた。出発した時にも見たが、戻ってきた今も同じように言葉を失う。

南側に崖があり、そこから北に向けてなだらかな傾斜ができている。崩落して崖になる前は山だったと仮定すると、うずくまって南を見つめる生物のようにも見えてきた。

まるで島全体が「何か」の死骸《しがい》でできているような……そんな不気味な島だった。


「折り返し地点は島から五キロくらい、か……。そこを通り過ぎる時は何の抵抗もないし、壁や塀もないからこじ開けたり、登ったりもできないんだな」

帰ってきた陸の報告を聞き、玄翔が途方に暮れたように空を仰いだ。部員たちも皆、何が何だかわからずに困惑している。

「雲の形を見て判断しただけだから間違ってるかもしれないけどね。折り返し地点っていうのも多分、点じゃなくて『線』だ。一直線に左右にのびてた」

「それ、北や南でも同じだと思うか？　ここの裏側……西からだったら出られるとか」

「確かめてみないとわからないけど、多分同じだと思う。どこか一箇所でも外とつながってたら、気候も一致してると思うんだ」

だが、この島は陸たちのいた場所と半年ほどずれている。真夏に熟《う》れる果物がなり、真夏に肥《こ》える魚がいるのがその証拠だ。空間ごと完全に切り離されているからこそ、季節もずれているのではないだろうか。

「よく気づいてくれたな。やっぱり陸に行ってもらってよかった。布施の選択は正しかったな」

「そうなの？」

思わず顔を向けると、布施が呆《あき》れたように顔をしかめた。

「理由もなくお前を海にたたき出す奴だと思われてんのか、俺は」

「何か理由はあるかもしれないとは思ったけど……。折り返す距離とか感覚とか、調べたほうがいいことがわかってたなら事前に言ってくれればよかったのに」

「言わなくても、お前は気づいただろ」

苦言を呈しても、布施は反省する様子がない。あまりにも当然のようにしれっとしているため、陸のほうが間違ったことを言っているような気になってくる。

（藤枝は……）

意見を聞こうとしたが、藤枝は暗い顔で視線を落としていた。昨日の不調がまだ長引いているのだろうか。隣に座った青佐《あお》が飲み水を手渡したり、手で扇いで風を送ったりしている。阪江も少し離れたところでだるそうにうつむいていた。

今の藤枝に話し合いを任せるのは気が引ける。

少し迷ったものの、陸は引き続き自分から口を開いた。

「俺たちのことが外にどう伝わってるのかわからないよね。突然消えたんだから、間宮《まみや》さんたちは探してくれてると思うけど、逆の立場なら俺はどうやって探したらいいのか、見当もつかないし……」

「まあな。俺たち全員が聞いた『歌』のことや、布施たちが海に落ちたわけじゃないのに、この島に来たことも気になる。神隠しとして処理されたりしてな」

「神隠しって」

何の前触れもなく、忽然《こつぜん》と人間が消えることの総称だ。ほんの少し目を離しただけで目の前にいたはずの子供が消え、それきり見つからなかった、といった奇怪な伝承は世界各地に残されている。

今では、それらは人間の手による犯罪だったのだろうと考えられている。監視カメラもなく、犯罪捜査の手法も未熟だった時代なら「存在していたはずの犯人」を見つけ出せないこともあっただろう、と。

ただ陸たちは今、誰かに攫《さら》われたわけではない。無人島に「犯人」と呼べる者もいない。「誘拐《ゆうかい》されたわけじゃないし、なぜか島から出られないってなると、俺たちは確かに神隠しに遭ってるのかも……」

「そんな……そんなものに巻き込まれたなら、どうやって帰ればいいんですか」

大柄な本田三郎《さぶろう》が絶望的な悲鳴を上げた。

「僕たち、もうここから出られないんですか？　家族にも会えないまま、ここで死ぬしかないんですか？　け、怪我《けが》したって病院もないし……」

「落ち着いて、三郎。悪いことを考えたらきりがないし、いいことを考えようよ」

「いいこと？　そんなの、どこに……」

「たとえばこれが飛行機事故で、偶然ジャングルの真ん中に落ちたりしたら、俺たちは何が何でもジャングルから脱出しないといけないよね」

相当可能性は低いが、それは誰の身にも起きる事故だ。原因も対処法もはっきりしているが、脱出は困難を極めるだろう。ジャングルで生きる猛獣《もうじゅう》や未知の病原菌など、陸たちを襲う脅威《きょうい》は山ほどある。

「何百キロもジャングルを歩いて全員が生還するのは不可能に近いと思うんだ。でも今回、俺たちは瀬戸内海《せとないかい》から太平洋にちょっと出た辺りでクルーザーに乗っていたわけで……」

「そうか。この島から出る方法さえわかったら、また元の場所に戻れるかもしれないな」

玄翔が陸の言葉を引き継いだ。

幸い、この島は資源が豊富だ。川が流れているおかげで飲み水は確保でき、川魚や夏みかんなど食材も多い。今のところ猛獣に襲われることもないため、ジャングルよりは生存率が高いのではないだろうか。

「ずっと気になってたんだ。この島、俺たちの食べ慣れた食材が多いなって。からっとしてて暑いけど、地元の夏もこんな感じだし」

「確かになあ。こんな変な現象が起きてるって知るまでは全員、『クルーザーから落ちて、この島に流れ着いた』って思ってたしな。みんな普通に、ここは日本だと信じてた」

「わけわかんねえ世界に飛ばされたわけじゃねえってことか」

ようやく納得がいった、というように布施が言った。

「この島は四国近海の小島で間違いねえ。……が、何かが起きて、この島に来ることはできても、出られなくなってる、と」

「うん、もしかしたら泳げる距離に高知県辺りの港もあるのかも。今は見えないし、たどり着けないけど」

「それ、『剝がれたレイヤー』って感じですやろか」

陸たちの話を聞いていた川上倫吾《りんご》がポン、と手を打った。

「ウチ、ボジョレー解禁の時とか、おとんにポスターを作らされるんで、時々お絵かきソフトも触るんですわ。あれ、レイヤー分けして描いてくんで、それに近いんですかね？」

「レイヤーってどういうやつ？」

「透明な紙みたいな感じ、言いますか。一枚目に線画、二枚目に色、三枚目に影、四枚目に文字……みたいな感じで、要素ごとに分けて描いていくんですわ。そんで最後に必要なレイヤーだけガッシャンコすると、ポスターが完成するんです」

それは確かに陸のイメージとも近かった。

陸たちがいた世界を「レイヤーがきちんと統合された世界」だとすると、この島は「剝がれてしまったレイヤーの世界」と言えるだろうか。「統合された世界」の上に置かれているので、空気や水は存在し、太陽や月も規則正しく昇っては沈む。ただ「剝がれている」ので、このレイヤーの外には行けない。なんとかしてこの島のレイヤーを統合し直さなければ、陸たちは今までいた世界から切り離されたままだ。

（夏みかんが自生していたことを考えても、この島が切り離されたのは最近じゃなさそうだ）

　ただそれが十年なのか、百年なのかはわからない。陸のよく知る日本と動植物の生態系はさほど乖離《かいり》していないため、数万年以上たっていることはなさそうだが。

「その辺はおいおい探ればいいだろ」

　今、わからないことを考えても仕方ない、と言いたげに布施がまとめた。こういう時、目の前に起きていることだけに集中する彼の性格はありがたい。

「問題なのは帰り方だ。海からの脱出が不可能なら、他を考えねえと」

「結局その結論に至るんだな」

　ずっと黙っていた藤枝が不意に言った。具合が悪そうだと思っていたが、悪いのは体調ではなく機嫌のほうだったのかもしれない。失望とも嘲《あざけ》りとも取れる目で、藤枝は陸を一《いち》瞥《べつ》した。

「わざわざ三回も確かめに行って、外に出られないことがわかっただけか。水谷の三回目は不要だったんじゃないか」

「そんなことないぞ。全部、意味はあったさ」

　藤枝をなだめるように、玄翔がことさら明るく言った。

「藤枝たちが海に出たから、まっすぐ進んでも戻ってくることがわかったし、次に布施も同じ結果になったことで、これは誰の身にも起きることだとわかっただろう。その上で、ある一線を越えると強制的に進行方向が逆になることを摑《つか》んだのは陸じゃないか」

「ここから出る方法がわからないんじゃ意味ないだろう」

「それはこれからみんなで考えればいい」

「結局そうなるなら、水谷の三回目は何だったんだ、という話をしているんだ」

「やることなすこと、全部結果に結びつくとは限らないだろう」

あまりにも突っかかってくる藤枝に手を焼いたように、珍しく玄翔が語気を強めた。普段の彼なら相手がどれだけ喧嘩《けんか》腰だろうと穏やかに受け流すはずなのだが。

(俺は気にしないのに……)

かばってもらっているのはわかるが、逆に申し訳なくなってしまう。陸がここからの脱出方法を摑んでこられなかったのは確かだ。そこに対する指摘は甘んじて受けなければいけない気がした。

「まあまあ、キャプテン、落ち着いてください」

薄笑いを顔に貼り付け、青佐が言った。

「控えの水谷さんに多くを求めすぎるのは酷でしょう。ご本人もそろそろ何か役に立たないと、と焦った上での行動だったのでしょうし、その行動を褒めてあげては？」

「……そうか。ここにいる三年の中で一人だけ補欠なんだし、居心地悪くて当然か」

悪気もなく藤枝はあっさりと納得した。それほど青佐の言葉は彼にとって、納得感のあるものだったのだろう。

玄翔の身体にグッと力が入ったのを察し、陸は慌《あわ》てて彼の腕を叩いた。青佐や藤枝の言ったことは間違っていない。それに今はこんなことで揉める場合でもないはずだ。

「これからどうするかって話だよね。藤枝はどう考えてる？」

「決まっているさ。脱出の手がかりが何一つないんだから、長丁場になるだろう。まずは拠点となる住居を作るべきだ」

「レイヤーを統合する方法ってのを探すのが優先だろ」

即座に布施が言い返した。反論されるとは思っていなかったのか、藤枝が舌を打つ。

「レイヤーがどうの、というのはただの仮説だろう。全く別の要因だったらどうする」

「何もわかってねえんだから、一つずつ潰してくのが手っ取り早いだろ」

「それに何年かかると思ってるんだ？　……おい阪江、お前はどう思う！」

らちがあかないとばかりに藤枝が阪江に意見を求めた。確実に自分に同意するであろう相手を選んで指名する辺り、藤枝は少し余裕を欠いているようだ。

「俺は……そっすね、落ち着けるのはありがたいっす」

案の定、阪江は藤枝に頷《うなず》いた。ただ普段よりも語調は弱い。

望んだほどの賛同が得られなかったことが不満だったのか、藤枝は逆方向を見た。

「バッカス、お前は」

「ん～、難しい問題ですわ。拠点があるんはうれしいですが、ここが『レイヤーの世界』かも、ゆうんはウチも結構しっくりきた案でして」

「は？　じゃあお前、布施につくってことでいいんだな」

「うえええっ、いえいえ、そういうこととちゃいますねん。せや、やっぱりまずは安心安全安定重視ですやろか！」

「藤枝、その辺でもう……」

「板東《ばんどう》は」

　見かねた陸が声を上げたが、藤枝は意地になったのか、聞こえなかったフリをした。続けて名前を呼ばれ、マネージャーの板東がびくりと肩を揺らす。分厚い前髪と眼鏡の奥で、一瞬彼の目が泳いだ。

「板東？」

「僕は」

　帰りたい、と言おうとしたように唇が震えた。

　だが射るような藤枝の眼光を前に、板東は口をつぐんだ。藤枝の視線から逃げるように胸元を掴み、うなだれる。

「お前はそういうところ、ほんとダメだな」

　呆れたように藤枝が嘆息した。

「自分の意見がない、自主的に動けない、すぐにうつむく。全国区のマネージャーでお前みたいなの、普通はいないぞ。どの学校でも、もっと自分から動き回ってる」

「すみませ……」

「こっちは選手のことだけで手一杯なんだ。そんなことで来年はどうするつもりだ？　三年になるんだから、お前が下に教えていかないといけないんだぞ」

「……はい」

「まあ、できないことを無理矢理させるのは酷だけどな。間宮がまとめている作業ノートは塚原《つかはら》に渡すように言っておく。あいつならそれで……」

「が、頑張りますから……っ。先輩たちが安心して卒業できるように、ちゃんと僕」

寧々の引き継ぎ資料を一年のマネージャーに渡すと言われ、板東は焦ったように顔を上げた。藤枝の気分一つで、自分の今後が左右されると暗に匂わされたのだから当然だ。こんな言い方をされて、反対意見を言えるわけがない。

それはこのやりとりを見ている他の部員たちにも言えるだろう。目の前で起きていることを自分の身に置き換えて考えたら、この先、藤枝に意見できなくなる。

（これはダメだ）

恐怖でこの場を支配すれば、自分たちはバラバラになってしまう。

藤枝は普段から強引ではあったが、こんな風に相手を追い詰めるようなやり方はしなかった。彼は一体何に焦っているのだろう。まるで今すぐ存在感を示さなければ、自分が居場所を追われると思っているようで……。

「藤枝、これって揉めることじゃないよね」

必死で陸は口を開いた。

「俺は両方大事だと思う。ちゃんとした拠点を作るのも、元の世界に帰る方法を探すのも」

「あのなあ水谷、聞いていたか？　どっちをまず優先するかって話を……」

「同時にできるはずだよ。どうやったら帰れるかは今、全くわかってないんだから、拠点を作りながら気になるものがないか、一人一人が意識して行動すればいい」

「……う」

この程度のこと、普段の藤枝ならばすぐに気づいたはずだ。こんな風に部員一人一人を名指しし、誰の意見に従うのかと詰め寄る必要などないのだと。

布施が黙っているのも、それをわかっているからだろう。争う必要のない土俵には上がらないと態度で示している。

「みんな、何か変なものを見つけたり、見かけたりしたら、気のせいだと思い込む前に報告しあおう。話を聞いた人も馬鹿《ばか》にしたり、くだらないと言うんじゃなくて、それが何なのか考えてみるんだ。俺はそうするよ。誰の話もちゃんと聞く。だから話してほしい、んだけど……」

喋《しゃべ》りすぎただろうかと、ふと心配になる。

恐る恐る周囲を見回してみると、気心の知れた玄翔だけではなく、本田三郎や川上倫吾たち後輩も力強く頷いてくれた。

そのことにホッと安堵する。続けて具体的な話をしようとしたところで、陸の言葉を遮《さえぎ》るように藤枝が大きく咳《せき》払いをした。陸は慌てて藤枝に向き直る。

「話を戻そう。拠点作りの重要性について、だ。この島に来てから今日までは快晴だが、川がある以上、定期的に雨が降っているのは間違いない。この気候なら風邪を引くことはないかもしれないが、万が一のことはあるからな。濡れないに越したことはない」

「体調が悪化しても、病院には行けませんからね。キャプテン、ログハウスを作るのはどうでしょう？」

「青佐、いい案だ。幸い木材なら森にたくさんある。あれを切って、蔓《つる》で結べばいい」

「待ってくれ、藤枝。どうやって木を切るんだ」

藤枝と青佐の間で話が進みかけたところで、玄翔が声を上げた。先ほど陸を挟んで揉めたせいか、その声は少し硬い。それを感じるのか、応じる藤枝も冷ややかだった。

「頭を使えよ、黒田《くろだ》。川辺にたくさん石が落ちてるじゃないか。あれで石斧《いしおの》を作れば、木を切り倒せるだろう」

「あ、それならもう集めてますわ！」

誇らしげに川上倫吾が片手を上げた。皆の私物を置いている木陰《こかげ》に、大小、いくつもの石がたくさん積まれている。本田三郎と二人で集めていたのだろう。

「昨日、水谷さんが同じことおっしゃったんで、ウチと本田でババーンと！　硬いの、丸いの、四角いの、いいもん仰山《ぎょうさん》そろってますよお」

「……昨日？　水谷が？」

「たまたま思いついたんだ。危険な動物と遭遇した場合のことも考えて」

藤枝の機嫌が悪化した気配を感じ、陸は慌てて言葉を重ねた。藤枝は陸をじろりと一瞥し、すぐに顔を背けた。

「……そうか。よく考えたら、ログハウスは現実的じゃないかもな。木の蔓は強度が足りない。丸太を切り出したところで結べないなら壁にはならないし」

「じゃあ地面を掘るのはどうかな。前に歴史の授業で、縄文時代は竪穴《たてあな》式住居が主流だったって習ったし」

「正気か、水谷。ここは海岸だぞ」

「確かに砂浜を掘っても砂が流れてきちゃうし、満潮時に浸水しそうだけど、森に近づけば地面は土だよ。太い丸太があれば、それを柱にして補強できないかなって……」

「また丸太の登場か。ずいぶん石斧にご執心だな」

藤枝が呆れたように鼻で笑った。陸が石斧を使いたい一心で丸太を利用する案にこだわっていると思っているようだ。

そうではない。……だがそう思われている以上、藤枝の理解は得られないかもしれない。彼が頷かなければ、皆を説得することもできないだろう。

「あの……石、はどうでしょう」

陸が黙った時、玄翔とは反対側の隣から小さく声がかかった。皆の注目を集めることを避けるように肩をすぼめながら、男子マネージャーの板東が陸だけに聞こえるように。

「その、間違っていたらすみません。全然見当違いなことかもしれないんですが」

「そんなの、俺なんてしょっちゅうだよ。石がどうかした？」

「えっと……掘った穴の周りに石を敷き詰めれば頑丈になる気がして……。その上に屋根だけかぶせれば、雨をしのぐことくらいはできないでしょうか」

「あ、確かに！」

思わず声を上げたため、部員たちが一斉に振り向いた。注目を集めた陸を咎《とが》めるように、後ずさる板東に心の中で謝りつつ、陸は皆を見回した。

「掘った穴の周りを石で補強すればいいって板東が気づいてくれたんだ。俺も、それなら行ける気がする。どうかな？」

「却下だ。手間がかかりすぎる」

吐き捨てるように藤枝が言った。

「俺たち全員が暮らす場所だぞ。横になって寝られるスペースを十人分確保するとなると、最低でも底面は五メートル四方以上は必要だ。高さも二メートルはあったほうがいい。……その外周に敷き詰める分の石がどれだけの量になる？　大きさだって、少なくともサッカーボールくらいないと役に立たないだろう。一つにつき、どれだけの重さになると思ってるんだ」

「それは……」

石を構成する成分にもよるが、一つにつき十キログラム以上にはなるだろう。サッカー部で一番身体が大きい本田三郎ですら、一度に二つ運ぶのが限度のはずだ。それを数十個も川辺から運ぶとなると、想像するだけで気が遠くなる。

（運んだ後で使えないとわかる石も出てくるだろうし、下手したら百個以上の岩が必要になるかも。食料や水を集める合間にやるとなると、時間がかかりすぎるか……）

陸と板東が顔を見合わせ、肩を落とした時だった。

「イカダを使えばいいんじゃねえのか」

布施が事もなげに言った。一身に視線を集めても、彼は全く臆《おく》さない。

「俺が乗った時も安定してたが、その前に藤枝と阪江が乗ってるだろ。その重量までなら石を積めるんじゃねえか」

「それだよ！」

藤枝も阪江もすらりとしているがサッカー選手だ。体重も一人七十キロほどはあるだろう。ならば石を百四十キロ程度積んでもイカダは沈まないはずだ。その状態で海に浮かべて運べば、簡単に移動できる。

「行けるかも。……藤枝、どうかな」

グッと黙ってしまった藤枝に陸は尋《たず》ねた。キャプテンである彼を立てたつもりだったが、彼は不快そうに顔を背ける。

「好きにしろよ」

それきり、輪を外れてどこかへ行ってしまう。

パッと青佐が後を追った。阪江は少しためらいを見せたが、陸たちにぺこりと一礼し、やはり藤枝の方へ行く。

言い方には気を遣ったつもりだが、機嫌を損ねてしまっただろうか。

不安になったが、それを見抜かれたように玄翔に肩を叩かれた。

「気にするな。ちょっと自分の意見が通らなかったのが面白くないだけだ」

「そうだといいけど……」

「少し時間を置いたら、機嫌も直るさ。それより石器作りは俺がやってみてもいいか？　面白そうだ」

「そりゃ助かるけど、平気？　玄翔は休んでたほうが……」

「足以外は元気なんだぞ。じっとしてるほうが悪化しそうだ」

にかっと笑う玄翔のおかげで皆の空気が和《やわ》らいだ。川辺に向かおうとする者、新たに食糧を確保しに行く者と、口々に手を上げつつ、部員たちは思い思いの方向に散っていく。

部員たちを頼もしく思いつつ、陸は藤枝の方を目で追った。去り際、陸に向けた視線の強さが脳裏にちらつく。

怒り、苛立《いらだ》ち、疎《うと》ましさ、煩《わずら》わしさ。……そんな混沌《こんとん》とした色の中に一瞬、嫉妬《しっと》に似た色が混ざったように見えた。

（藤枝が俺に嫉妬するなんてあり得ないって）

そうは思うものの、今まで藤枝から向けられたことのない視線はなかなか陸の頭から消えなかった。

＊　＊　＊

翌日から、本格的な住居作りが始まった。

空は相変わらず快晴で、雨が降る気配はない。拠点から南に二キロほど離れた川はゆっくりと水位を下げ、数日前までは水に浸っていた石が水面に現れるようになっていた。

住居が完成するまでは晴天のほうが作業しやすいが、長期間雨が降らないのは死活問題だ。陸たちは頻繁《ひんぱん》に空を見上げ、じりじりと炙《あぶ》られるような焦りを抱きつつ手を動かした。

「きっつ……。バッカス、生きてる……?」

「全身ぐにゃぐにゃですわ……。タコやらイカやらってこんな気分なんですかね。ウチが死んだら、たこ焼きにしたってください、水谷さん……」

「たこ焼き……食べたい……」

倒れ込むようにして海から上がり、陸と川上倫吾は二人して砂浜に大の字に寝転んだ。

見上げると、目が痛くなるほど真っ青な空とギラギラと照りつける太陽が降り注いでくる。海から上がったばかりだというのに、どんどん身体が乾いていった。

川辺で拾った石をイカダに乗せたり、クーラーボックスに詰めたりしつつ、海を泳いで運ぶ。拠点にした砂浜に着いたら、そこで石を下ろし、再び川辺に引き返す。

陸と川上はその運搬係だ。

いくら浮力があるとはいえ、泳いで何キロも往復するのは想像以上に重労働だった。泳いでいる時もきついが、海から上がった瞬間、重力が全身にのしかかる。打ち上げられたアザラシのように砂浜に転がっていると、そのままどこまでも沈み込んでいきそうだ。

蒼萩高校の寮にいた時は三食、バランスの取れた食事ができていたが、今はそれも望めない。煮沸《しゃふつ》した真水と川魚、それに夏みかんと海で捕れる魚貝が主な食料だ。かろうじてタンパク質は取れているが、ビタミンも脂質も炭水化物も圧倒的に足りていない。毎日飲んでいた牛乳も飲めないため、カルシウムも不足しているだろう。

そんな状態で過酷な肉体労働をしているせいか、ここ数日でグッと筋肉が落ちた気がした。普段の感覚で動いているとすぐに息が切れ、唇も肌も乾燥してかさついている。

(でも、まだまだやらないと)

よろよろと起き上がり、陸はイカダから大きな石を抱え上げた。

陸たちがこうしている今も、川辺では力持ちの本田三郎と行動力のある阪江が使えそうな石を選定し、川岸に積み上げていることだろう。それを陸たちが運び、砂浜で待っている翠と共に、石を森の近くに運ぶ。それを板東に託すのだ。

『板東さんが適任では?』

皆で五メートル四方の穴を掘った後、そう提案したのは意外にも青佐だった。彼は普段、あまり表立って発言しないが、この時は何か考えがあるようだった。

『最初に言い出したからには自信がおありなのでしょう。発言には責任が伴います。ここはやっていただかないと』

　失敗したらお前の責任だ、と言わんばかりのセリフだったが、板東はこれに頷いた。そして文句一つ言わず、ずっと手を動かしている。

　穴の側面に沿って、適当に石を並べるだけではすぐに崩れてしまう。大きさとそれぞれの石の形を見ながら、ジグソーパズルのように凹凸《おうとつ》を組み合わせて積んでいく。失敗して崩れても、板東は根を上げることなく、何時間でも石を積み続けた。

　この根気が板東の武器なのか、と陸はしみじみと思った。

　確かに藤枝が言ったとおり、板東は積極的に動くタイプではない。マネージャーとして部に貢献している時も、どちらかというと寧々の指示を受けて働くことが多かった。

ただその際、板東は決して手を抜かない。初日に教わった手本通りのやり方を、一年後も完璧に行っている。

　正解がわからない作業を繰り返す時、板東の粘り強さは大きな武器だった。

「玄翔も少し休憩しなよ」

　空になったイカダを引きずって川辺に向かう途中、陸は木陰にいる玄翔に声をかけた。

彼は平たい石を作業台にし、ずっと石器ナイフ作りに挑戦している。

　こぶし大の石を台に置き、上《とが》から別の石で叩くのだ。いい角度で衝撃を与えると、比較的柔らかいほうの石が欠け、尖《とが》った断面が顔を出す。両面にそれを繰り返し、角度が出たら作業台を砥石《といし》代わりにして研いでいく。

そうすることで、ただの石にも刃物に近い切れ味が出た。

「陸、もし見つけたら、これと同じやつを持ってきてくれないか。すごく硬いんだ」

玄翔が青白い石を陸に見せた。

幼い頃、家族で墓参りに行った時の墓石に似ている。黒雲母《くろうんも》が入った最高級の御影《みかげ》石で、水晶に近い硬度を持つ石だ。

御影石のほうは硬すぎて加工できないが、それを使えば簡単に他の岩を割ることができる。しばらくは玄翔も苦戦していたが、御影石を見つけたことでようやく一つ目のナイフが完成したようだった。

「黒田、それ、くれ」

待ちわびていたように、大渦のある北側から歩いてきた布施が玄翔にぬっと手を出した。反射的に一本目の石器ナイフを渡してから、玄翔が「あ」と声を上げる。

「当たり前のように強請《ねだ》られたから渡しちゃったじゃないか。普通、そういう時は『俺がもらってもいいか？』とか『ちょっと貸してくれ』とか言うもんだろ」

「知らねえ」

「一本目は陸に渡そうと思ってたんだぞ」

「俺のほうが活用できるだろ」

あまりにも布施らしい言い分に、思わず陸は笑ってしまった。ひたすら傲慢《ごうまん》なのに、反感を覚えるよりも「確かに」と納得してしまう。

これが布施の力なのだろう。自力で輝く恒星は今日も相変わらずまぶしい。

「料金代わりに取っとけ」

ぽい、と布施が玄翔に何かの束を投げ渡した。

彼は拠点作りを陸たちに任せ、帰るための手がかりを探していた。とはいえ、何が手がかりかもわからないため、今のところは徹底的に歩き回っているだけだ。その代わり、拠点に戻ってくるたび、何かしら食料も調達してくる。

「木の根っこ？」

「森の手前側にでけえ葉があったから引っ張ったら抜けた。ゴボウだ。多分」

「ゴボウ？　そんなものまでこの島にあったんだ」

渡された木の根をまじまじと見てみたが、普通の木の根とゴボウの違いが陸にはよくわからない。それでも見た目は確かにゴボウのようで、香りもそれに近かった。

すでに泥は洗い流されており、根の一部が欠けている。

（毒味、してくれたんだ）

ちらりと布施を見たが、彼は陸の視線を無視し、手に入れたばかりの石器ナイフで集めてきた木の蔓から葉や実の部分をそぎ落としていた。

「布施、ありがとう」

その背に声をかけ、陸はホッと息をつく。

十八年間生きてきて、こんなに長い間空腹を意識したことはない。皆であちこち探し歩き、魚や貝を捕ったとしても一瞬でなくなってしまう。満腹になることはなく、食べ終わった直後に次の食事のことを考える始末だ。

しかも必死で食材を手に入れても、その味を引き立たせる調味料がない。海水を煮詰めて塩を取ろうとしてみたが、やり方が悪いのか、まずくてとても食べられなかった。海水の成分は水と塩化ナトリウムだけではない。塩化マグネシウムや硫酸《りゅうさん》カルシウムなどをうまく濾過《ろか》できなければ、食塩としては使えないのだろう。

結果、酸味の強い夏みかんの果汁が唯一の調味料になっている。最初の頃はそれも好評だったが、連日となると皆、うんざりするようになっていた。

(早く帰って、腹一杯食べたいな……)

「陸、貸してくれ」

作業を一時中断し、玄翔が木の根を受け取った。布施が毒味していたことには気づかなかったのだろう。まずは香りや手触りを確かめ、意を決してそれをかじる。嚙《か》まずに舌の上で転がし、しびれないかを確認し、慎重に嚙んでから嚥下《えんげ》した。

「うん、大丈夫だ。生のゴボウは食ったことがないけど、結構イケる。生でも食える野菜だったんだな」

「ありがとう、玄翔。でもやっぱりこれ、お前だけに任せるのは……」

「気にするなって。最初に決めただろ?」

「でも……」

「それより今、閃《ひらめ》いたんだ。この作業台、鉄板代わりになると思わないか？　こう、たき火の四隅《よすみ》に石を積んで、その上に乗せる感じでさ。生のゴボウも結構いけるが、焼いたらもっとうまそうだ」

玄翔は相変わらず、部員たちが持ってきたものは最初に全て口にする。今のところ深刻な被害は受けていないが一度、山の入り口で青佐が見つけてきた赤い実を食べた時は少し危険だった。小指の爪ほどの丸くて赤い実が複数個、しなびた枝になっている。実を一つもぎ、口に入れた玄翔はすぐに吐き出した。

『マズイぞ、これ。毒があるかはわからないが、食えたものじゃない』

飲み込んだわけではないので体調は問題なかったが、あの時は陸もひやりとした。

『森で拾ってきてくれたどんぐりも煎《い》ったらいけたが、結構エグみがあったしな。森で食材を調達するのは秋まで待ったほうがいいのかもしれない。今だと単に熟《う》れてなくてまずいだけなのか、毒があって危険なのかもわからないしな』

『あえて危険を冒す必要はないよ、玄翔。栄養が取れてれば生きていけるんだし』

慌ててそう言った陸に、皆も頷いた。食べた直後は大丈夫でも、数時間後に症状が出る毒草もあるだろう。そこまで慎重に食材を吟味《ぎんみ》できていないので、手当たり次第に食べていたらいずれ、取り返しがつかないことになりそうだ。

（最初に毒味を引き受ける時、玄翔は大柄だから体力があるって言ったけど……）

その前提は少しずつ崩れつつある。

煮沸した川の水で洗い、ウォッカで消毒しているが、玄翔の傷は完治していない。血は漂着初日に止まったものの、傷口は乾くことなくいつまでもジクジクと濡れていた。膿《う》んだ患部の周りは赤く腫《は》れ、彼は時折つらそうな表情を見せる。夜もあまり眠れていないようで、彼の目の下には黒いクマがべったりと貼り付いていた。

(やっぱりちゃんとした薬がないとダメなんだ)

森には傷に効く薬草も生えているのだろうが、陸は植物の知識がない。森に入ったところで、何が薬草で何が雑草で、何が毒草かも見分けられなかった。

唯一、実家の近くに生えていた薬草だけは見分ける自信があったが、この島では見当たらなかった。海岸近くの岩礁《がんしょう》付近に分布している記憶があったので、川辺に行くたびにあちこち見回していたのだが。

「そういや今更ですけど、黒田さんはなんで怪我されたんです?」

陸からイカダを預かりながら、川上が言った。泳いだ時に濡れたせいか、トレードマークの真っ赤な天然パーマがボリュームダウンしている。ナチュラルパーマに近づいたため、お笑い芸人からこじゃれたバンドマンに転身したかのようだ。

「あの時、みんなパニックやったやないですか。ここに来たみんながどうしてはったか、ウチもちゃんと見てないんです」

「あー、恥ずかしながら、自分でやったんだ。視界の隅で青佐が転んだのが見えてな。とっさに引き起こしたんだが、今度は自分がバランスを崩して、どこかでザクッと。それで踏ん張りが利かなくなって、海にも落ちた」

「うわあ、多分ウチ、その直前にあいつにぶつかられましたわ。まあ、あれはしゃーなし、思てますけど……。その後で青佐はコケて黒田さんに助けてもろてたんですね。礼とか詫《わ》びとか、あいつ、ちゃんと言いました？」

「いや……まあ、あの状況だしな。誰が悪いって話じゃないさ」

玄翔は笑い飛ばしたが、川上は納得できていないようだった。先輩を敬《うやま》わない同級生にやきもきしているのだろうが、それだけでもないようにも見える。蓄積した鬱憤《うっぷん》が思わず外に漏れてしまったような雰囲気だ。

きっと今までに色々あったのだろう。嘉井南市で酒店を営む家の息子と、同じ市内で名の知れた資産家の息子ゆえのしがらみだろうか。

「よく談笑してたけど、いつ見ても青佐が喋って、バッカスが聞き役に回ってたもんね。よく喋るバッカスにしては珍しいなって思ってたんだ」

「なはは、気づかれてたんですね。それですわ」

川上は苦笑した。

「まあ向こうはサッカー部のスポンサーさまやから、ご機嫌とらな、あかんですしね。ちょっとでも何かあると『それ、父に言いますね』が始まるんで、困ったお坊ちゃんですわ」

「陸は最近、青佐と不寝番をしてるよな。距離は縮まったか？」

「うーん、どうかなあ」

漂着二日目、青佐が親の立場を利用して本田三郎一人に不寝番を押しつけたことを陸は翠から聞かされた。それ以来、率先して青佐とペアを組むようにしていたのだ。

不寝番は二人ひと組で行われ、それぞれ担当時間は一時間強といったところだ。時計はないため、全員「なんとなくこれくらい」で判断している。

青佐とペアを組み、陸が不快な思いをしたことはない。スタメンではない陸のことを青佐は確かに軽んじていたが、それでも不寝番を陸だけに押しつけるほど無礼な態度は取らず、話しかければ雑談にはきちんと応じた。

……ただ、それだけだ。

青佐は空気で、陸との会話を義務だと思っていることを露骨に伝えてくる。深い話をしようとすると薄ら笑いでかわされ、一線引いた態度で接してきた。陸を「本音で語る相手」として見なしていない、という意思表示なのだろう。

「ただお父さんのことはすごく信頼している感じだったよ。このナイトクルーズの前にもらった首飾りをすごく大事にしててさ」

「首飾り……そういえばそんなものしてるな、あいつ」

革紐《かわひも》に五つの天然石が通されている首飾りだ。中央に大粒の真珠が、その両脇に黒い石が、さらに外側に黄色い石がついている。陸は宝石や天然石に詳しくないため、石の名前まではわからなかったが、青佐はそれをこの遭難生活中、肌身離さず身につけていた。

「……『他でもない、この私が消えたのですから、父は必ず手を打つでしょう。私も青佐家の跡取りとしてふさわしい教育を受けてきました。うろたえるようなみっともない真似《まね》はせず、するべきことをするだけです』……。そう言ってたよ」

「この状況でも青佐が落ち着いていられる理由はそれなのかもな」

どんなオカルトじみた現象が起きようと、父親がきっとなんとかしてくれる……。青佐は本気でそう考えているようだった。

陸も両親を愛し、尊敬しているが、だからといって彼らが万能だとは思っていない。このわけのわからない状況から抜け出すには自分たちが力を合わせて頑張るしかないと思っている。

（由緒《ゆいしょ》ある家だと、そういうところからして違うのかな）

資産のあるなしではなく、青佐家は嘉井南市に根を下ろして続いてきたという。家系図は室町初期まで遡《さかのぼ》ることができ、後期には貿易によって富を築いたと以前、青佐が得意げに語っていたことがある。

時の大名が宣教師を迎え入れたことで為政者の怒りを買った時も、青佐家は裏で彼らと通じて難を逃れた。江戸後期には時代の変わり目に立ち会い、多くの維新志士が血を流す傍《かたわ》ら、財を守り抜いたと胸を張っていた。

歴史書を紐解いても、そこに青佐家の名前はない。時代のうねりの中で華々しく名を残すより、うまく立ち回って繁栄することを選んだそうだ。

青佐はそれを恥じることなく、むしろ誇っていた。おそらく彼の父がそうした先祖の行いを肯定していたからだろう。

その理念に沿うように、青佐自身も「口」は出すが、「手」はあまり動かさない。住居を作ることになった今も、彼は藤枝と共に床に敷くための柔らかい葉を集める作業を担《にな》っていた。その上、それすらも気が乗らないのか、しょっちゅう手を止めて藤枝に話しかけていた。

(藤枝を心配してるだけかもしれないけど……)

最近の藤枝は少し変だ。遭難生活のストレスなのか、感情の起伏が激しく、すぐに部員たちに声を荒らげる。そうかと思えば、唐突に彼らと肩を組み、「お前を誰より信頼してる!」などと言ったりもする。それでいて急に黙り込み、青佐と共に別行動をすることもあった。

気になって声をかけたのは一度や二度ではないが、藤枝は陸が話しかけると露骨に嫌そうな顔をし、敵意を向けることが多くなっていた。陸も困惑したが、他の部員も理由はわからないようだ。最近では藤枝に近づくと後輩たちが緊張した様子を見せるため、陸からも距離を置いていた。

……これはあまりいいことではない。

その焦りは日を追うごとに、どんどん強くなっている。

平時でもこうしたわだかまりは早めに解消するべきだというのに、今は慣れない無人島生活中だ。何か誤解があるのなら、腹を割って話し合ったほうがいい。

（でもどうすればいいかわからないっていうか）

玄翔が相手なら、たとえ一時的に喧嘩したとしてもすぐに仲直りできた。互いに話し合う意思があるからだ。相手が間違っていると思っているならそれを伝え、言われたほうも自分の考えを打ち明けられた。

ずっとそれが当たり前だと思っていたのだ。

玄翔のような心の広い男が隣にいて、気兼ねなく話し合える環境に慣れていたのだろうか。その結果、はっきりと拒絶する相手を前にして、どうしていいかわからない。

（俺、こんなにも玄翔に頼りきりだったんだな）

十八年生きてきて、ようやくそんなことに気づくとは。

ひたひたと迫る無力感に、陸は抑えたため息をついた。

# 6　決裂

――ヒトがある日、突然消える。

少し目を離しただけの子供が。直前まで会話していたはずの伴侶《はんりょ》が。

そうした事象は古くから、山のように報告されている。

神隠しだ。

地方を問わず、時代を選ばず、神隠しはどこでも起きた。そう、一つ一つを拾いきれないほどに。

「ダメだあ」

寧々《ねね》は悲鳴を上げ、ベッドに身を投げ出した。午前中に家に帰ってきてからずっと手元のスマートフォンをにらみつけて情報をあさっていたが、有力な手がかりは見つからない。

昨夜、三年間苦楽を共にしたサッカー部員のうち、十人が消えた。彼らの行方は杳《よう》として知れず、海上保安署に相談したが、突然消えた生徒のことなどを説明できなかったこともあり、通報自体も疑われている状況だ。

絶対に自分が助け出す、と従兄《いとこ》でありサッカー部監督の神谷冬馬《かみやとうま》に啖呵《たんか》を切ったはいいが、結局はこのていたらくだ。

「神隠しの話ばっかり引っかかる……。なんなのもう」

手元の精密機械一つで世界中の情報が得られるようになった現代はとても便利だと思っていた。「昔は家の固定電話で友達と長電話して、親に怒られたものよ」「昔は待ちあわせも一苦労でなあ。相手が遅刻したら、連絡手段がなかったんだ」といった大人たちの昔話を聞いても、大変な時代だったんだな、と笑っているだけだった。

だがいざ、どうしても必要な情報を探そうとした時、寧々はネットの海で遭難してしまった。

「船が揺れて、数人だけが消える話はない……。逆に、海で人が消える話はいっぱいありすぎるし、ほとんどが普通の海難事故だし、下手《へた》したらそこから怪談話に続くし……！」

何十件も別窓で開いていたホームページを一つ一つ消していく。

あまりにも長時間、小さな画面を見続けたため、ズキズキと頭が痛んだ。眉間《みけん》を揉みながら、ようやく現実を認めざるを得なくなる。

「このやり方じゃダメだ」

だが他の方法が思いつかない。

途方に暮れた時、リビングから母親の声がした。

「寧々ー、トーマくん、来てるわよー」

「……っ」

冬馬は嘉井南市《かいなん》に帰ってきてから、青佐《あおさ》氏のもとに向かっていた。寧々の家に来たということは、何かしら話がついたのだ。

正直、彼とは口を利きたくなかった。保身に満ちた従兄の顔など見たくもない。

それでも情報がほしかった。冬馬は青佐氏とどんな話をしたのだろう。

「やっときたわね、寧々。……ごめんねー、トーマくん。この子ったら帰ってきてからずっと部屋でスマホいじってて。豪華客船の話、聞かせてもくれないのよ。ついに三年間片思いしてた彼に告白しちゃうのかって、お母さん、そわそわしてたのに」

「あー……ははは」

「お母さん、余計なことは言わないで。トーマくん、部屋」

寧々は冬馬を促《うなが》して部屋に戻った。叱《しか》られる前の子供のようにそわそわしている年上の男性を見て、無性に腹立たしい気持ちになる。

冬馬がこんな風に弱々しく振る舞うのは卑怯《ひきょう》だ。

「あー、寧々。ケーキ買ってきたぞ。ちょうど苺《いちご》フェアをやってたから色々たくさん……」

「ありがとう。それで青佐くんのお父さんは何だって?」

「……そうだよな、やっぱり怒ってるよな。でも俺の身にもなってくれよ。これが明るみに出たら、俺は社会的に死ぬかもしれなくて」

「話、聞かせて」

冬馬の弱音も懐柔も受け付けない、と強い意志で言葉を重ねる。困り果てた従兄の姿に同情しそうになるが、その思いは胸の奥に押し込めた。今は陸たちを助け出すことだけを考えなければ。

「水谷《みずたに》くんたち、今もきっとどこかで生きてる。消えただけで、絶対に生きてる。布施《ふせ》だって藤枝《ふじえだ》だって黒田《くろだ》くんだっている。絶対、みんなで頑張って生きてる。助けなきゃ」

「なんか意外だな。お前、布施が好きなんじゃなかったのか？　最初に心配するならあいつのことだと思ってたんだけどな」

「みんながみんな、周りの人に優先順位を付けてると思わないで！　……ごめん、今のは」

苛立《いらだ》つままに言い返した直後、寧々は我に返った。さすがにこれは八つ当たりだ。

ただ冬馬はここに来て初めて絶句した。やがて羞恥心《しゅうち》と罪悪感に満ちた顔でうつむく。

「気づいてたのか……」

「私はただ部員たちの話を聞いただけ。本人も気づいてないと思う。でもわかってる人はいたよ。トーマくんがずっと贔屓《ひいき》してたって」

「そうか」

「それで全国準優勝したんだから間違ってたとは言われないと思う。私は素人《しろうと》だから、トーマくんが正しいか間違ってたかもわからないし。……でもトーマくんは『彼』に貸しが一個あるんだって思ってほしい。もしかしたらすごい選手になったかもしれない一人の男の子の将来を潰したんだって」

「……青佐さんは、この案件はこっちで引き取るって」

長い沈黙の後、冬馬は口を開いた。ずっと慌《あわ》てるばかりだった声音《こわね》は落ち着きを取り戻し、知将と謳《うた》われた彼の片鱗《へんりん》が見えた。

「俺はもう関わらなくていいって言われたよ。これは俺の感想なんだが、妙に落ち着いてたな」

「青佐くんがいなくなったのに？」

「ああ、最初からわかってたような印象すら受けた。そんなわけはないんだが……で、俺が出て行った後、電話をかけてた。『マゴモさん』って言ってたから、多分相手は嘉井南神社の宮司をやってる摩衣《まごも》さんだ」

珍しい名字だからこそ冬馬の耳にも残ったのだろう。

この日、冬馬は青佐家の屋敷に招かれた後、応接間で一通りの出来事を報告したという。息子を溺愛《できあい》し、蒼萩《あおはぎ》高校やサッカー部に多額の寄付をしてきたはずの青佐氏はなぜか息子の失踪《しっそう》を知っても取り乱すことなく、どっしりと構えていたそうだ。

そして「この件は私が預かります。消えた他の子の親御さんにも、こちらから連絡しておきますので、監督は全部忘れてください」といったきり、来客を理由に冬馬に退出を促したという。

青佐氏の態度に違和感を覚え、いったん応接間を出た後でトイレを借りたのは冬馬のせめてもの抵抗だったのだろう。しばらくしてからトイレを出て応接間の前を通った時、彼は室内から青佐氏が電話をしている声を聞いたそうだ。

嘉井南神社も青佐家も、この土地では共に歴史のある家系だ。ゆえに神にすがりたい一心で摩衣に電話をかけたのかもしれない。ただ、それにしては青佐氏が落ち着いて見えたという冬馬の感想が気にかかる。

「嘉井南神社に何かあるのかな」

冬馬を見ると、彼も同じことを考えている様子だった。

「明日、行ってみよう」

本当にこれがあっているのかわからない。神社に行ったからといって、何をすればいいのかもわからない。それでもインターネットで闇雲《やみくも》に情報をあさるよりはマシだ。

寧々ははやる気持ちを抑え、消えてしまった十人の安否を祈った。

＊　＊　＊

漂着八日目、無人島に雨が降った。

昼間、空気が湿り気を帯び、重い雲がどんどん流れてくる。太陽が完全に隠れると同時に辺りは夜のような暗さに覆《おお》われ、続いて森の方から強風が吹き付けてきた。

ゴウゴウ、ドウドウと不気味な重低音を上げ、森の木々がしなる。ばらばらっと大きな雨粒が降ってきたと思うと、瞬《また》く間に豪雨になった。

「さすがにこええっすね」

呟《つぶや》いたのが誰だったのか、陸《りく》にはよくわからなかった。辺り一面、真っ暗だからだ。太陽が雲に隠れたからではない。このタイミングで、記念すべき住居の試作品が完成していた。

一辺が五メートル程度で、高さは一メートル強の竪穴《たてあな》式住居だ。屋根は枝を束ねて木の蔓《つる》で結び、いくつもつなぎ合わせて上に載せた。

豪雨前に完成したのはよかったが、問題点も多く見つかった。

半地下状態の空間は四方を土壁で囲まれている上、高さもないので、膝《ひざ》を抱えて座ることになる。海からは距離を取ったので浸水することはないが、頭上にかぶせた屋根は雨粒を受け止めきれなかった。絶えず雨が降り注ぐものの、空気はなかなか入れ替わらない。不快なサウナのような熱気と閉塞感の中、身じろぎもできないことは陸たちにとって予想外の苦痛をもたらした。

「これは家とは呼べませんね」

うんざりした様子で青佐がため息をついた。ライトやランプもないため、青佐がどの辺りに座っているのかもわからなかったが、彼が不快そうに顔をゆがめたのが見えるようだ。

「五日もかけて作ったのがこれでは、時間を無駄にしたのでは？」

「いやいや〜、そんなことあらへんあらへん」

すかさず川上倫吾《かわかみりんご》が声を上げた。

「どっから見ても、極上のスイートルームや。ウチは高級ホテルのスイートとこのお屋敷、どっちか選べ言われたら、断然こっちにするわ」

「まあ、君はそうかも知れませんけどね。ご実家と同じで、落ち着くんでしょうし」

「なんやて！」

「二人とも、やめなって！」

制止の声を上げたのは本田《ほんだ》三郎《さぶろう》だろうか。狭すぎて動けないようだが、もしここが広ければ大柄な身体《からだ》を割り込ませて仲裁に入っていたはずだ。

三人の一年生が揉める声を聞きながら、陸は膝を抱える手に力を込めた。

陸としては、川上と三郎に賛成だ。川辺で大量の石を集めた三郎も、それを陸と共に運んだ川上も、この五日間本当によく頑張った。床に敷くための草葉を集めた青佐が遊んでいたとは思わないが、過酷な肉体労働を担当した自分たちの努力を「無駄」と言い捨てられたくはなかった。

この竪穴式住居は無人島に漂着した陸たちが、初めて自分の手で作りあげたものだ。

……皆で力を合わせれば、住居も作れる。

その証《あかし》ともいえる成果物のはずなのに。

「確かに、時間をかけた割には粗末な代物《しろもの》だな」

青佐に同調するように、藤枝が嘆息した。キャプテンからの容赦《ようしゃ》ないダメ出しに、隣にいた板東《ばんどう》がしゅんと肩を落とした気配がした。

「これじゃ外にいるのと変わらない。蒸し暑くて窒息しそうなことを考えると、いっそ外の方がいいくらいだ。川まで行かなくても身体も洗えるしな」

「すみません……」

「一から計画し直そう。今度は俺がちゃんと指揮を執る」

「いや、この家はものすごくちゃんとしてると思うよ」

とっさに陸は声を上げた。反論された藤枝がさらに苛立つ気配を感じたが、気落ちしているる板東のことを考えると、口が勝手に動いてしまう。

「だって外は暴風といってもいいくらいの強風なのに、壁は崩れてないしさ。悪天候に耐えられるってすごいことだよ」

「水谷、本気で言ってるのか？」

「確かに湿気や雨漏りは気になるけど、そこを直せばいいってわかったんだ。これってすごい進歩じゃないかな」

「…………」

「みんなで改善点を考えようよ。ビニールがあったらかぶせられたけど、それはないし……ええと、何かいい手は」

皆の意識をそちらに向けようと思ったが、あいにくいい案が全く思い浮かばなかった。もたもたしていたら、すぐにまた不満が噴出してしまいそうだ。

（何かいい案……話のきっかけになるだけでもいいから、何か……）

「竹があったらよかったね」

焦る陸の心を読んだわけではないだろうが、のんびりと翠《すい》が言った。普段はあまり積極的に発言しないが、今日は珍しく気分が乗ったようだ。

「竹って中が空洞でしょう？　縦に半分に割って『節』の部分を落としてから、デコボコを組み合わせるようにして組んでいくの。そうすれば、丸みに沿って流れた雨が凹《へこ》んでいるほうに落ちて、そのまま下まで流れてくれるから」

「あっ、確かに！　翠ちゃん、頭いい」

「うち、竹の卸売《おろしう》りをしているから。実家の裏が竹林だったの」

「そうだったんだ。実家のこと、そういえば初めて聞いたかも」

「三年間、サッカーの話ばかりだったものね」

好きな選手、応援しているチーム、興奮した一戦。好む戦術、効率的な自主練方法……。翠のそうした情報なら陸もきちんと知っている。部活中や帰る時、ふとした雑談の中でもあれこれ情報交換をしてきた。

ただそういえば、翠から実家の話を聞いたことはなかった。何度か会話の中で話を振ったことはあったが、翠はさりげなくはぐらかすか、他の人に質問し返した記憶がある。

……あまり話したくないことなのかもしれない。

直感的にそう思った陸に、翠はおっとりと笑った。暗闇と雨音、そしてこの非日常的な状況が少しだけ彼の心にも変化をもたらしたようだった。

「僕が生まれた日、花が咲いたの」

「花？」

「竹の花。……知っている？　竹って百二十年に一度しか花が咲かないといわれているの」

夢を見ているようにトロンとした声で、んふ、と翠が笑った。誰もが皆、家の外が台風並みの悪天候であることを忘れたように、翠の話に耳を傾けている。

「それはとても不吉なことで……実際、僕が生まれた年に実家の周りに生えていた竹は全部枯れてしまったみたい。竹を商売にしていたお祖父《じい》ちゃんはとても困ってしまって……僕が生まれたせいだと考えたのね」

「いつの時代の話⁉　そんなの、翠ちゃんのせいじゃないって」

「ありがとう、陸くん。お父さんもそう言ってくれた。でもそのせいで、うちはずっと喧《けん》嘩《か》が絶えなくて」

事業が傾いたことを翠のせいにする祖父と、子供を守ろうとする父親の諍《いさか》いは十五年間ずっと続いた、と翠は語った。

翠の家では家長制度が色濃く残っていたのだろう。絶大な権力を持つ祖父と、今はまだ彼の下にいるが、いずれ代替わりが約束されている父の間に挟まれ、親戚たちはなかなか仲裁もできなかったのかもしれない。

そんな中で望んだわけでもなく当事者になってしまった翠にできることは彼らからぶつけられる感情を「受け流す」ことだけだった。本来ならば祖父の怒りだけを受け流し、父の愛情を受け取ることが正しいのだろうが、幼い翠はうまく切り分けられず……結果として、他人から向けられる感情全てをスルーする癖がついてしまった。

常に夢を見ているような穏やかさは翠が実家で生きていく上で身につけた処世術なのだろう。こうして自分の身の上話をしている今でも、翠の声は穏やかだ。話を聞く陸たちのほうが心が苦しくなってくる。

「人の怒鳴り声は嫌い。暴力も。だから寮から通える蒼萩に来たの。……ね、みんなも落ち着いて話してくれる？」

イタズラを諭《さと》された子供のように、皆、気まずそうに黙り込んだ。最初に揉めた一年生三人は言うまでもなく、陸と藤枝も居心地の悪い罪悪感を覚えた。

「……まあ確かに改良点が見つかったのはいいことだな」

ぎこちない沈黙を破ったのは藤枝だった。咳《せき》払いを一つした彼は、かなり落ち着きを取り戻していた。

「竹は今のところ、森でも見てないが……。何か代用できるものがあるかもな」

「でかい葉はあちこちに生えてるだろ。あれを屋根の一番下に敷けばいいんじゃねえのか」

「でかい葉っぱ……！　布施、それってもしかして綺麗《きれい》な緑色で、ハート型をしてた？」

「いや、三十センチくらいで、手のひらみたいなやつだ。指みてえに葉の先が分かれてて……」

急に声を上げた陸に驚いた様子だったが、布施が詳しく説明した。

（違ったか）

陸が夏みかんの他に、唯一名前を知っている草だ。実家近くの海岸でよく見かけ、家の食卓にもたびたび上った。ややエグみがあり、正直好きではなかったが、今は何よりもその葉を探していたのだが。

（やっぱりこの島には生えてないのかも）

「指みたいな大きな葉っぱっていったら、ヤツデっすかね」

がっかりする陸には気づかず、阪江《さかえ》が思いついたように言った。

「地元の港がちょうどそんな感じなんすよ。前に葉っぱと港を見比べて、そんなに似てるかー？　って思った記憶があったっす」

阪江の地元は長崎だ。ヤツデの葉のように枝分かれしている佐世保《させぼ》港が「葉港《ようこう》」と呼ばれ、地元で親しまれていることを言っているのだろう。

陸はヤツデと言われてもピンとこなかったが、阪江なら見ればわかるだろう。

「葉の先が分かれてるなら、それを何枚も結んだら布状になるかな」

それが可能なら、屋根の一番下にヤツデで作った一枚の葉をかぶせ、その上に木の枝を載せることで屋根の雨漏りが防げる。

陸の思いつきに触発されたように、あちこちから声が上がった。

「今回は時間がなくて、まっすぐにしちゃいましたけど、やっぱり屋根は斜めにしたほうがいいですよね。室内のスペースも広くなるし」

「梁《はり》にするための丈夫な枝を集めましょうよ。うまいこと落ちてたらいいんですが」

「石斧《いしおの》を作りゃいいだろ。そろそろできることの幅を広げてえ」

あちこちから声が上がるのを見守っていると、陸の隣で玄翔《げんと》がかすかに笑った。顔は暗くてよく見えないが、満足そうな雰囲気が伝わってくる。

ただ……気のせいだろうか。触れている玄翔の肩がやけに熱く感じられる。室内の蒸し暑さで誰もが汗をかいていたが、そんな陸でさえわかるほどの「熱」となると、一体何度あるのだろう。

「玄翔、もしかして今……」

「気づいてるか、陸」

「えっ、あ、何が？」

偶然声が重なり、陸はとっさに会話を譲った。

「藤枝が何かを言うと、みんな『聞く』だろ。それはそれで揉めずに、いろんなことがすぐ決まるからいいけどな。……お前が話すと、みんなはそれに『続く』んだ。それで活発な意見が交わされる」

「あはは、俺が頼りないから、みんな、もっといい案が思いつくんだって」

「どんなことを言ってもお前は頭ごなしに却下したり笑ったりしないってわかってるからだ。……忘れるなよ、陸。それはお前の強みだし、お前にしかない特技だ。それをちゃんとわかっていれば……」

――お前はここで、ちゃんとやっていける。

玄翔は小さくささやいた。妙に弱く、それでいて祈るような響きを持って。

初めて聞く声音に、陸は無性に不安になった。

(何言ってるんだよ、玄翔)

一緒にやっていこう、ではなく、お前はやっていける、と言うなんて、まるで遺言のようではないか。

何かを言おうとした時、不意に明るい声が上がった。

「皆さん、雨、上がったみたいですわ！」

川上倫吾だ。彼の言うとおり、屋根の隙間《すきま》から降ってきていた水滴が和《やわ》らぎ、真っ暗だった住居の中に光が差し始めていた。天井からも壁からも光の筋が通り、それまでうっすらとしか見えなかった部員たちの顔や身体をキラキラと照らしている。

バッと誰かが屋根をはねのけると、今度はまばゆい光が視界を焼いた。

「おお、すげえ！」

土砂降りで大気中のちりが洗い流されたのか、空気がより一層澄んでいた。急速で海のように流れていく分厚い雲が徐々にちりぢりになり、青い空がのぞいている。海はまだ濁《にご》り、波も高かったが、いずれ落ち着いてくれるだろう。

「虹だ！」

誰かが空を指さした。確かにまっすぐな水平線の彼方《かなた》に虹が出ている。口々に歓声を上げ、部員たちが海の方へ走り出した。

それはすがすがしい希望を思わせる光景だった。

同時に、どこか胸がざわつく景色でもあった。

細い虹は高く天に昇っていき……どこにも届くことなく、途中で空に溶けるように消えていた。それがまるで自分たちの行く末を暗示しているような不安に結びつく。

右も左もわからず、知識もないまま、それでもなんとか生きてこられた。ただその幸運がこの先、いつまで続くかはわからない。いつか、最悪のタイミングで現実を思い知る羽目になるのかも。

(そんなことにはならない。みんなが……玄翔がいるんだから)

多分、きっと……そのはずだ。

＊　＊　＊

「よし、載せろ！」

威勢のいい藤枝の号令に、いくつもの声が唱和した。

バサリと大きな音がして、続いて歓声が上がる。

「なんとか次の雨には間に合いましたね」

陸の隣で板東が安堵《あんど》のため息をついた。

無人島に流れ着いてから十二日目、ようやく改良した竪穴式住居が完成した。

現代日本の「家」には遠く及ばないが、屋根は木の枝を組み合わせ、三角形の骨組みを作った。その上にヤツデの葉を結び合わせて布状にしたものを敷いたため、多少は雨漏りを防げるはずだ。屋根に傾斜を付けることで室内の空間にも高さができ、百九十センチを超す三郎でも立って歩けるようになった。

前回よりは遥《はる》かに快適な住居に、皆の表情は明るい。

「今の気候が続くなら外でも寝られるけど、いざって時に家があるのとないのとじゃ全然違うよね」

「ああ、これで本腰入れて、帰る方法を探せそうだな」

潮風が吹き付ける砂浜で、玄翔が石器ナイフを削りながら言った。作業台にしている平たい大岩にはいくつもの石が並べられ、さながら青空工房とも呼べる充実ぶりだ。

玄翔も手慣れてきたのか、三つほどのナイフを作りあげていた。ただ以前作ると言っていた石斧のような大作は手つかずのままだ。

「玄翔、大丈夫？」

「ああ、だいぶコツを摑《つか》んできたぞ」

陸が尋ねたのは「それ」ではなかった。ただ玄翔がきちんと陸の質問を理解した上で、あえて話題をそらしたこともわかってしまった。

この数日間、飲み込んで、飲み込んで……それでももうそろそろ限界だ。押さえ込んできた嫌な予感が胸を満たし、叫び出したくなるような焦燥《しょうそう》感に襲われる。

——玄翔が本当に立てなくなった。

漂着してしばらくは足を引きずるものの、玄翔も自分で移動していた。ただ二日前くらいから、彼はそれすら顔をしかめるようになり、作業台の前から動かなくなってしまった。

本人は石器ナイフを作ることが楽しくて離れたくないのだ、と言っているが、それが下手な言い訳であることは明らかだ。玄翔の目の下にはべっとりとクマが貼り付き、食事を取ることも苦痛なのか別人のように痩《や》せこけてしまった。ひげも剃《そ》ってはいるが、そり残しが目立ち、呼吸は浅く、速い。

一度渋る彼を説き伏せ、右太ももの傷を確認した陸は絶句した。ジクジクと膿《う》んだ傷口は黄色や紫色のまだらになり、雑菌が入ったのか患部の周りは赤く腫《は》れ上がっていた。触れると驚くほど熱く、玄翔は苦痛でうめき声を上げた。

どうしよう、どうしようと焦るばかりで、陸には何もできない。今まで通り、傷口の洗浄をするだけだ。これでは悪化するばかりだとわかっているのに。

「……ヨット丸《まる》のアニメに、鹿を捕って、その肝臓《かんぞう》を患部に当てるって描写が出てきた回があったよね。肝臓には毒を分解する力があるから、とかそういう理由で」

「はは、それって確か毒蛇《へび》に嚙《か》まれた時の対処法だっただろ。今回には当てはまらないさ」

「でも」

「その気持ちだけで十分だ。大丈夫、寝て食ってれば、すぐよくなる」

寝ることも、栄養のあるものを食べることもできない今、その言い分に納得できないことは彼自身、わかっているだろうに。

(大型の獣《けもの》……今まで一度も見てないけど……)

この島が四国近海の離島ならば、日本に生息している生き物がいても不思議ではない。ムササビやヤマネ、リスは森に入った部員が時々見かけていた。猿や鹿がいる可能性も高いだろう。

……鹿の肝臓があれば、玄翔は助かるだろうか。

今まで哺乳類《ほにゅうるい》を殺したことは一度もないが、それで親友の命が救えるのなら、いくらでもやってみせる。

「帰ったぞ。今日の調理担当は誰だ?」

矢も楯《たて》もたまらず、陸が石器ナイフ一本で森に入ろうとした時、藤枝と青佐が森の中から帰ってきた。謎の木の根と大きな茎を持つ葉。そして赤い実が付いた枝を数本と、しなびた根菜を持っている。

「藤枝、お疲れ様」

陸が声をかけたが、藤枝は聞こえなかったように無視した。

(今日も機嫌悪いみたいだ)

試作した住居で暴風雨をやり過ごした日、翠の話を聞いた。揉めないでほしい、といった翠の訴えは皆の心を打ち、誰もが落ち着きを取り戻したように見えた。

だが、結局それは二日も持たなかった。

少しすると藤枝は再び余裕をなくし、言葉や態度にトゲが目立つようになった。誰かの軽いミスを重罪のようにあげつらって叱りつけるため、後輩たちは萎縮《いしゅく》している。見かねて仲裁に入ると、それを待っていたかのように藤枝の矛先《ほこさき》は陸に向くことが多かった。

（俺の言い方が下手なんだ）

うまく藤枝を落ち着かせることができない。どんどん彼がヒートアップするため、最初にやり玉に上げられていた後輩からも陸のほうが案じられる始末だ。

諍いを嫌う翠は、藤枝を落ち着かせることより距離を置くことを選んだようだ。藤枝が激高《げっこう》すると、翠はふらりとその場を離れてしまう。そして荒々しい声が聞こえないほど離れたところで、一人で洗濯や枯れ木集めをしていた。

布施は元から他人の揉め事に関わるタイプではない。余裕をなくす藤枝を呆《あき》れたように一瞥《いちべつ》するだけで、彼は相変わらず一人で島の探索をしている。

漂着初日からずっと言い続けているように、布施の頭の中は「帰る」ことでいっぱいだ。陸とは違い、彼には輝かしい未来が待っている。こんな島に囚《とら》われているのは耐えがたいのだろうと陸でも想像できる。

（でも、こんなにバラバラになるなんて）

癖の強いメンバーだとはわかっていたが、自分たちは全国準優勝を成し遂げたサッカー部だ。皆で協力して生活しつつ、元の世界に帰ることができると信じていたのに。

「すごい、大量ですね」

本田三郎が駆け寄り、藤枝から食材を受け取った。

「青佐が途中で一度はぐれてな。焦ったが特に怪我《けが》もなく、そっちで色々見つけてきた」

「茂みの裏が斜面になっていることに気づかず、滑り落ちてしまいまして。そこで、これらを見つけけました」

「赤い実か……」

青佐が採取した植物の中に赤い実を見つけ、陸は思わず呟いた。

以前、青佐が似たような実を収穫してきたことがあった。一口食べた玄翔が即吐き出したことを思い出し、皆、顔を見合わせる。

それが心外だったのか、青佐は腹を立てたように頰《ほお》を紅潮させた。

「これは問題ありません。ヤマボウシといって、れっきとした果物ですよ」

「もしかして青佐、自分で食べてみたの？」

「え……ああ、ええ、そうです。そうですとも」

なぜか一瞬動揺したようだったが、彼はすぐに抗議するように藤枝に言った。

「キャプテン、なぜ私がこのような疑いをかけられなければならないのですか？ 危険を冒して、森で食料調達してきたのは我々です。感謝されるならともかく、嫌疑をかけられるいわれはありません」

「もちろんだ。……おい水谷、青佐に謝れ」

「うん……？ ああ、ごめん。別に疑ったわけじゃないよ。毒味してくれてありがとう」

きつい口調で詰め寄られ、陸は戸惑いながらも頭を下げた。これはこれで本心だ。今まで青佐が採取したものを毒味したことはなかったため、その変化がうれしい。

「それじゃあ、早速調理して……」

「青佐、本当に全部食ったのか？」

「いえ、私が確認したのはヤマボウシだけです。他も多分……問題ないと思いますが」

藤枝の問いに、青佐は急に落ち着きをなくした。

(青佐、なんか変だ)

今まで野草に詳しいそぶりも見せなかった青佐がヤマボウシの名前を知っていたこと。それ以外の野草に関しては名前も知らず、毒味もしていないのに「問題ないと思う」と言ったこと。

その両方に違和感を覚える。この後自分も食べる食材なのだから、適当なことを言ったとも思えないのだが……。

「なら、他のものはまず黒田だな」

「……藤枝！」

考え込んでいた陸は藤枝の声にハッとした。

藤枝は食材を抱えた三郎の背中を押し、玄翔の方へ向かわせている。

「待って。玄翔は具合が悪いんだ。今、毒に当たったら大変なことになるかもしれない」

「あのなあ、水谷。団体行動だろ、これは」

反論されることはわかっていただろうに、藤枝は苛立ちを露《あらわ》にした。

「全員働いてる。動けないから毒味役を引き受けるって黒田が自分で言ったんだぞ」

「玄翔は石器ナイフを作ってるよ。それに『動けない』ことを理由に、危険なことをやらせるのは間違ってる。俺たちだっていつ、どうなるかわからないんだから」

「何が言いたい」

「海で何かに襲われたら？　森の中でうっかり傾斜を滑り落ちて足でも折ったら？　その瞬間から俺も藤枝も動けなくなる。そんな時に歩けないことを理由に、不当な扱いを受けるなんて俺は嫌だよ」

ぐるりと周囲を見回すと、誰もが居心地の悪そうな顔で目をそらした。皆、十数日前まではごく普通の高校生で、命の危険を感じることなく助け合ってサッカーをしていたのだ。玄翔が自分で言い出したので任せているが、心から玄翔に毒味をさせたくてたまらない者などいるわけがない。

（俺はそう信じてる）

だからこそ藤枝が越えてはならない一線を越えようとしていることに危機感を覚えた。ここで止めなければ、自分たちは取り返しのつかないことになってしまう。

「そもそも、もう食べられる植物や魚はいくつかわかってるよね。それだけ選んで食べればいいよ」

「それを食い尽くしたらどうする？　飢《う》え死にすることになるんだぞ」

「藤枝、頼むから少し冷静に……」

「俺は冷静だ。お前こそ口答えするのはやめてくれ！」

　突然、藤枝が怒鳴った。

「俺はキャプテンとして、お前たちの命に責任があるんだ。わかってるのか。ずいぶん前からお前が俺に反対するたびに、作業が止まる。お前がチームの和を乱してるんだぞ！」

「藤枝の言う『お前たち』に玄翔が入ってるなら、俺は黙るよ」

　これが他のことならば、陸は折れていただろう。だが今はそれよりも優先しなければならないことがある。

「でも今は聞けない。初めて採ってきた植物は食べない。玄翔にも食べさせない」

「何もする気がないなら食うな。……おい本田、黒田と水谷はメシ抜きだ。食わせるなよ」

「そんな……！」

　悲鳴を上げた本田三郎を、陸は目で制した。今の藤枝は明らかに冷静さを欠いている。下手に刺激したら、三郎まで巻き込んでしまう。

「玄翔、待ってて。後で何か採ってくるから」

「いや……いや、ダメだ。これは……こういうのはいけない。俺は……俺が」

　不意に玄翔の声が力を失った。糸の切れた人形のように、玄翔はぐらりと崩れ、その場に倒れ伏す。

「玄翔⁉」

慌てて助け起こしてゾッとした。玄翔の呼吸は荒く、身体が燃えているように熱い。いくら呼んでも目を覚まさず、完全に意識を手放している。

「嘘《うそ》だろ……玄翔、しっかりして！　玄翔！」

「家の中に運ぶぞ。そっちのほうがまだマシだろ」

また一人でどこかへ行っていた布施が騒ぎに気づき、足早に戻ってきた。

布施と力を合わせ、玄翔を家の中に連れて行く。苦痛と高熱で顔をゆがませている玄翔の額《ひたい》に水で濡らしたシャツをタオル代わりにして当てる。すぐにぬるくなる水に歯がみしながら、陸はいよいよ避けられない問題が目の前に迫ったことを察した。

本当はずっと前から、こうするべきだと考えていた。

それでも勇気が出なかった。輪を乱さないことが一番大事だと思っていたこともあるし、そもそも乱すことが苦手だったからだ。

……皆で仲良く、助け合って、一つの勝利を得る。

それを望める状況じゃないことは、陸自身ももう勘づいていたのに。

（玄翔と、ここを離れよう）

藤枝たちと別行動し、玄翔の傷を治すことに専念するのだ。

多分、それが一番いい。

# 7　吉兆

午前中の嘉井南《かいなん》神社はきんと凍《い》てつくような寒さに包まれていた。昨日降っていた雨が石畳《いしだたみ》を濡らし、落ち葉が貼り付いているため滑りやすい。

境内《けいだい》はあまり広くないが、大鳥居をくぐって直進したところに本殿が、そのそばには神楽《かぐら》殿が建っている。奥まったところに社務所が、脇には絵馬掛所があった。

寧々《ねね》が元旦に初詣《はつもうで》に来た時は隙間《すきま》がないほどぎっしりとかかっていた絵馬は今、ほとんどない。嘉井南神社では祭りの日に正月飾りと共にお焚《た》き上げが行われるためだ。

「去年、みんなで書いた絵馬ももうないね」

寮生活を送っている生徒も長期休みには帰省することが多い。ただ冬にあるサッカーの全国大会は年末年始を挟んで行われるため、この三年間、部員たちは嘉井南市で年を越していた。元々地元に住んでいる部員はともかく、離れた地に子供を送り出した親たちは正月にも顔を見られず、さみしかったのではないだろうか。

それでも陸《りく》や玄翔《げんと》の親は学校や監督の神谷冬馬《かみやとうま》に苦情を入れることなく、逆にお歳暮《せいぼ》やお中元を毎年欠かさず送ってくれた。

あの優しい人たちは今も、息子が楽しく最後の学園生活を送っていると信じているのだ。我が子はきっと全国準優勝した偉業をたたえ合いながら、決勝戦で負けてしまった悔しさを皆で分かち合っているから、連絡一つ寄こさないのだろう、と。

突然消えてしまったなんて想像もせずに。

「青佐《あおさ》くんのお父さん、どうやって説明するつもりかな。私が水谷《みずたに》くんたちの親だったら、絶対納得しないけど」

「本当にな。部内で一人消えたくらいなら、どうとでもなるだろうが」

「えっ、一人だけでも大ニュースだよ！」

驚いて振り返ってから、寧々は首をかしげた。冬馬は見たこともないような奇妙な顔をしている。昔食べた苦い果実の味が口内によみがえったような。

「トーマくん、どうかし……」

「おいおいおい、カミヤン⁉」

その時、突然驚いた声が割り込んできて、寧々は振り返った。初めて会う青年が目を丸くして駆け寄ってくる。

「カザじゃないか！　いつ帰ってきたんだ？」

「昨日だ。色々とやることが片付いたからな」

垂れ目で温和そうな青年は手を広げて冬馬を待ち受け、がしっと肩を抱いた。その親しげな仕草から、彼らが旧知の仲であることがうかがえる。少し考え、寧々は「あっ」と声を上げた。

「風間《かざま》選手だ！」

「おっと、俺のこと知っててくれてる？　うれしいなー、君はどなた？　カミヤンの彼女？　ただの知り合い？　彼氏いる？　今、フリー？」

「従妹《いとこ》だバカ。まだ高校生だアホ。手を出したら通報するからな」

間に割って入り、冬馬がじろりと風間をにらむ。そんなやりとりさえ楽しいのか、風間はより一層、目尻を下げて笑った。

（トーマくん、高校生の顔になってる）

風間孝《たかし》のことは寧々も少し知っている。冬馬と同い年で十年前、共に蒼萩《あおはぎ》サッカー部を全国ベスト４に導いた選手だ。正確なクロスに定評があり、名アシストを連発してチームに貢献した実力を評価され、卒業後は国内クラブへ入団した。

残念ながら風間が在籍していた十年間、所属クラブは一部リーグに上がることができず、彼もいくつかのクラブを転々とした後、今シーズンで退団を決めた。

それでも蒼萩高校からプロになった二人のうちの一人であり、冬馬も時々風間の試合を見ては、寧々に彼の話をしてくれた。

「間宮《まみや》寧々っていいます。サッカー部でも風間選手を目標にしてる部員は何人もいます。今までお疲れ様でした」

「えっ、優しい……っ。ほんとに君、カミヤンの従妹？　君がいるなら、もっと早く戻ってくればよかった」

「もしかして嘉井南市に来たのは十年ぶりなんですか？」

「まあねえ。クラブのほうが忙しかったし、なかなかタイミングがなくて。でも今年は全国準優勝したっていうじゃん？　新聞で読んで驚いてさー、久しぶりに来てみたくなったんだよね」

——新聞で読んで、驚いて。

（テレビ中継は観てなかったのかな）

母校といっても、十年もたてばそんなものなのだろうか。もしかしたらそうなのかもしれないが、風間にとってはかつてチームを引っ張っていたキャプテンが今度はサッカー部を率いる監督になったのだ。仲がよいのなら応援に駆けつけるか、中継で見届けようとしてもおかしくないと思うのだが。

「ま、ちょっと事情があってな」

寧々の視線に気づいたのか、冬馬が肩をすくめた。「そんな話を女の子に……」としかめ面《つら》で止めようとした風間を制し、冬馬は言葉を続ける。

「在校中、部員の一人が失踪《しっそう》したんだ」

「えっ！」

「まあ、仮にも仲間だった奴を悪く言うのもアレなんだが、ちょっと荒っぽい奴でな。公式戦ではカードをもらうこともしょっちゅうだった。正々堂々行こうって説得しても反発して……。だからまあ、どこかでやばい連中と揉めたのかもしれない」

「そんなに怖い人だったの？」

「部活中、鉄パイプを持った連中が『横尾《よこお》を出せ』って乗り込んでくるくらいにはな」

「うわあ……こう言っちゃアレだけど、大騒ぎにならなくてよかったね」

そんな事件が明るみに出ていたら、冬馬たちも巻き添えを食っていただろう。公式戦への出場停止やサッカー部の廃部といった罰則が科されてもおかしくない。十年前のこととはいえ、寧々も想像するだけでゾッとした。

「全国大会中は大人しくしていたし、試合でも活躍してくれたんだけどな。結局、十年前のこのくらいの時期、書き置きを残して家を出たそうだ。『東京に行く。探すな』って」

「そうだったんだ……」

「俺とカザだけにプロ入りの話が来たせいで拗《す》ねたんだろうっていうのが当時の部員全員の見解だ。そんなこともあって、若干《じゃっかん》後味が悪くてな。卒業後、何年かはみんなで集まっていたが、次第にそんなこともなくなったんだ」

「まあ、みんな上京したり就職したり、それぞれの生活が忙しくなったしねえ」

冬馬からこうした「十年前」の暗い話を聞くのは初めてだ。歳《とし》の離れた従妹に聞かせる話ではない、と意識して避けてきたこともあるだろうし、冬馬自身があまり人には言いたくなかったこともあるだろう。

（失踪だなんて物騒……。書き置きを残してるなら、今回の水谷くんたちの件とは違うだ

ろうけど）

きっと当時も騒動になったことだろう。突然息子が家を出たとなれば、両親はとても心配したに違いない。

（神社で無事を祈ったりしたのかな。十年前のこの時期ならちょうど大祭もあったし……）

何気なく考えた瞬間、寧々は大きく息を呑《の》んだ。

「嘉井南大祭……！」

「寧々、どうした？」

「水谷くんたちが消えた日って、嘉井南大祭だったよね？」

慌ただしく風間に別れを告げ、寧々は神楽殿の裏に冬馬を引っ張っていった。

神楽殿の裏手はジメジメしていて薄暗い。綺麗《きれい》に片付けられていて掃除用具の置き忘れもないが、ぷんと年季の入った木材の匂いが漂っていた。

——十年に一度、行われる嘉井南大祭当日、十人のサッカー部員が忽然《こつぜん》と消えた。

——その話を聞いた地元の名士は嘉井南神社の宮司に電話をかけた。

それらは偶然なのだろうか。ただ十年に一度の神事と、仲間の身に起きた不可解な現象をつなぎ合わせてしまっているだけだろうか。

「別に私たちはお祭りに参加してたわけじゃないし、さすがに無理があるかな。でも……」

無関係だと切って捨てることもできない。何しろ今の寧々たちにとって、はっきりわかっていることは何もないのだ。

「もし大祭の日に人が消えることがあるなら、そっちから手がかりをたどれないかな」

「なるほど。横尾は違うとしても、大祭の線で調べてみるのはよさそうだ。ただ十年前のことを覚えてる人となると……」

「そっちは私に任せて。心当たりがある」

「わかった。すぐに会ってもらえそうか？」

「十時開店！」

「ああ、あそこか」

情報量をそぎ落とした地元民特有の会話になってしまったが、冬馬もピンときたようだ。素早くこの日の計画を立て、二人して家に帰ろうとする。

『……んんとおおおおや……』

去り際、奇妙な声が聞こえた気がして、寧々はふと脇に建つ建物に目を向けた。

「どうした、寧々」

「うん……私、嘉井南市もお祭りも大好きだけど、この時期の神楽殿だけはあんまり好きじゃないなって思い出して」

神楽殿は人々の目線よりも高い場所に作られた高床式の舞台だ。

嘉井南神社のそれは四隅《よすみ》に柱が立てられ、御簾《みす》の上がった美しい作りをしていた。穀物の豊作を祈る祈年祭や五穀豊穣に感謝する新嘗祭《にいなめさい》など、年中行事のたびに雅楽や巫女《みこ》舞が披露され、辺りは賑やかな音楽に包まれる。

ただ嘉井南神社の例大祭……嘉井南祭りの日だけは違う。祭りの日から三日間、神楽殿には重い雨戸が下ろされ、中が全く見えなくなる。

耳をすませば、中から歌が聞こえるのはわかる。昔は三日三晩、神職に就く者が歌い続けたというが、現代では録音した音源を音楽プレーヤーで再生しているようだ。

遊びをせんとや生まれけむ
戯《たわむ》れせんとや生まれけん
遊ぶ子供の声聞けば
我が身さへこそ動《ゆる》がるれ

平安時代末期に編まれた『梁塵秘抄《りようじんひしよう》』に掲載されている今様歌《いまようた》だ。遊びに夢中になる子供を見た大人が「自分たちはまるで遊ぶために生まれたようだなあ」とほのぼのと思う様子を歌ったといわれている。

そんな歌が、完全に密閉された神楽殿から延々と流れる様子は「異様」の一言に尽きた。

子供の頃、意味がわからず、母親に聞いたことがある。あの中はどうなっているの、と。

『鬼が遊んでいるのよ』

母親はさらっと言った。

『邪魔しちゃダメよ。扉を開けたら、鬼が出てきちゃうから』

鬼って何？　と聞いたが、母もそこまでは知らないようだった。

ただ今も神楽殿からは今様歌と共に、かすかに物音が聞こえていた。

ゴトッ、ゴト……と何かが動いているような音だ。

きっと神官が中にいて、祭りに関する何かしらの作業を行っているのだろう。そうに違いないと思いながらも、不気味な音に寧々は身震いした。

＊　＊　＊

深夜の森はあらゆる脅威《きょうい》が詰まったブラックボックスのようだった。

頭上で輝いているはずの無数の星は木々の枝で遮《さえぎ》られ、森の中までは届かない。闇《やみ》に目が慣れるにつれて大樹の幹や太い枝はぼんやりと見えてきたが、地面から突き出ている木の根や茂みは闇と同化している。夜行性の虫が多いのか、時々耳元で重い羽音がするたび、不快感と警戒心でびくりと身体《からだ》がこわばった。

「虫、は……慣れない、な」

隣で弱々しい笑い声が聞こえた。本人的には明るく笑い飛ばしたつもりなのかもしれないが、実際は吐息と聞き間違えるほど弱い。

陸は左肩にずっしりと食い込む腕の重みをこらえ、笑い返した。

「俺も。子供の頃は平気だったのに、なんで大人になるとダメになるんだろうね」

「……刺すから、かな」

「それはあるかも。でもあの寮で夏場に時々出るアレとか、刺すことも嚙《か》むこともないけど、ほんとにダメだし」

「はは……。去年、だったか？　食堂に出て、全員で絶叫した、な。先輩たちにめちゃくちゃ怒られて……」

「殺人鬼でも乗り込んできたのかと思った！　って嘆かれたよね。俺たちの心境としては、同じくらい怖かったんだけど……。あ、それ、あるかも」

「……うん？」

「家って心理的に一番安心できる場所なのかもね。だから自分がくつろげる場所に侵入者がいる状況が一番怖いんだ。虫も森の中で見る分にはあの時ほど怖くない気がする」

「……いいな。それ、大発見だぞ、陸」

　ガクッと一瞬肩に玄翔の全体重がかかり、陸は思わずよろめいた。とっさにこらえ、玄翔の腕と腰を両手で支える。

　玄翔が高熱を出して倒れた夜、陸は夜明けを待たずに彼を連れて住居を出た。他の部員が海岸でごろ寝していたのが幸いだった。出て行く時の物音に気づかれることもなく、二人は森に入っていくことができた。

　元々持ち物と呼べるものはほとんどない。コートや上着などの私物と、煮沸《しゃふつ》した川の水を入れたペットボトルを二本だけもらう。

一度気絶して数時間眠ったことで少しは体力が回復したのか、連れ出す時に玄翔は意識を取り戻していた。それでも摑《つか》んだ腕から伝わってくる体温は、普段よりずっと高い。

(玄翔、何も言わないな)

肩を貸されて連れ出された時も、玄翔は無言だった。ただ、了解だ、と言うように一度だけ、グッと肩に回した腕に力がこもった。

きっと彼もまた同じことを考えていたのだろう。もしかしたら玄翔は陸が連れ出さなければ、一人で出て行くつもりだったのかもしれない。

(そんなこと、させなくてよかった)

彼と共に生きて帰れないなら、自分が頑張る意味はないのだから。

「よかった、のか」

森をさまよう中、ぽつりと玄翔が呟《つぶや》いた。たったそれだけだったが、彼が何を言おうとしたのかは陸にもわかる。

「俺が玄翔に付き合って、渋々向こうを離れたわけじゃないよ。わかってたと思うけど、最近は俺もすごく敵視されてたからさ。あのままだったら、藤枝をもっと怒らせてた」

「……そうか」

「控え選手の俺がいちいち口答えするから苛立《いらだ》たせちゃったんだろうね。もっとうまい言い方をすればよかった」

「それは、違うぞ。あいつは、もうずっと……」

今の玄翔を歩かせるのは無理があったのだろう。

ゆっくりと、だが確実に玄翔の身体が重くなっていく。多少熱が下がったとはいえ、今の玄翔を歩かせるのは無理があったのだろう。

早くどこかで休まないとならない。ただ朝になって陸たちがいないことに気づいた藤枝たちが探したとしても、見つからないくらいには距離を取りたい。せめて玄翔の体調が回復するまでは。

「行き先、あるのか、陸」

ぽつりと玄翔が言った。

「ふらふらしてる……だがどこか、目指してる。そんな感じがする」

「やっぱり玄翔には全部お見通しだ。……うん、森の裏側を目指してる」

「裏側」

「ずっとそっち側には行けてなかったからさ。北側の端は水没して渦が発生してたし、南側は崖になってたし。西側に行くには森を突っ切るしかないけど、気になってて」

「気になって……？」

「気になってた、というか、もうそっちしかないと思ってた、というか」

探している植物がある。

同時に、元の世界に帰る方法も探している。

どちらも、流れ着いた東側の砂浜では見つけられなかった。十人がかりで散々うろついたにもかかわらず見つからなかったのだから、これ以上あちらを探しても無理だろう。だから西側へ行くべきだとわかっていたのに、行動に移すまでに長い時間を要してしまった。

武器も持たず森に入ることにひるんだのが理由の一つ。

そしてもう一つは、危険を冒さなくても拠点の周りに豊富な食材と飲み水があったからだ。命の危険がなかったために、行動する勇気が持てなかった。その結果、玄翔の傷を悪化させてしまったのだから、自分の不甲斐《ふがい》なさに腹が立つ。

「何かきっかけがないと動けなかったんだ。それが今だった。きっと何か、発見できるよ。帰るためのヒントとか、すごくいいモノとか」

「ああ、帰りたい……な」

少しだけ玄翔の身体に力がこもった。元の世界に帰ることを思い出し、生きる気力が湧いたのだろう。

もう少しの辛抱だ、と彼に声をかける。

漂着三日目にイカダで海に出た時、この島は大陸の先端ではなく、楕円《だえん》形の小島に見えた。島の北側から南側までの距離は四キロほどだったので、東と西の距離もそう変わらないはずだ。健康なサッカー部員の足なら数十分でたどり着ける。

（今はその倍……いや、三、四倍はかかると思ったほうがいいけど）

それでももう二キロは歩いたはずだ。

あと少し歩けば、きっと裏側の海岸に出る。ついたら玄翔を休ませ、すぐに食料と水辺を探しに行こう。これまでに食べてきた食材ならばいいが、初めて見るものならば、まずは自分が食べてみる。

玄翔が火をおこすところと石器ナイフを作るところは見ていたので、陸にもできるはずだ。そうやって生きつつ、帰る手がかりを探す。

(全部、俺一人でやるんだ)

できるだろうか、と一瞬不安が脳裏をよぎる。三年間、どんなに頑張ってもスタメン勢と試合にも出られなかった自分が。結局誰の目にも止まらず、成果も残せなかった自分が。

ひるむ気持ちを奮い立たせ、不安から逃げるように足を速めようとした時だった。

――シュル。

少し離れた場所で、何かがこすれるような音を聞いた。

衣擦《きぬず》れとは少し違う。だが、獣《けもの》や虫が出す音とも違う。

(蛇《へび》)

直感的にそう思った瞬間、ぶわっと全身が総毛立った。

(毒蛇？　普通の蛇？　大きさは？　距離は？　こっちに気づいた？)

蛇には毒を持つものと持たないもの、昼間に活動するものと夜に活動するものがいる。

種類が多いため簡単には絞り込めないが、実家が農家だったこともあり、陸も何種類かの蛇は見たことがあった。日本に生息する蛇は大半が無毒で、食用にしている地域もある。今、陸たちのそばに来ているであろう蛇もおそらく無害だろう。

ただ、この暗闇の中では確証が持てない。正確な距離も、こちらに狙いを定めたかどうかもわからない。

ドクドクと自分の心臓が高鳴る音まで聞こえるようだ。汗が噴き出し、額《ひたい》を伝う。

最初に音を聞いた後、それらしい音は聞こえない。ただ極限まで研ぎ澄まされた集中力のおかげか、何かが静かに移動する気配を感じた。一本先の木の幹だ。それがゆっくりと枝を伝い、陸のいるすぐ隣の木に移動してくる。

陸たちを獲物《えもの》だと認識したのだろうか。……いや、その前に蛇というのは積極的に自分より身体の大きな生き物を襲うものだっただろうか。

こちらが大声を上げれば逃げるかもしれない。……だが刺激したら襲ってくるかもしれない。

わからない。どんな行動が正解なのか。

めまぐるしく考えは頭を巡るが、身体はむしろ岩になったように動かなかった。どれだけ時間がたったのかもわからない中、ついに何かが陸たちの方に這《は》い進んできた気配がした。その瞬間、

――タン！

「うわっ」

突然、予想外の音が聞こえ、陸は思わず悲鳴を上げた。

集中していたせいか、小さな音だったのに耳元で銃声を鳴らされたような大音量に聞こえた。爆発しそうな心臓をなだめながら、音が聞こえた方に顔を向ける。先ほど、蛇の気配を感じたのとちょうど同じ位置だ。

「……ナイフ？」

木の幹に石器ナイフが刺さっている。しかも蛇の頭を貫いて。

「意外と成功するもんだな」

「布施《ふせ》⁉」

驚く陸にはお構いなしで、後ろから歩いてきた布施は幹に近づき、蛇とナイフを両方回収した。幻や幻覚ではない。ごく当たり前のような顔をして、彼はただそこにいる。

「蛇、食べるの？　……いや、その前に俺たちをつけてきたの？　えっ、いつから？」

「最初からだ。今夜辺り、覚悟決めそうだと思ってた」

「全部わかってたんだ……」

布施が陸の動向を探っていたことも、考えを読んだことも、いざ行動を起こした時についてきたことも……全てに対して驚いたが、中でも最後の一つが一番理解できなかった。

藤枝が神経質になっていく中、布施がこれまで以上に彼と距離を置こうとするのはわかる。ただそれでも安全を確保するためには集団行動するべきだろう。

（玄翔みたいに、毒味を強要されたわけでもないし）

「ただ生きてくだけなら、俺一人で十分なんだよ」

陸の考えを読んだように、布施が平然と言った。

「蛇だって、こういう状況なら食える。もっと早く別行動したってよかったんだ」

「それはまあ、確かに布施ならそうかもしれないけど……。でも、それならなんで俺たちについてきてくれたの？　というか、ついてくるならくるで、もっと早く声をかけてくればよかったのに。そもそももっと前からそういう話をしてくれてたら、俺だって……いや、その前に、なんで……」

「あれこれ一気に聞くんじゃねえよ。追ってきたのはまあ、気まぐれだ」

「気まぐれって」

「お前らがどこまでやるのか、気になってよ」

ずっと集団の輪を乱さないように心がけていた陸の覚悟を確かめようとした、ということだろうか。夜の森にひるんだり、個人行動することに怯《おび》え、仲間のもとに戻ろうとするなら声はかけない。ただ本当に陸が藤枝たちと離れる覚悟を持っていたなら、手を貸すつもりで。

「あ、別に親切心じゃねえからな。至れり尽くせりなんて期待すんなよ」

「うん、布施がそこまでしてくれるなんて考えてないよ」

「即答もむかつく」

「面倒くさいなあ」

思わずため息をつくと、嫌そうに舌を打たれた。それでも布施は陸の反対側に回り、気を失いかけている玄翔の腕を自分の肩に回す。

その瞬間、一気に陸の負担が軽くなった。布施一人で玄翔を抱えてしまっているのではないかと思うほど。

それなのに、ものすごく安心してしまった。布施の存在をこれほど心強く感じるとは。

(こういうところが本当に悔しいけど……)

「俺は今すぐにでも帰りてえんだ」

玄翔を両脇から支え、陸たちは並んで森を歩いた。無言になるかと思ったが、意外にも布施のほうから話し出す。

「藤枝はダメだ。快適さを求め始めた。あいつはもう、あの海岸を動かねえだろ」

「……それは確かに」

住居が完成したためだろう。

拠点を築いたこと自体は正しかったと思っているが、陸としては風雨をしのぐだけでよかったのだ。ただ藤枝はそれでは満足できず、居心地のよさを追求し出した。

元々彼が秩序だった行動を好む傾向にあったことも確かだが、漂着二日目に砂にかぶれた苦い経験も彼の記憶に刻まれていたのかもしれない。住居を手に入れたことで藤枝の意識は「何が何でも帰る」から「落ち着いて生活しつつ、帰る方法を探す」に変化したような印象を受けた。現在わかっている安全な食材だけでは満足できず、より味のいい食材を求め始めたのもそのためだ。

だがそうした欲求には終わりがない。どんなに食料を集め、どんなに家具をそろえたとしても、現代日本で生きてきた自分たちが本当に満足できる生活にはならないだろう。

まだ不便だ、もっと過ごしやすさを、と求め続ければ、どこかで必ずひずみが出る。仲間内で採めるか、誰かが毒を持つ食材を食べて苦しむか……。いずれにせよ、十人全員が快適に暮らすよりも先に、共同生活そのものが瓦解《がかい》するに違いない。

「今更だけど、布施ってここに来た直後からずっと、ひたすら帰ろうとしてるよね」

いつの間にか、周囲が少し明るくなっていた。先ほど布施が投げたナイフを陸が見つけられたのもそのせいだったようだ。まだ太陽は昇っておらず、木々の合間から見える空も暗いままだが、森に漂う夜の気配が少し薄れている。

「俺たちも帰りたいのは確かだけど、布施は徹底してるからさ。そりゃプロ入りが決まってるんだから焦るのはわかるんだけど、なんとなくそれだけじゃない気もして」

「……ばあちゃんが一人で待ってんだ」

「え」

うるせえ、とはぐらかされると思ったが、布施は静かに答えた。予想外の言葉に陸が目を丸くすると、彼は思いがけず穏やかな声で続けた。

「両親がいなくてな。ガキの頃、立て続けに死んだ。それからずっとばあちゃんに育ててもらってきた」

「そうだったんだ」

「本当は中学を卒業したらサッカーもやめて働きに出るつもりだったんだ。けど神谷監督が中三の時に声をかけてきて」

君の力が必要だ、と言われたと布施は肩をすくめた。

「全国優勝すりゃ、スカウトの目に留まる可能性もあるだろ。中卒で働き口を探すより、大金を稼げる可能性に賭けた」

「うわあ、中学の頃から、そこまで考えてたんだ……！　しかも、本当に一部リーグのクラブに入るなんて」

「まだ決まっただけだ。結果を出さなきゃ、すぐ解雇される。だから早く帰りてえ。こんなわけのわからねえ島に閉じ込められて、ばあちゃんを一人にさせてる暇はねえんだよ」

蒼萩サッカー部にいた三年間、布施は誰にも自分自身の話をしなかった。陸はいつも壁を感じていたし、結果を求めるストイックなひたむきさには羨望《せんぼう》と共に、少しだけ危うさも感じていた。

そんな彼がなぜ今、自分の話をしてくれたのかはわからない。陸たちが集団から離れる決意をしたことが彼の琴線《きんせん》に触れたのだろうか。

（単なる気まぐれかもしれないけど）

帰りたい理由が大切な人のため、というのは陸にも共感できた。不思議だ。何から何まで自分とは違う存在だと思っていた布施の中にこうした一面があるなんて。

「……あ」

その時、不意に布施が顔を上げた。気づかないか、というように一瞥《いちべつ》され、陸も遅れて気がついた。

「潮の匂いがする」

再び気を失ってしまった玄翔を左右から支え、陸たちは足を速めた。

濃厚な森の香りに、嗅《か》ぎ慣れた潮の匂いが混ざり出す。ざくざくと土を踏みしめ、茂みをかき分ける。次第に密集していた植物がまばらになり、やがて靴の裏が草の生えた土ではなく、さらさらとした砂を踏んだ。

「海岸だ！」

バッと目の前に広がった光景に、陸は思わず声を上げた。

うっすらと白む空の下、夜明けの海が広がっている。太陽は拠点にしていた海岸から昇っていたため、裏側の水平線はまだ暗い。

見渡す限りが砂浜だった東側に比べ、裏側は岩場が多かった。雑魚《ざこ》寝しづらそうではあるが、岩場で暮らす魚や甲殻類《こうかくるい》も棲《す》んでいるかもしれない。

そして何より目を奪われたのは、

「あった……あった、ほんとにあった！」

岩場に目を留めた陸は呆然《ぼうぜん》と呟いた。あたふたと玄翔を布施に預け、砂に足を取られながら岩場に駆け寄る。森の腐葉土が風に乗って飛び、岩場に溜まったのだろう。そこで芽吹いた植物が潮風に揺られている。

　濃緑色をした、手のひら大の葉だ。ハート型で花は咲いておらず、実も付けていない。一見、雑草に見えるが、この葉こそ陸がずっと探していたものだった。

「なんだそれ」

　両手いっぱいに葉を摘んで戻ってきた陸に布施が首をかしげた。

「ツワブキだよ。ずっと探してた」

「食えるのか」

「うん、茎っていうか、葉の部分を支える葉柄《ようへい》っていう部分は食べられる。でもそんなことよりこれ、薬になるんだ」

　陸が唯一知っていた薬草がコレだった。

　ツワブキは冬に花を咲かせる多年草で、潮風に強く、海岸近くに生える。茎や根は土中に埋まっているが、葉を火で炙《あぶ》り、細かく刻めば打撲や切り傷の塗り薬になる。さすがに普段は市販の消毒液や薬を使っていたが、小学生の頃に陸はツワブキで遊んだ経験があった。

　理科の実験を真似《まね》て薬を作り、擦り傷に塗ってみると本当に治ったのだ。あれは自然治《ち》癒《ゆ》力によるものだったのかもしれないが、少なくとも害がないことは確認済みだ。

「きっと効く……玄翔は治るよ、きっと！」

「そうか」

布施の声は素っ気なかったが、その目が一瞬安堵《あんど》したように和《やわ》らいだ。

——布施は信頼できる。

不意に陸はそれを直感した。右も左もわからない遭難生活でも、布施は仲間の身を案じることができる。口では「親切心じゃない」「期待するな」と言うが、本当は玄翔を心配してついてきてくれたのかもしれない。

（この三人ならやっていける）

苦労して建てた家もイカダも、食料も何もない。自分たちは生活に必要なものをまた一から集めなければならない。

それでもきっと大丈夫だ。

陸は久しぶりに笑うことができた。


その日の夜はずいぶん静かだった。

パチパチと炎がはぜる音で潮騒《しおさい》までもかき消えるほどの静寂。たった十人ではあったが、それでも藤枝たちと一緒にいる時はどこかで誰かの声がしていた。これからどうなるのかという嘆きやすすり泣く声が聞こえることもあったが、それでも仲間の声がすることで皆、励まされていた。

（今は……違うな）

たき火の向かい側に布施がいたが、何かを考えているのか、先ほどから一言も喋《しゃべ》らない。陸もまた、あえて彼と話す内容が見当たらなかった。

「うっ……」

「玄翔、大丈夫？」

ハッとして声をかけると、隣で寝ていた玄翔が弱々しく目を開けた。

「火……おこしてくれたのか。俺の、仕事だったのにな」

「何言ってるんだよ。こんなの、できる奴がやればいいんだから」

こんな状況でも歩けなくなった自分に負い目を感じる玄翔が痛ましい。

右太ももの傷は改めて真水で洗い流し、ツワブキの生薬《しょうやく》を塗っておいた。後は玄翔の生命力に懸けるばかりだ。

「食事できる？　蛇とツワブキのスープだけど。味は……舌に当たらないようにとにかく嚙んで飲み込むのが一番おいしい、けど……」

「滋養強壮にいいって聞いたことはある。食えるなら食っとけ」

陸と布施の表情から、味に関しては期待できないとわかったのだろう。ふは、とおかしそうに玄翔が噴き出した。

その笑顔に少し張りが戻っている気がして、陸はホッとした。いそいそとそばに置いていた石を二つ見せる。

「火おこし、今回は簡単にできたんだ。これがあって」

「石……？」

「俺のコートのポケットに入ってたんだ。『ＧＯＯＤ』と『ＬＵＣＫ』ってそれぞれ、書いてあって」

　片手で握り込めるほど小さな石だ。ペンではなく、こすることで白く跡が残る石を使い、文字を書いたのだろう。

「多分これ、翠《すい》ちゃんが入れてくれたんだと思う。火打ち石だった」

「翠ちゃん……？　なんで……」

「いつもすごく周囲を観察してるからね。俺たちが出て行くつもりだと気づいて、餞別《せんべつ》に持たせてくれたんだと思う」

「それにしてはあいつ、藤枝をいさめたりはしねえよな」

　布施が話に加わった。何か気になることがあるのか、顔をしかめている。

「別所《べっしょ》はどうもうさんくせえっつーか、何考えてるのかわかんねえっつーか」

「布施も周りから同じように思われてる気がするけど……」

「うるせえな。俺はちゃんと意思表示してるだろ」

「それを言うなら、翠ちゃんもわかりやすいよ。豪雨の日、家庭の事情を話してくれたこと、覚えてる？」

　生まれた日に竹の花が咲いた。そして竹が枯れたため、それを商売にしていた祖父が翠を「災いの子供」として虐《しいた》げた、という話だった。

「翠ちゃん、人の怒鳴り声が嫌いだって言ってた。確かに部活中の大声は気にならないみたいだけど、人を責める声をすごく嫌ってたから」

町中や店内で横柄に怒鳴る者や、後輩の欠点を並べ立てる先輩を見かけた時、翠は露骨に嫌な顔をする。そしてその状況を作り出している元凶からスッと距離を取るのだ。

「ずっと理由がわからなかったけど、あの話を聞いて腑《ふ》に落ちたんだ。だからまあ俺が引き留められなかったのは納得してるっていうか」

「納得？」

「最近、和を乱していたのは藤枝じゃなくて俺だったからね。藤枝の意見に正面から反対しちゃってた。もっとうまい言い方ができたはずだったのに」

これは自分のスキル不足だ。相手の機嫌を損ねないように立ち回りつつ、自分の考えを伝える方法がきっとあったはずなのに。

「翠ちゃんならそういう言い回しができた気がする。だから翠ちゃんからしてみたら、あの場に不要なのは藤枝じゃなくて、俺のほうだったんだよ」

「お前ら、愛称で呼びあってるくせに、なんか距離があるよな」

「あるかなあ？」

確かに玄翔には何でも話せるが、翠に同じことができるかと言われると難しい。そもそも「陸くん」「翠ちゃん」という呼び方も一年生の時、翠から提案されたことだ。多分、名字よりも名前で呼びあうほうが喧嘩《けんか》に発展する確率が低い、とそれまでの経験でわかっていたからだろう。

　相手が好きだから仲良くなりたいのではなく、揉めないために手を打っておく……。翠の行動は常にそれが根底にある。

　だがそんな翠を陸は嫌いではない。自分の欲求を満たすために彼が取る行動は一貫していてわかりやすい。ある意味、一本の芯が通っているように感じられるからだ。

「あー……それ聞いて納得したこともあるな。なんであいつ、お前と藤枝だけ名前で呼ぶのか気になってたんだけどよ」

「……え」

「『なる』ならお前らのどっちかだって一年の時からわかってたんだな。それで一応、両方とつながっておくとか、こええ奴」

「…………」

　愉快そうに唇をゆがめた布施に、一瞬陸はぞくりとした。布施が怖かったのではない。曖昧《あいまい》な布施の呟きが示唆《しさ》している「モノ」の正体を突き止めるのが怖かった。

　――陸と、藤枝。

　――司令塔に「なる」なら、どちらなのか。

（あり得ない）

　その二人を同じ土俵に上げる人などいるわけない。

　かたや監督にスカウトされて入学し、今ではキャプテンとして部をまとめ、卒業後はプロの道に進むことが決まっている正レギュラー。藤枝はリーダーシップがあり、自分の意見を持っていて、自信に満ちあふれたエリートだ。

かたや自分は三年間パッとしないまま終わってしまったベンチウォーマー。

勝負になるはずがないのに。

「翠ちゃんって不思議なところがあるよね」

とっさに陸は話題をそらした。ちらりと玄翔と布施が同時にこちらを見た気がしたが、それには気づかなかったフリをして笑顔を作る。

「翠ちゃんが興味を持つ人って、この先出てくるのかなあ。ちょっと想像つかないや」

「……確かに。翠ちゃん、夏頃に二年の女の子を振ったって噂《うわさ》が」

熱と痛みで相当苦しいだろうに、玄翔が話に乗ってきた。

「芸能活動してる子、だったよな。三年の間でも時々名前が出てた……」

「そうそう。すごくかわいかったから、告白を断ったって聞いた時、びっくりしたよ」

「理由、『うるさいから』だったんだろう？　確かに気が強そうな子だったが」

その少女にとって、気の強さは芸能界で生き抜くために必要なものだったのだろう。今は地元で芸能活動しているが、いずれ上京して大女優になると豪語していた。過酷な食事制限や運動も辞さず、周囲が親切心でお菓子を勧めただけでも烈火のごとく怒っていた。

「翠ちゃん、『僕の前で喋《はしゃべ》らないでくれるなら、って言ったら叩かれてしまったの』って翌日、ほっぺたを腫《は》らしてたからね……。翠ちゃんからしてみたら、多分自分のほうが振られたって思ってると思う」

「……別所、ヤべえな」

布施が啞然《あぜん》とした顔で呟いた。これまでずっと「翠ちゃんって呼んで」と頼まれても拒否し、かたくなに名字で呼んでいたが、ずいぶん苦手意識があるようだ。彼にこんな顔をさせるとは、翠は陸が思っている以上に大物なのかもしれない。

「そういう、布施は、どういう子がタイプなんだ」

不意に、玄翔が爆弾発言を放った。

「な……っ」

「陸は、明るい子、だよな。元気で、優しくて、活発」

「なっ、そっ、今、それっ、関係なっ」

「はは……うろたえ過ぎ……。キャンプの夜っていったら、恋バナだろ」

陸と布施をそろって絶句させつつ、玄翔は脂汗《あぶらあせ》を流しながらも楽しげに笑った。

「それは、時と場合によると思う！」

なんといっても人選が悪すぎる。

寧々は布施のことが好きなのだ。これでもし布施の好みも寧々だったなら、どんな顔で相づちを打てばいいのか。

（いや、それはそれで間宮さんが喜ぶだろうからいいんだけど、その時は全然応援するし！　何なら帰ったら間宮さんに告白するように説得するし、でも……）

聞いた瞬間だけは泣きそうだ。

……聞きたい。でも聞きたくない。そもそもそんな話をしている場合じゃない。布施はこういう話をするタイプではないはずだ。彼が気分を害したら、三人だけの共同生活に支障が出る。でも知りたい。一応知っておきたい。今後のために。いや、聞きたくない。

「――……っ、いや、やっぱり……っ」

「静かな奴」

「えっ」

ぼそっと呟かれた声を危うく聞き逃しそうになった。驚いて顔を上げると、玄翔も目をまん丸にして布施を見ていた。両方向からの視線に耐えかねたように、布施が嫌そうに渋《じゅう》面《めん》を作った。

「なんだよ、お前らが聞いてきたんだろうが」

「や、そうなんだけど……っ、でも乗ってきてくれるとは思わなくて」

「布施は静かな人がタイプなのか？　翠ちゃんと同じで？」

「喋るのはいいだろ。そういうんじゃなくてこう、真面目っぽい奴」

「真面目……」

「頭よくて、よく本とか読んでて、言うことははっきり言ってくる奴」

「気は強い……」

寧々も部活中は真面目だし、気も強い。

だが多分、布施のタイプとは違うだろう。

「そっかぁ……」

ストンと気が抜けてしまい、安堵と罪悪感を同時に覚えた。寧々の恋心を知っているくせに、布施のタイプがかけ離れていることに安心してしまうとは。

「でもほら、好きになったら、その人がタイプって言うもんね。案外近くにいるかもしれないよ。元気がよくて仕事は真面目で結構気が強くて、よく笑って、かわいい……。えっと本はあんまり読まないかもしれないけど、自分で気づいてないだけで、実は布施もそういう子が好きなのかも」

「じゃねえ」

「そんなに意地を張らなくても」

「意地じゃねえ」

「布施が言ってるの、三組の白浜《しらはま》さん、か？　図書委員の」

「……っ！」

さらっと玄翔が言った瞬間、布施が大きく身じろぎした。たき火の明かりに照らされているため、はっきりとはわからないが、顔が赤い気がする。

「三組の白浜さんって……あの背がすらっと高くて、髪が長くて、あんまり笑わない感じの？　俺、一年の時に同じクラスだったかも」

「…………」

「うわあ意外だ……。でもなんか似合うかも。告白しないの？　布施なら絶対成功するよ」

「…………」

「サッカーうまいし、人の陰口《かげぐち》とか絶対言わないし、イケメンだし、卒業したらすぐプロだし！　布施に告白されて、断る子なんて絶対いないよ」

「……た」

「え？」

「もう振られた――」

気まずそうに頬杖《ほおづえ》をついた手で口元を隠し、布施がぼそっと呟いた。あまりにも信じられず、絶叫に近い声を上げてしまう。

「布施が、振られた……嘘《うそ》でしょ」

「水谷はどうなんだよ。俺にばっか話させてんじゃねえ」

「いてっ、蹴《け》らないでよ！　俺は……好きな人に、別の好きな人、いるから……」

お前です、とは言えず、だがほんの少し恨みがましい声になった。せめてほんの少しの抗議を込めて顔を上げると、なぜか似たような顔でこちらを見ている布施と目が合う。

「……何？」

「別に」

「どうせ俺は告白する勇気もないよ！　たとえダメでも、ちゃんと告白した布施はすごいと思うよ！　何したってかっこいいんだからずるい！」

「うるせえ！　テメエみたいなのがいいって奴もいるんだよ」

「どこにいるんだよ、そんな奇特な人！　連れてきてよ！」

「……ぜってえしねえ」

「は……はははっ」

その時、目を丸くして二人を見比べていた玄翔が笑い出した。同時に振り返ったが彼は笑いの衝動が引かないのか、延々と笑い続けるばかりだ。

明るく、闊達《かったつ》に笑い続ける玄翔を見ていると、なんだか陸も気が抜けてしまった。この島に来ても布施に対する気後れや劣等感はしつこく残っていたが、なんだかそれが綺麗さっぱり溶けてしまった気がした。

「布施でも振られることがあるんだなあ」

彼ですらままならないことがあるなら、自分がそうでも仕方ない。

砂浜に寝転がり、満天の星を見上げながら、陸は自然と顔がほころんだ。

「……で、お前はどうなんだよ」

布施と玄翔の話し声が聞こえる。

「俺は、春丘《はるおか》しのんちゃん」

「誰だよ」

「知らないのか？　『パニッシュ・フラワー』の右から二番目」

「そのグループ名？　も知らねえ」

「遅れてるなあ。サッカーばっかりやってるからダメなんだよ。いいか？　シュラワーの成り立ちは……」

「そこを略すの、変じゃねえか」

陸も最初、玄翔に聞かされた時に布施と同じツッコミをしたことを思い出した。玄翔はアイドル好きだが一途《いちず》だ。中学生の時、地元にあるデパートの屋上で踊っていたご当地アイドルグループに惚《ほ》れ込み、サッカーの練習がない時はいつも通っていた。

しばらく地道に活動を続けていたが、ラジオの冠番組を持つようになり、テレビで地元が特集されるようになるとそのコメンテーターやレポーターを務め、最近では上京して、大手キー局のバラエティ番組で時々見かけるようになった。

手が届かなくてもいい、好きなんだ、と昔から玄翔は熱っぽく語っていた。

（不可能じゃないと思うんだよなあ）

玄翔がプロになれば、多分アイドルとの接点を持つこともあるだろう。かわいければ誰でもいい、といった浮ついた気持ちではなく、ずっと片思いしていた幼馴染《おさななじ》みの恋ならば応援したい。

この島から脱出して、プロになった玄翔が春丘しのんと出会う日が来るように、と祈りながら……ゆっくりと三人だけの夜が更《ふ》けていった。

# 8　分かち合う喜び

昔々、嘉井南《かいなん》の村に鬼が出た。

田畑を荒らし、牛馬を食らい、人々を攫《おそ》う鬼に村人は大いに苦しめられた。

苦しむ人々を見かね、村の外れに住む男が一計を案じた。

『鬼はただ遊ばまほしきばかりなり』

男の指示で村人たちは巨大な箱を作り、童《わらべ》を十人向かわせた。人形、羽子板、双六《すごろく》……。中で楽しげに遊ぶ声が鬼を惹《ひ》きつけ、引き寄せる。

三日三晩、鬼は遊ぶ。

途中、鬼は男に声をかけた。

『汝《なんじ》の名は何なり。共に遊ばむ』

『我が名はクボテなり』

『そは椀《わん》の名なり。汝の名は』

『我が名はクボテなり』

三日三晩、箱の中で遊び続け、四日目の朝、箱を開けると、中はもぬけの殻《から》だった。

見事鬼を退治した賢い男は庄屋の娘と結婚し、村を治めた。めでたしめでたし。

＊　＊　＊

空気がゆっくりと柔らかくほころぶ感覚で、陸《りく》は目を覚ました。

ここに来てから水平線の向こうから昇る強烈な朝日で起きていたため、十四日目の今日は不思議な気分だ。背後の森から穏やかに「朝」がやってくる。

なんだかすごくよく寝た気がした。もしかしたら、ずいぶん寝坊したのかもしれない。

「背中、バキバキだ……」

「おはよう、陸。ナイフ借りてるぞ」

「玄翔《げんと》⁉」

その時、張りのある声が耳に飛び込んできて、ぼんやりしていた陸はハッとした。飛び起きると、たき火に枯れ枝を投げ込みながら、玄翔が笑っている。

「この石器ナイフ、陸が作ったんだろう？　俺が作ったやつより百倍いいな。ひげも剃《そ》れる」

鋭利な石器ナイフを顎《あご》に当てながら、玄翔が感心したように笑った。

昨日のことだ。夜明け頃、玄翔と布施《ふせ》と共に無人島の西側に到着した後、陸はツワブキを見つけたのだ。生薬《しょうやく》を作って玄翔の傷に塗ってから、布施と手分けして周囲の探索や食料の調達に向かった。

周囲に小川はなかったが、その代わり巨大な大岩が積み重なっている岩壁があった。その隙間《すきま》から湧き水が流れていたため、飲み水の問題は解決できた。食事は森で捕獲した蛇《へび》とツワブキですませたが、西側には岩礁《がんしょう》が多い。岩場を根城にする魚介類も多いため、マフラーをほどいた糸で魚を釣ることもできそうだ。

食の問題が解消できたので、陸は見よう見まねで石器ナイフも作ってみた。加減がわからずに研ぎすぎてしまったようで、強度は全く期待できない。細い枝を切ろうとしても刃こぼれしかねないほど脆《もろ》く、大失敗だと自分では落ち込んでいたのだが。

「使い道があってよかった……っていうか、玄翔？　本当に？」

「なんだ、幽霊を見たみたいな顔をして」

「縁起でもないこと言うなって！　だって……」

玄翔の顔色がすごくいい。

まだ頰《ほお》はこけていたが、土気色だった顔は血色を取り戻し、目の下のクマも薄くなっている。呼吸も穏やかで、ひげを剃る手つきも平時と変わらないように見えた。

「傷は……」

「大丈夫だ。昨日までの痛みが嘘《うそ》みたいに引いた」

玄翔が笑いながら、怪我《けが》している右太ももをぽんと軽く叩いた。

傷口を見せてもらうと、真っ赤に腫《は》れ上がっていた部分が一晩で本当に落ち着いていた。

グズグズと膿《う》んでいた傷口も乾き始めている。

「昨日は久しぶりに一度も起きることなく眠れたんだ」

「まだ寝ててよかったのに」

「いや、そもそも昨日は日中もほとんど寝てただろ。夜に少し起きて、メシ食わせてもらって恋バナして、また寝たんだから、丸二日間寝てたようなもんだ」

玄翔は穏やかに笑い、深々と頭を下げた。

「お前に助けられた。ありがとう」

「そんなこと言わないでよ。お互い様だろ」

思わず泣きそうになり、陸は慌《あわ》てて首を振った。

物心ついた頃からずっと一緒だった親友を失うかと思った。その予感は気のせいではなく、死神は確実に玄翔の足下まで迫っていたはずだ。あと三日……いや、あと一日でも陸の決断が遅ければ、玄翔がどうなっていたかはわからない。

「布施もだ。迷惑かけたな」

ぐすっと鼻をすすったところで、玄翔が陸より奥に寝ていた布施に声をかけた。起きてたのか、と振り向くと、こちらに背を向けたまま、ひらりと手を一度だけ振られる。

「照れてる」

「照れてるな」

「うるせえ！」

すかさず飛んでくる罵声《ばせい》に、陸と玄翔は顔を見合わせて笑った。不思議なものだ。この三年間、個人的な話などしたこともなかったのに、今ではずっと一緒にいたような安心感を覚える。

昨夜、たき火を囲んだ時の光景が目の裏にちらついた。完璧な実力者で、どんなことでも自分一人で成し遂げる男だと思っていたが、そんな彼でも思い通りに行かないことがあったのだ。

布施が好きな少女に振られたと知り、彼に親しみを覚えたわけではない。あの時、心の内を明かしてもいいと思ってもらえたことがうれしかった。

彼に対する劣等感や気後れは今もまだ残っている。寧々《ねね》が好きな相手なのだと思うと、それはそれで少し切ない。ただそれ以上に布施に対する信頼感が増していた。

「何か捕ってくるよ」

自分でも意外なほど晴れやかな気持ちで、陸は海の方に向かった。


「醤油《しょうゆ》がほしいな」

一時間ほどたった頃、三人で熱した石板を囲みながら陸はぽつりと呟《つぶや》いた。

なんと岩礁の隙間《ちょうか》に枝を差し込んでみたところ、餌《えさ》と勘違いしたタコが絡みついてきたのだ。予想外の釣果に一瞬パニックになったが、なんとか捕らえ、海水で洗ってから内臓を取り出した。タコの内臓は食べられる、と以前テレビで観たことはあったが、調理方法がわからないため今回はやめておく。

刺身もうまいし、石板の上で熱してもうまい。石器ナイフで削いだ新鮮なタコは頬が落ちそうという表現がぴったりで、三人はしばらく夢中で海の幸《さち》を味わった。

「わさびもほしい。あと粉。たこ焼き食べたい……」

あまりにおいしいせいだろうか。ここに来てからずっと「安全だとわかった食材だけ食べればいい」と思っていたのに、どんどん欲が湧いてくる。東側の海岸で石運びをしていた時、川上倫吾《かわかみりんご》と同じ話をした記憶がよみがえった。たこ焼きが好物というわけではないのに、なんだか無性に食べたい気分だ。

呆《あき》れられるだろうかと思ったが、玄翔と布施も乗ってきた。

「唐揚げにしてえ」

「タコ飯もいいぞ。寮の食堂で時々メニューに出てきたアレ、大好きだったんだよなあ。すごく味が染みててさ」

「米！　いいね、タコ飯もいいし、普通に白いご飯も食べたい」

「この島、探したら稲は生えてるかもしれないよな。レイヤーがずれてるだけで、ここが日本近海なら、可能性はありそうだ」

玄翔の言葉に陸は考え込んだ。

（確かにあり得るかも）

品種改良された現代のブランド米は無理だろうが、夏みかんのように自生している古代米ならどこかにあるかもしれない。そう思うと、グッと口の中に唾液《だえき》が湧いた。

「俺も藤枝《ふじえだ》のこと、言えないな。一つ安心できると、次々ほしいものが出てくるよ」

そんなことにも気づけないほど、皆といた時の自分は余裕がなかったのだろう。藤枝の身になって考えることもできず、彼を否定し、自分の考えを主張することしかできなかった。これでは揉めるのも当然だ。

きっと今ならうまくやれる。ただ、何の成果もないまま、合流する意味はないとも思う。別行動を選んだ以上、何かしらの情報や発見を持ち帰らなくては。

「この島をちゃんと調べよう。そうしたら帰るための手がかりが見つかるかも」

「ああ、そうだな」

「その過程で稲とかが見つかったら、みんなに届けに行こう。今は……白米はないけど、お茶ならいけるかも」

「お茶？　もしかして森に茶葉でも生えてたのか？」

「ううん、緑茶じゃなくて、これなんだけど」

陸はコートのポケットに入れていたものを取り出した。のぞき込んだ玄翔たちが同時に形容しがたい顔をする。呆れているような、困惑しているような、はっきりしない表情だ。

「夏みかんの皮じゃないか。ポケットに入れたまま捨て忘れてたのか？」

「ミカンの皮は乾かすと茶葉みたいになるんだ。子供の頃、母さんが話してくれたのを思い出してさ」

漂着二日目の朝、三郎《さぶろう》と共にゴミ拾いをしていた時に集めたものだ。それを直射日光の当たらない木陰《こかげ》で根気よく乾かしておいた。

乾燥させたミカンの皮は「陳皮《ちんぴ》」と呼ばれる漢方だ。本来はオレンジや温州《うんしゅう》ミカンの皮を一年ほど陰干しすることで完成する。

「さすがに十日ちょっとだから陳皮とは呼べないけど、カビも生えてないし、いけると思う。胃もたれや風邪に効くんだって」

海水で柔らかくした木の皮で鍋を作り、真水を満たしてから火にかける。この辺りはこれまでの遭難生活で慣れたものだ。陸は夏みかんの皮を石器ナイフで細かく刻み、沸騰《ふっとう》したお湯に入れた。

コップは岩場に落ちていた貝殻だ。刻んだ皮と熱湯を入れると、ふわりと夏みかんの香りが漂う。

「へえ」

感心したように布施が目を見張る。

レモンに似た酸味と清涼感によって、潮風で軽い異物感のあった喉《のど》がスッと潤った。冷蔵庫などないこの島で、飲んだ後に冷涼感を覚えるとそれだけで特別なものに感じる。

「うめえ」

「ああ、うまいな。皮だけなのに、ちゃんと夏みかんの味がするもんだなあ」

普通に生活していた時はこんなことをしようなんて思わなかった。喉が渇けばどんな飲み物でも買えたし、蛇口をひねれば簡単に真水も手に入った。ガスコンロのスイッチを入れれば火がついたし、冷蔵庫に入れておけば食材を冷やすことができた。

今、あの生活がどれだけ貴重なものだったか思い知る。そして同時に、以前なら見向きもしなかったようなことで喜んだり感動したりしている自分が新鮮だった。

「黒田《くろだ》はいつ頃歩けそうだ」

朝食が終わった後、布施が尋《たず》ねた。

傷口を真水で洗い流し、生薬を塗り直していた玄翔が「ふむ」とうなる。

「全力疾走はまだ無理だし、重いものを持つのもきついな。でもゆっくり歩くなら、すぐにでも行けるぞ」

「無理しなくていいよ。ツワブキが効くのはわかったんだから、今日いっぱいは安静にしてなって」

「ああ、傷の具合を知っときたかっただけだ。ただ歩けるなら一回、二人とも付き合え」

「何か見つけたの？」

「昨日、食料を探してる時、森の奥に穴を見つけた。地面に空いてるんじゃなくて、崩れた岩壁の奥が空洞になってる感じでよ」

布施は事もなげに言った。漂着二日目、前日に川を見つけたことを黙っていて藤枝の機嫌を損ねたことは気にしていないらしい。

（ほんと達観してるっていうか）

誰に怒られようと不興を買おうと、布施は自分の行動を変えるつもりがないらしい。昨日は玄翔が寝込んでいたし、陸は彼を案じるあまり余裕がなかった。ゆえに穴を見つけたことを伝える必要はないと判断したのだろう。

それでいて、布施は無謀《むぼう》な真似《まね》はしない。個人行動は危険だと判断し、玄翔の回復をただ待った。その冷静さを藤枝は歯がゆく思ったようだが、陸には頼もしく映った。

「中に何があるのか一応確認しておきたかったが、穴の入り口は岩だの土だので塞がっててよ。中がどうなってるのかはわからねえ」

「気性の荒い動物でも住んでたら、不用意につつくのは危険だよね。物音はした？」

「一応何も聞こえなかったが、本当にいないかどうかは確かめてねえ」

「そういうことなら行ってみよう。何か発見できるかもしれないしな」

玄翔が力強く同意したため、陸たちは行動を開始した。

森に入ると、目に痛いほど強い直射日光が遮《さえぎ》られ、グッと気温が下がる。注意深く周囲を見回せば、森の中にも岩が多いことに気がついた。

以前、イカダで海に出た時、陸はこの無人島を海上から眺めた。その時、南の端がもっとも小高くなっていたため、「島の中央にあった山が、長い年月の中で崩落したのかも」と考えたことがあった。

その時にあった山は火山だったのかもしれない。中央にある火山が噴火し、噴出物は西側に向けて飛び散る。それが積み重なった結果、西側だけに岩が多いのではないだろうか。

そのせいか、この島は東西でかなり様相が違う。ツワブキは西側の岩礁周辺にのみ分布しており、岩場に生息している貝や魚は東側にはいなかった。南端の山から流れる小川も火山噴出物でせき止められているのか、西側には見当たらない。川は東側に向かって流れ、その清流に生息する川魚も西側では捕れなかった。

（これだけ違うとなると、本当に期待できるかも）

東側では見つからなかった脱出の手がかりが西側のどこかで見つかるかもしれない。

数日前、この島は「統合された世界から剝がれたレイヤー」だと仮定したが、どうすれば再統合されるのかは未だ不明だ。もしかしたら陸たちが何かをする必要はない可能性もある。古今東西、あらゆる国に伝わっているおとぎ話や伝説のように、「何気なくくぐったトンネルの先が異世界だった」とか、「夕暮れ時の数分だけ、密かに帰り道ができていた」といった具合に。

何もかもがわからない今、頼みの綱は「集中すること」だけだ。普段と少しでも違う箇所、違和感を覚えた場所があれば、必ず立ち止まって考える。これまでやってきたことを繰り返せばいい。

「ここだ」

十分ほど歩いた辺りで布施が足を止めた。

目の前には数メートルの岩壁がそびえている。一枚岩ではなく、噴石が積み重なっているようだ。今にも崩れそうに見えるが絶妙なバランスを保っており、天然の野面積《のづらづ》みのようにも見えた。

「確かに穴が開いてるね」

岩と岩の間に四十センチほどの幅の隙間が開いている。崩れないように注意しつつ岩をどけていくと、やがて奥にぽっかりと大穴が姿を現した。

「これ、溶岩洞かな」

「溶岩洞？」

「火山から流れた溶岩の通り道。前に地理の授業で習っただろ？　ここが積み重なった岩の隙間にできた穴なら崩れる危険があるから入らないほうがいいだろうけど……」

「洞窟《どうくつ》なら頑丈だから行けるってことか」

玄翔の言葉に頷《うなず》き、陸は慎重に中をのぞいた。

洞内は筒状に広く、壁や地面は比較的つるりとしていた。鍾乳《しょうにゅう》石や石筍《せきじゅん》で洞内が覆《おお》われているわけではない。幅も奥行きも数メートルほどだろうか。崩落して洞内が埋まったのではなく、粘度の高い溶岩が途中で詰まり、空間を塞いでいるようだ。

奥に何があるのか調べられないのは残念だったが、これはこれで都合がよかった。

「ここ、住めそうだね。雨風はしのげるし、落ち葉を敷き詰めたら、寝心地もよさそう」

「さすがに三人で、一から家を作るのは厳しかったからな。野宿を覚悟してたんだが」

玄翔の言うとおり、竪穴《たてあな》式住居は作業人数と豊富な材料、運搬用のイカダがそろって、初めて作れるものだ。別の方法を考える必要があった陸たちにとって、この洞窟はありがたかった。

「森の中なのが少し心配だけどな。寝てる間に蛇とか入ってきたら大ごとだ」

「扉を作ればいいんだけどね。さすがにそれは無理か」

「斧《おの》があれば行けるだろ」

事もなげに言った布施に陸たちは目を丸くした。

「斧って、もしかして石器で？」

「作る作るっつって、結局一本も作ってないじゃねえか」

布施がムッとした顔で言い返してきた。新しいおもちゃを買ってほしいと頼んでいるのに、ずっと焦《じ》らされている子供のようで、思わず陸と玄翔は噴き出した。

「わ、悪かった。まさか、そんなに待ってたとは」

「もっと急《せ》かしてくれてもよかったのに」

「あの状態の黒田に作らせてたら死んでただろ。俺はああいうの、全然向いてねえし」

陸は陸で、極限まで鋭利に研ぐのは得意だが、素早く、そこそこ使えるものを作るのは苦手だと自分でわかってしまった。

「玄翔、それ頼んでいい？　俺はこの洞穴《ほらあな》を整えるよ」

「ああ、俺も座ってできる作業があるのはありがたい。布施は……」

「食い物を適当に集めてくる。採ってきたやつは全員で違うのを食うってことでいいだろ」

「もちろん」

玄翔一人が毒味をする生活はもう終わりだ。三人が別々のものを食べ、問題なければ他の二人も口をつける……。それが一番公平だろう。

方針が決まるとさっさと行動を開始した二人を見送り、陸も森に向かった。

うっそうとした森は洞窟内とはまた違う暗さがある。だが真夜中に一度歩いたせいか、恐怖は感じない。

日陰に落ちている枯れ葉は夜露《よつゆ》で湿っていたので、日だまりを探す。木漏れ日で温められた落ち葉はカラカラに乾き、子供の頃に嗅《か》いだ懐かしい匂いがした。

両手いっぱいに落ち葉を集め、洞窟と森を往復する作業を一時間ほど繰り返した頃だろうか。洞内で山盛りに積んだ落ち葉から虫が這《は》っていることに気づいた。

「うっ、森にいる時は平気だったのにな……」

住居と定めた場所に虫がいると、途端に嫌悪感を覚えるのはなぜなのだろう。同じ話をおととい、夜の森で玄翔と話したことを思い出した。あの時よりも余裕が出たせいか、より一層気色悪さを感じてしまう。

「虫って確か、煙が苦手なんだっけ」

燻《いぶ》した時の香りが虫を寄せ付けないのだと以前、テレビ番組でやっていた。実際に試したことはないが、試してみる価値はあるだろう。

陸は森でヤツデの葉を集め、裂けた部分を結び合わせた。次に生木を集めて洞窟の奥に運び、火打ち石で火をつける。乾いた枝葉は燃えるだけだが、生木を燃やすと大量の煙が出る。煙が逃げないようにヤツデの葉で出入り口を覆ってしばらく待つと、充満した煙を嫌った虫がぞろぞろと逃げてきた。それを何度か繰り返し、洞内から侵入者を一掃する。

「よし、やれた」

自分で考え、実行したことが成果につながる。こんなこと一つで達成感を覚えている自分が新鮮だった。

新たに虫が入り込まないよう、出入り口に五十センチほど岩を積み上げた時だった。

――カサ。

かすかに森の奥から葉擦《はず》れが聞こえた。

風で枝葉が揺れた音とは少し違う。何か大型の動物でも通ったような音だ。

「……三郎？　バッカス？」

島の東側から誰かが陸たちを追いかけてきたのだろうか。声をかけたが、誰も応《こた》えない。

目をこらそうとし、ようやく気づいた。妙に視界が悪いと思ったが、いつの間にか日が暮れかけている。森のあちこちに薄く闇《やみ》がわだかまり、それが正体不明の生き物の影に見えた。

「……」

息を潜め、「何か」がじっとこちらを探っているような気配を感じた。生臭い悪臭が風に乗り、陸の方まで漂ってきたようだ。

辺りを見回しても誰もいない。だが強烈に何者かの存在を感じた。

「誰かいるなら……」

森に踏み込もうとして、直感的に陸は足を止めた。うまくは言えないが、首筋がチリチリとうずく。サッカーの試合中、相手の作戦にはまりかけている時のようだ。

……一度玄翔たちと合流するべきだ。

そう考えて海岸に引き返そうとした時、まさにそちらからかすかに玄翔の声がした。どこか切羽詰まった、必死な声で。

「まさか、あっちでも何か……」

嫌な予感に駆られ、陸は慌てて声のする方に走った。

「玄翔、どうしたの？」

森を出ると、息を呑《の》むような夕焼けが世界を覆っていた。東側で暮らしていた時は毎朝、真っ先に昇る朝日を見た。ならば当然、西側ではこの日最後の太陽を見送ることになる。

海や空だけではなく空気までもが赤く染まっていて、呼吸することすら一瞬ためらう。不吉な「赤」ではないが、これまでの暮らしの中で味わったことがないほど濃密な大自然の気配に圧倒された。

そんな彼のもとに、玄翔がよろめきながら駆けてくる。

「陸、大変だ、早く来てくれ！　布施が……」

「布施がどうしたの？　まさか怪我とか……」

「温泉を！　見つけたんだ！」

一瞬、呆然《ぼうぜん》とした後……陸は大きく目を見開いた。

「えええええっ⁉」


「ああ〜っ、ちくしょう！　やべえ！」

布施がうめくように叫んだ。完全に語彙《ごい》力を失っているが、陸も彼を笑えない。

「すごい……すごいな、ほんとにすごい」

「信じられない……ほんとなんだな、なんだこれ……」

布施が見つけたのは海から湧き出した天然温泉だった。ゴロゴロとした岩に囲まれているため、海水と完全に混ざりあうことなく、一定の温度が保たれている。温度計はないが、四十度弱はありそうだ。

(温泉なんてあるんだ)

火山噴出物や溶岩洞がある以上、この島が遠い昔は火山を有していたことは間違いない。ならば海底にマグマだまりがあり、放射された熱が海水を温めていることも十分あり得る。

島に緑があふれていることからして、もう何十年も噴火していないのは明らかだ。それでもこうして陸たちは自然活動の恩恵を受けている。

「脳も身体《からだ》も全部溶けそう……」

先ほど森で覚えた奇妙な警戒心など、ただの錯覚のように思えてきた。いや、元の世界に帰るためにも「違和感」を無視するのは禁物だ。

……明日。明日だ。明日確認しよう。

ただ、今はこの夢のような温かさを堪能したい。

この無人島に来て、初めての「風呂」だった。魚を捕るために海や川には入ったし、何度か雨にも打たれたが、温かいお湯に全身を浸すのは初めてだ。これまでの人生で自分が大の風呂好きと思ったことはなかったが、約二週間ぶりの温泉は驚くほどの効果をもたらしてくれた。

慣れない遭難生活でずっしりと重かった全身の筋肉が柔らかくほぐれていく。緊張し続けて張り詰めていた脳が緩み、心地よいしびれが全身に広がるようだ。

気持ちいい。気持ちいい。気持ちいい。

それしか考えられなくなる。

「すごいな……みんなにも教えてあげたい」

茜色《あかね》の空が徐々に濃度を増し、黒を混ぜたような不穏な色に変わっていく。これまではどす黒い血液を思わせるこの空の色が苦手だったが、今は気にならなかった。むしろ全身がリラックスしたせいか、辺りが暗くなるにつれて、とろとろと眠気に誘われる。

あくびを連発しながら呟くと、玄翔と布施が黙った。否定的な沈黙ではない。きっと、彼らも同じことを考えていたのだろう。

「向こう側、ちゃんとやってるかな」

「人数いるし平気だろ」

「人数の問題じゃないだろう。いや、違うな。今なら落ち着いてるかもな」

穏やかに話す二人の声に、陸は半分眠りに落ちかけていた。温泉で寝ては危険だが、もし寝てしまったとしても玄翔たちが引き上げてくれるだろう。そう信じられるため、なおさら眠気にあらがえない。

「藤枝《ふじえだ》はずっと陸に対抗意識を燃やしていたからな。だから張り切ってたし、自分の意見が否定されたり、ミスを突かれたりするたびに苛立《いらだ》ってた。それで焦って、挽回《ばんかい》しようとして短絡的な思いつきを口にしてはまた指摘されて……。悪循環に陥《おちい》ってたな」

「うん……ほけつが、口やかましかったら、はらたつよね……」

「陸、まだわかってないのか」

「何が……」

大きくあくびをしながら見返すと、玄翔たちはそろって形容しがたい顔をしていた。苦笑しているような、呆れているような、困っているような、複雑な顔だ。

続ける言葉に悩んでいる様子の玄翔を促《うなが》すと、彼は観念したように肩をすくめた。

「藤枝はライバル視してるんだぞ、陸のこと」

「……は？」

「今の話じゃない。三年間ずっとだ」

「何、馬鹿《ばか》なこと言ってるんだよ。俺はただのベンチウォーマーだよ。一般入学組だし、玄翔や布施と一緒に試合に出たこともないし」

「そうだな。重要な試合では藤枝がずっと司令塔だった。攻撃的で、神谷《かみや》監督のやりたい戦術にはあいつがピタッとはまったんだろうな」

「けど蒼萩《あおはぎ》は、守備寄りのフォーメーションでも活《い》きたと思うぜ」

「え……」

蒼萩サッカー部はずっと攻撃的な戦術を採っていた。攻守の切り替えを素早く行い、ボールを奪われた場合もハイプレスをかけて奪い返す。

藤枝のリーダーシップがあってこそだ。彼の指示で選手たちは一丸となって戦えた。

「ここ二年間、守備陣の連携がうまく行ってたから、カウンターサッカーで行っても面白かっただろ。スペースに放り込んでくれりゃ、後は俺がなんとかしたしよ」

「その場合、陸が率いてくれたほうが守備陣はやりやすかっただろうな。小、中と一緒にやってきた俺が言うんだから間違いない」

「えっと……」

「陸の指示は優しいんだ。こっちが漠然《ばくぜん》と『やりたい』と思ってることを察して、それを叶えるようなゲームメイクをしてくれる」

「黒田は一年の頃、相当期待外れだったからな。コーチングもできねえし、ラインもそろえられねえし。監督の肝《きも》いりで入ってきて、これかよ、って何度も思ったぜ」

「悪かったなあ。ずっと陸に甘えっぱなしでやってきたせいで、全部一人でやるのがどれだけ大変なのかわかってなかったんだよ」

存在しなかった未来を二人が語る。楽しげに。

「慣れるのに半年はかかったぞ。その中でようやく、今まで陸がしてくれてたことを全部俺がやらなきゃいけないんだって腹をくくった。……まあ、それで成長できた結果、スカウトの目にも留まったんだろうけど」

「俺は誰が司令塔でも結果は出したが」

堂々と言い放ち、布施がちらりと陸を見た。ぽかんとしている様子の陸にため息をつき、肩をすくめた。

「だから……水谷《みずたに》の敗因はただの押しの弱さだ」

「俺はそういう優しさが陸の長所だとも思ってるけどな。でも」

――俺は誰よりもうまい。

――俺がいれば試合に勝てる、

――俺の指示に従えば勝たせてやる。

もしも陸がそんな考えを持ち、堂々と藤枝に張り合っていたら。

もしも陸が自分の能力を信じ、誰を追い落としても前に出るという気概を持てていたら。

そうしていたら、自分は蒼萩サッカー部のスタメンになれていたのだろうか。そこで結果を出せていたら、卒業後もプロとしてフィールドに立てたかもしれないのだろうか。

（もし、俺がもっと自分を信じていたら）

その日、どうやって温泉を上がったのか、陸はあまり覚えていなかった。気づいた時は洞窟内で玄翔たちと三人、寝転がっていた。

二人とも温泉に浸かったことで、これまで張り詰めていた気が緩んでいたのだろうか。まるで実家のように深く眠りについている。

陸も温泉に入っていた時は眠くて眠くてたまらなかったのだが。

（俺が、もっと強気だったら）

ほんの少し勇気があれば、進めていたかもしれない別の道。

今まで存在しないと思っていた道の存在が目を閉じても脳裏に浮かび、いつまでも陸の眠りを阻《はば》んだ。

# 9　潜む脅威

「えっ、この街って失踪者《しっそう》が多いの？」

思わず寧々《ねね》は大声を上げた。

近所にぽつんとある喫茶店で、年配の女性たちが慌《あわ》てたように自分の口元に人差し指を当てる。

「も～、寧々《ねね》ちゃん、声が大きいわよ」

「ごめんなさい、チサさん。驚いちゃって」

嘉井南《かいなん》神社で風間《かざま》と出会った後、寧々は開店時間を待って、ここ「喫茶コマ猫」に足を運んだ。冬馬《とうま》は家で何か作業があると言い、不参加だ。こぢんまりとした店内はハンドメイドのキルトで飾り付けられ、おもちゃ箱のように鮮やかだった。

今年、四代目を継いだハナの人柄もあって、いつ来ても店には誰かしらの客がいる。この日は白髪を紫色に染めた七十代のおしゃれなチサ、大粒の黒真珠とエメラルドで身を飾った幸恵《ゆきえ》、四十代でふくよかな佐那子《さなこ》が午前中からのんびりとお茶を楽しんでいた。

保温用のティーコゼーをかぶせたミルクティーと具だくさんのハムサンド、ハナが作ったガトーショコラは絶品だ。勧められるままハムサンドに手を伸ばしつつ、寧々は初めて聞く話に目を丸くした。

「失踪事件なんて全然知らなかった……。この街がそんなに物騒だったなんて」

「嫌だわ、事件じゃないわよ～。みんな、街を出て行っただけ」

「どういうこと？」

喫茶コマ猫はある意味、嘉井南町のサロンだ。大きな話も小さな話も誰かが必ず知っている。この日いた三人も寧々を快《こころよ》く迎え入れ、口々に話し始めた。

「私は大好きだけど、この街って少しのんびりしてるでしょう？　刺激が足りない人は都会に行っちゃうのよね」

「あ、そういうことか……。それじゃあ十年前、蒼萩《あおはぎ》高校サッカー部の人が失踪したっていうのも」

「あ～、覚えてるわ。横尾《よこお》さんのところの子でしょう？　高校生なのに公園でお酒を飲んだり煙草《たばこ》を吸ったり……私、何度か横尾さんの奥さんに苦情を言ったことがあったもの」

「後妻さんだから強く言えなかったみたいよ？　あの頃は『晃平《こうへい》さんが暴力事件を起こして、サッカー部に迷惑かけたらどうしよう』っていつも気にしてらしたもの」

「確かこの時期だったわよね。書き置きを残して家出したって」

「未成年だから警察も来たそうだけど、結局問題が多すぎて、逆に何もわからなかったって話よ。サッカーはうまかったそうだから、真面目に頑張ってたらよかったのにねえ」

チサたちの噂話《うわさ》は寧々が冬馬たちから聞いた話と一致していた。人の噂話というのは侮《あなど》れない。

「でもこう言ったら悪いけど、ご家族にとってはよかったのかもね。息子さんが消えてから奥さんはどんどん元気になってねえ。あの後生まれた子ももう小学生で、親子三人、仲良く歩いてるところを見かけるわ」

「そういえば田辺《たなべ》さんの奥さんも十年前だったわよね。ずっとお姑《しゅうとめ》さんと折り合いが悪くて……旦那《だんな》さんに相談しても『お袋のやりたいようにやらせてやれ』って言われるって悩んでいたもの。お舅《しゅうと》さんの介護も何もかも、全部やらされてたのに旦那さんは浮気して」

「清佳《きよか》さんでしょう？　結局離婚届を置いて家出したのよね。その後、旦那さんはその浮気相手と再婚して……。なんか嫌な感じよねえ」

チサたちの口は止まらない。次々と出てくる話に寧々は曖昧《あいまい》に相づちを打った。

彼女たちの話をまとめると、こうだ。

十年前の冬、数名の失踪者が出た。

全員、家庭や交友関係で問題を抱える者だった。

書き置きを残すなどして、自分の意思で家を出た者が大半だった……。

いずれも噂レベルだが、聞けば聞くほど、陸たちとの関連性は見いだせない。それ以前にも似たようなことは起きているようだが、さらに昔の話になるとチサたちも詳しいことは覚えていないようだった。

礼を言い、寧々は席を立った。お土産《みやげ》よ、と店主のハナから試作品のマフィンやクッキーをもらって外に出る。暖かい店内とは打って変わって、身を切るように冷たい風が吹いてきて、寧々は身震いした。また雨が降る予兆なのか、風は水分をたっぷり含んで重く湿っている。

不快だな、と不意に感じた。

大好きな街なのに……毎年、冬になればこういう天気になるとわかっているのに、今日は無性に気が滅入る。嘉井南市を心から愛する寧々ですらこんな風に思うのだ。街になじめない人たちなら、余計うんざりするだろう。ここから出て行き、二度と戻りたくないと思うほどに。

「そのことなんだが、全部関係しているのかもしれない」

その後、冬馬の家に寄って報告すると、彼が言った。彼のほうでも何か発見があったようだ。

「全部ってどれ？」

「今聞いた話に出てきた失踪者全員が、水谷《みずたに》たちの失踪と関係しているかもってことだ。十年前の失踪者たちが書き置きを残してたって言うが、彼らは皆、近しい人とトラブルを抱えていたんだろう。そうなら、書き置きなんて簡単に偽装できる」

「あっ！」

「こっちでもちょっと動いてみたんだ。といっても、当時のサッカー部員に連絡を取って、話を聞いてみただけなんだが」

「何かわかったの？」

「カザはまだ俺たちに言ってないことがあるな。十年前、横尾が消えた直後にカザがものすごくうろたえていたって、あいつと仲のよかった部員が話してくれた。『俺のせいだ』『まさか本当だったなんて』『俺は悪くない』『俺は祈っただけだ』って」

「祈っただけ？　何、それ」

「わからない。まさか神社で藁《わら》人形に五寸釘を打ったわけじゃないだろうが……」

「それと似たようなことをしたのかも」

仮に嫌いな人がいたとして、本当に事件を起こす者は滅多にいない。だがいなくなってほしいと思うことはあるだろう。そして自分の手を汚さない範疇《はんちゅう》で、何かしらの意思表示をすることも。

「もう一度カザに話を聞くぞ。十年前、何があったのかがわかれば、今起きていることも見えてくるはずだ」

＊　＊　＊

「今日はこの周辺の探索をしない？」

翌朝、溶岩洞で目覚めた陸《りく》は玄翔《げんと》と布施《ふせ》にそう言った。前日はなかなか寝付けなかったが、甘えたことも言っていられない。

「昨日、森の奥から気配を感じたっていうか……。何か違和感があったんだ」

「それは気になるな」

少し気遣わしげな視線を向けたものの、玄翔は昨日の話を蒸し返すことなく会話を続けた。彼もまた、わかっていたのだろう。高校三年間が終わろうとしている今、「もし」の話をしても意味がなかったことに。一歩踏み出す勇気がなかった陸に、今更それを告げてしまった残酷さに。

(忘れないと)

今は帰ることだけに集中しないと。

陸は意識して気持ちを切り替え、玄翔たちと溶岩洞を出た。毒虫や蛇《へび》に注意しつつ、昨日の夕方、物音がした方向へ足を向ける。道なき道を歩いていくと、程なくして違和感の正体に気がついた。

「多分ここだ」

わずかに茂みや草が踏みしめられ、道のようになっている場所がある。獣《けもの》道ほどはっきりとした道ではないが、その周辺の枝葉は折られ、歩きやすくなっている。

「毎日通ってるとまではいかないけど、定期的に何かが行き来してる感じに見えない？昨日の気配は、その『何か』がここにいた時のものだったのかも」

「鹿とかがいてもおかしくはないもんな。ただ……」

　今日に至るまで、陸たちは大型の獣を見ていない。鳴き声も聞いていないし、糞《ふん》や木の幹に付いた爪痕《つめあと》の類《たぐい》も見ていなかった。

「たまたま生活範囲が違っただけかな。でも……」

「おい、あれ」

　布施が前方を指さした。

　道の先に岩壁がある。陸たちが拠点にした溶岩洞の出入り口と似ているが、よく見るとどこか妙だ。一抱えほどの大岩が二つ並べられた上に、小さな岩が積み重なっている。

「これ、自然に積まれたものじゃないよね。あまりにも綺麗《きれい》にそろいすぎてる」

「まさかこの島、俺たち以外の誰かがいるのか？　ここがその人の家なら、待ってたら会えるんじゃないか」

「どうかな。岩には苔《こけ》が生えてるし、もう何年も動かしてないみたいだ」

「崩してみりゃわかるだろ」

　布施は岩壁に近づき、積まれた石をガラガラと崩した。

　その奥に穴が開いている。

　陸たちが住居に決めた溶岩洞と似ているが、こちらは途中で塞がることなく、奥まで続いていた。ただし溶岩鍾乳石《しょうにゅうせき》や石筍《せきじゅん》が天井や地面から生えていて、人が通れるだけの幅はない。

　奥から冷たく湿った風が流れてきて、陸はとっさに息を詰めた。真夏のような島で吹く冷風は本来心地よいはずだが、なぜか総毛立つ。

自分自身の反応に困惑しつつ洞内をのぞくと、出入り口から数メートルのところにゴツゴツとした立体物を見つけた。冷えた溶岩の固まりかと思って何気なく近づいた瞬間、

「うわああっ、ほ、骨……⁉」

陸は悲鳴を上げて飛び退《の》いた。

薄汚れた骨が山のように積まれている。肉や皮がないところからして、相当時間がたっているようだ。山の中に見覚えのある形を見つけ、ふっと気が遠くなる。

小学生の頃、理科室に置かれた骨格模型で見たことのある形だ。サッカーボールほどの大きさで、ぽっかりと空いた一対の眼窩《がんか》が陸の方を向いている。

「これ、人間の頭蓋骨《ずがいこつ》だよね……?」

「しかも一つじゃねえぞ。三体だ」

「俺たちみたいに、突然飛ばされて来た人たちか？　帰る方法が見つからなくて、ここで亡くなったとか」

「ち、違うと思う」

「なんでそう思う、水谷」

うろたえ具合は三者三様だが、受けた衝撃は全員同じだっただろう。骨の山から目を離せず、それでいて直視することもできない。この島で初めて見た「死」を前にして、三人とも動揺していた。

それでも陸は無理矢理深呼吸し、肺と脳に酸素を送り込んだ。それにより、少しだけ冷静さが戻ってくる。

「この洞窟《どうくつ》が、外から石を積んで封印されてたから。中にいる人たちにそんなことはできないよね」

「……ああ、確かにそうか」

「それにここにあるのは骨だけだ。自然死してたら普通、服は着てるよね。真夏みたいに暑い島だから、薄着になるだけならまだ納得できるんだけど」

たとえ自暴自棄になったとしても、人間はそう簡単に羞恥心《しゅうちしん》を捨てられない。自分たち以外、誰もいないとわかっていても陸たちが毎日ひげを剃《そ》っていたのと同じことだ。

それに全裸で森に入れば、毒虫や蛇の被害に遭《あ》う可能性もある。自主的に服を脱いだとは考えにくかった。

「陸、つまり……この人たちは死んだ後、身ぐるみを剝がされて放置されたってことか？そして入り口は外から見えないように封印された、と」

「うん……それと多分、自然死したんじゃないと思う」

「いくつか、骨が砕けてるな」

動揺が収まったのか、布施が洞窟に踏み入り、積まれている骨を手に取った。

彼の言うとおり、大小いくつかの骨は折れたり穴が開いたりしている。今は骨だけなので悲惨《ひさん》さが軽減されているが、死後間もない時ならば、陸は直視できなかっただろう。

（うっかり崖から転落した可能性もゼロじゃないけど……）

不慮の事故で仲間を失った場合、普通は埋葬するはずだ。衣服を剝ぎ取り、洞窟に積み重ねて放置する行為からは相手に対する敬意を全く感じない。

「殺されたんだろ。……で、殺した奴は外に出た」

陸と同じことを考えたのか、布施が言った。三人で洞窟から離れ、誰からともなく手を合わせる。

ここにいたのが誰かもわからない。遺体の身元を証明するようなものもない。もし自分たちが元の世界に帰れたとしても、彼らの遺族に報告もできないのだから、せめて冥福《めいふく》くらいは祈りたい。

「水谷が昨日感じた気配ってのは十中八九、ここに関係してる奴だろうな」

「自分が殺した遺体が誰かに見つからないか気になって、定期的に足を運んでたのかな……。なんで今まで姿を見なかったんだろう」

「俺たちはここに来てまだ十日ちょっとだ。向こうが隠れる気なら気づけねえだろ」

確かにこれまで陸たちの活動範囲は東側の海岸と南側の小川を往復する程度だった。自分たち以外の誰かがいるとも思っていなかったので、積極的に探そうともしなかった。

……ただ陸たちはこの洞窟のことを知ってしまった。

この島に囚《とら》われ、罪を犯した者がいることを。

「向こうと合流するぞ。人数そろえておいたほうがいい」

三人の考えを代表するように、布施が言った。陸と玄翔も無言で頷《うなず》く。

(俺たちが今まで無事だったのは、それが理由だったのかも)

十代後半のスポーツマンが十人そろっていたのだから、相手は慎重になったはずだ。ただ、今は二つのグループに分かれてしまった。相手の人数も正体もわからない中、この状況はあまりよくない。

急いで荷物をまとめ、島の東側に戻ろうとした時だった。

「……さー……ん！」

「あれ？　三郎《さぶろう》？」

「……さん……！　水谷さん、どこですか……水谷さん、黒田《くろだ》さん、布施さん！」

「バッカスの声もするぞ。なんだ？　みんなでこっちに来たのか？」

玄翔の言葉に陸たちは顔を見合わせた。たった今想像した嫌な予感が現実のものになった気がして、慌てて駆け出す。海岸に出ると、東側に残してきた部員たちが泣きそうな顔で走ってきた。

(全員いる。……いや)

素早《す》く顔ぶれを確認し、陸は血の気が引いた。

擦り傷だらけの本田《ほんだ》三郎たちが転がるように走ってきて、陸たちに泣きつく。

「三郎、藤枝《ふじえだ》は？」

「い、い、いないんです！　森に入ったきり、戻ってこなくて……！」

「……っ！」

絶句する陸たちを取り囲み、後輩たちが混乱したように泣き出した。

三日ぶりに再会した彼らに外傷はない。飢《う》えや渇きに苦しんだ様子もなく、誰かに襲撃されたわけではなさそうだ。

ただ藤枝だけがいない。まとめ役の彼が消えたため、三郎たちは全員で森を突っ切って陸たちと合流することを選んだのだろう。

「翠《すい》ちゃん、説明してくれる？」

唯一残っていた三年生でスタメンの翠に話を振る。

普段は夢を見ているような彼もさすがに深刻そうな顔で、こくりと頷いた。口調だけはのんびりしていたが、彼は考えをまとめながら話し出す。

「少し順を追って説明するね。まず二日前、朝起きたら陸くんたちがいないってわかったの。昌紀《まさき》くんはちょっと動揺していて、『探して連れ戻せ！』って言っていたのだけど」

「それは翠さんが止めたんです」

意外にも男子マネージャーの板東《ばんどう》が自主的に後を引き継いだ。この二年間、言われたことを淡々《たんたん》とこなすだけで自己主張することもなかったが、この島に来てから変わったようだ。住居作りの経験が彼に自信を与えたのかもしれない。

「キャプテンに『黒田くんが治ったら戻ってくると言っていたよ』って説明して……。それでキャプテンも落ち着いたようでした」

「勝手に言ってしまってごめんね。でも陸くんもそうするつもりだったのでしょう？」

「そうだね。火打ち石もありがとう、すごく助かった」

「んふ、あんなことしかできなかったけれど。でも黒田くんが治ってよかった」

心から安堵《あんど》した、というにはやや他人事《ひとごと》のような温度感だったが、これが翠の性格なのだろう。玄翔も十分わかっているようで苦笑しながら受け止めている。

「心配かけて悪かった。それで、その後は？」

「昌紀くんも反省するところがあったのでしょうね。熱が出ている黒田くんに毒味しろ、などと言ったのだから。三人がいなくなった後は自分が最初に食べる、と言ってくれたの」

「藤枝が？」

それは驚くべき変化だった。この島に来てからは極端だったが、普段から彼はスタメンとそれ以外で分け、自分を「選ばれた側」に置いていたというのに。

「陸くんが離れたことが相当ショックだったのね、きっと。今まで何があっても陸くんは静かに昌紀くんの斜め後ろにいたから」

「翠ちゃん……」

翠も気づいていたのか、と陸は思わず目を泳がせた。笑えばいいのか、顔をしかめればいいのか、よくわからない。こんなにも皆がわかっていたことに、自分一人だけが気づいていなかったとは。

「その後はキャプテン、すごく頼もしかったんですわ」

真っ赤な天然パーマを掻《か》きながら、川上倫吾《かわかみりんご》が続けた。

「家作って、食料集めて、辺りを見回って……。あ、なんか北の端、たくさん渦が発生してたやないですか。アレが小さくなってるって気づいたんもキャプテンでした」

「渦が？」

「渦がなくなったら北側から島の裏側に回り込めるなって言ってましたが、結局それは思い直したようでした。『とりあえず向こうのことは放っておこう。黒田に何かあったら、水谷は連絡してくるだろうからな。こっちで余った食料は保存食にしておけ』って」

「食料、俺たちにも届けようとしてくれたんだね」

この三日間、藤枝たちが一度も西側に来なかった理由がわかった。藤枝は躍起《やっき》になって陸たちを連れ戻すのではなく、その意思を尊重してくれていたのだ。

「渦はもしかしたら夏の間だけ発生するものなのかもしれないね。そしたらこの先、この島は秋に向かうのかも」

「キャプテンもそう考えたようでした。水谷さんたちのトコに持って行くためってのもあったと思いますし、この先に備えんとって考えたのかもしれません。全部今、改めて考えるとって感じですけど」

「それで川で魚を捕って、天日干しにしようって話になったんです。ただその頃から時々、死んだ魚が流れてくるようになって」

三郎が川上と視線を交わしながら言った。

「獣に襲われたとか、明らかに病気だとわかるような外傷があったとか、そういうことはなかったんですが気持ち悪くて……。何か原因があって死んだのなら、その魚を食べるのも怖いってことになって、二人ひと組で上流を見回ることにしたんです」

住居の拡張や冬ごもりの準備など、やることは他にもたくさんある。上流の調査に全員で向かわなかった藤枝の判断は正しいと陸も思った。

「三郎、上流はどうだった？　何か異変が起きてたとか」

「いえ、昨日は僕と阪江《さかえ》さん、次に板東さんと川上が行ったんですが、特に変わったところはありませんでした。川に沿って登るにつれて岩がゴロゴロ転がっていたので歩きにくかったですが、それくらいです。魚も普通に泳いでて、襲ってくるような動物もいませんでした。それで今朝、キャプテンと青佐《あおさ》の番になったんです」

「青佐が藤枝と組んだの？」

それがふと気になった。目を向けると、憤慨《ふんがい》したように青佐がキッとにらんでくる。

「何かおかしいですか？　もっとも頼りになる人間がキャプテンを補佐するのは当然だと思いますが」

「あ……いや、藤枝はそういう時、いつも阪江を頼ってたから意外だったんだ」

「阪江さんはただのパシリでしょう。私とは違います」

「青佐、そういう言い方は」

阪江が不快そうに顔をゆがめたことに気づき、陸は青佐をたしなめた。確かにイカダで海に出て命からがら帰還した後、藤枝と阪江の関係は少しぎこちなかった。阪江にしてみたら、闇雲《やみくも》に藤枝に従った結果、死にかけたのだから距離を置きたくなってもおかしくないはずだ。そう思い、あまり触れずにいたのだが……、

(もしかしたら違ったのかも)

阪江が離れたのではなく、藤枝が離れたのかもしれない。何か事情があって。

「一緒に上流を調べに行って、青佐は無事だったの？　そういえばさっき、藤枝は森に入ったきりいなくなったって言ってたけど」

「川に異常がなかったので、帰ろうという話になったのですが、そこでキャプテンがせっかく来たのだから食料を集めてくる、と言い出しまして」

「まさか、それで藤枝が一人で森に入った？」

「ええ、私が止めても聞きもせず……。最近のキャプテンは少し焦っていましたからね。なんとか挽回《ばんかい》したかったのでしょう」

「焦るって何を？」

「失敗続きだったじゃないですか。イカダで海に出て死にかけたり、何かを提案しては水谷さんたちに反論されたり。ですから失態を挽回するために無茶をしたのだと思います」

「……そう」

とっさに口を開きかけた玄翔を目で制し、陸は少し考えた。

……ようやく色々なことが少しずつ見えてきた。漂着してから十五日間、思い返せば自

分たちはずっと右往左往していた気がする。観察する側にとっては、滑稽《こっけい》で仕方なかったことだろう。

「森の中で何かトラブルがあったのかもね。俺たちも二人ひと組で藤枝を探そうか」

「陸、それなら一緒に」

「玄翔は海岸の方から森に入ってみてくれる？　生活をおろそかにするわけにもいかないから、みんなで手分けして、これまで通り食料調達もお願い」

「……わかった、これまで通り、だな」

「うん、俺は藤枝の足取りを追ってみるよ。青佐、案内して」


島の南側を流れる川は相変わらず透明度が高く、澄んでいた。太陽を受けてキラキラと美しく輝く中、のんびりと魚が泳いでいる。

「今は死んでる魚はいないみたいだね」

「ええ、まあ」

陸が川をのぞき込んで言うと、少し後ろを歩いていた青佐が言葉少なに頷いた。

「時間帯に寄るのかな。外傷もないのに死んだ魚が流れてきたら確かに気になる。自分たちが食べるものだし」

「ええ」

「青佐たちは頂上まで行った？　この岩山、上に何があるんだろう？」

「特に興味ありませんね」

「藤枝が森に入ったのはどの辺り？」

「ああ、ここです」

陸との会話にみじんも興味がないとばかりの口調だった青佐がふと言った。

川岸にはゴロゴロと大岩が積み重なり、そのすぐ両側が森になっていた。人の侵入を拒むように茂みや木々の枝葉が生い茂っているが、一部だけまるで道のように茂みがかき分けられている箇所がある。地面に雑草も生えておらず、まるで定期的に誰かが行き来していたようだ。

「獣道かな。森に住む動物がここを通って川の水を飲みに来てたとか」

「…………」

「藤枝が一人でここを通るとは考えにくいけど、本当に……青佐？」

返事がないため振り返り、陸は軽く目をすがめた。少し後ろを歩いていたはずの青佐がいつの間にかいなくなっている。

どこへ行ったのかと周囲を見回した時、今度は森の奥で見覚えのある上着の裾《すそ》がちらついた。漂着当時、藤枝が着ていたものだ。海岸で生活する時は脱いでいたが、森に入る時はいつも着ていた。

「……藤枝、そんなところで何してるんだよ。みんな心配してるぞ」

青佐のことよりも今はこちらの方が重要だ。

陸はそう判断し、一人で森に足を踏み入れた。木々の向こうに吸い込まれるように離れていく上着を追い、自分も奥へ進んだ時だ。

「キエエエエッ！」

怪鳥のような甲高《かんだか》い叫び声を上げ、そばに生えていた大樹の陰《かげ》から誰かが飛び出してきた。ぶん、と重い音が空気を震わせ、何かが陸の頭めがけて振り下ろされた。

# 10　生け贄の羊たち

先程別れてから数時間しかたっていなかったが、呼び出された風間《かざま》は全てを悟ったような顔をしていた。十年ぶりに嘉井南《かいなん》市を訪れ、旧友に会った時からこうなることを予期していたのかもしれない。前回の嘉井南大祭の年、この街で何が起きたのか……。

「最初は声をかけられたんだ」

神谷冬馬《かみやとうま》の部屋にて、風間はゆっくりと話し出した。真剣に聞き入る寧々《ねね》に軽く肩をすくめ、苦笑いに似た表情を作る。

「当時、俺らはベスト4まで残って、意気揚々《ようよう》と嘉井南市に帰ってきてさ。カミヤンはいろんなクラブから声がかかってたけど、俺も一箇所だけスカウトさんが来て」

「ああ、覚えてる。チームワークに定評があるクラブだったから、カザにぴったりだってみんなでお祝いしたよな」

「昔から協調性の鬼みたいな選手だったからね～、俺は。……で、スカウトが来たのは俺らだけだった。横尾《よこお》にはゼロ」

「……まあ、さすがにあいつはな」

昔を思い出したのか、冬馬が重く嘆息した。

「フォワードとしては優秀だったが、素行に問題がありすぎた。あいつを取りたがるクラブはないだろう」

「でも横尾自身はそう思ってなかった。それで俺、脅迫《きょうはく》されてさ」

「脅迫？」

「おめえ程度がプロになるなんてあり得ねえ。辞退しろ。さもなきゃ、その膝《ひざ》、潰すって」

「なっ……」

当時の恐怖を思い出したか、風間は自分の右膝をさすった。

「殴られて、倒れたところで何度も膝を蹴《け》られてさ。最後に膝を踏みつけて、ぐりっと……。その時は力が入ってなかったけど、思い知らされた。横尾は暴力を振るうことをなんとも思ってないし、誰かの選手生命を絶つことも平気なんだって。俺がプロ入りを断らなかったら、次は全体重をかけてくるって本気でびびったよ」

「警察には言わなかったのか？　俺たちゃ大人に相談とか……」

「目撃者もいなかったからな……。それにあの時はなんていうか、『火種を抱えてると思われたら契約してもらえないかも』って思っちまったんだ。クラブ側だって厄介《やっかい》ごとは嫌うだろうし」

「それは……」

契約後ならクラブ側も所属選手を守るだろうが、契約前なら慎重になるかもしれない。

風間もそれを恐れ、誰にも相談できなかったのだろう。

「翌日、病院で治療を受けて、軽い打撲だって言われたけど、俺は相当追い詰められてきてさ。やる前にやらなきゃいけないんじゃないかとか、頭の中じゃ結構まずいことを考えてた。そんな時、院内の廊下で看護師のおばさんに声をかけられたんだ」

「看護師？」

「俺、よっぽど放っておけない顔してたんだろうな。隅《すみ》の方に連れて行かれて、本当はこんなこと言っちゃダメなんだけど……って」

『あなた、大丈夫？　すごく怖い顔してるわよ』

『……そういう顔にもなりますよ。やばい奴に人生台無しにされそうで』

『やばい奴って？』

『サッカー部のチームメイトです。仲間だなんて言いたくないけど。三年間、ずっと我慢してきたけど、さすがにこれは……。あんな風に脅《おど》されるくらいなら、いっそ』

『あまり思い詰めちゃダメよ。嫌いな人のために自分の人生を台無しにするなんて。……でも、そうね、本当はこんなこと言っちゃダメなんだけど、あなたは本当に困ってるみたいだから……。どうしてもいなくなってほしい人がいるなら、このおまじないを試してみたらどうかしら』

「嘉井南神社の賽銭《さいせん》箱に、消えてほしい奴の名前を書いた紙を入れるんだって。そしたら願いが叶うって言われてさ」

「看護師さんがなんでそんなこと……。というか、なんだそれ」

「俺だってただの冗談だと思ったよ。若者が傷害事件を起こす前に、気休めのおまじないを教えてくれたんだろうなって」

「冗談だと思ったから試したんですか、風間さん？」

「うん、病院から帰る途中で嘉井南神社を通ったから、出来心でね。ノートの切れ端に横尾の名前を書いて、賽銭箱に入れたんだ。それで少しは気が晴れたけど、本心じゃ何の意味もないことだって思ってた。でも……」

「横尾は本当に消えた、か。カザ、賽銭箱に紙を入れたのが何日のことか、覚えてるか？」

「全国が終わって帰ってきた後だったから、一月半ばじゃなかったかな。ああ、神社の境《けい》内《だい》で祭りの準備をしてたのを覚えてる。今年は十年に一度の大祭だから大がかりなんだって提灯《ちょうちん》を運んでた商店街のおじさんが話してくれた」

「大祭の直前か。横尾が消えた日がいつか、正確に覚えてるか？」

「うん？　……そういや知らないな。一月後半か二月に入ってから、実は失踪《しっそう》してたって噂《うわさ》が流れたんじゃなかったか」

　その時期は冬馬たちにとって「高校三年生の一月」だ。ちょうど受験のまっただ中で、登校している者のほうが少なかっただろう。冬馬たちも横尾が失踪したことにしばらく気づかなかったようだ。

（十年前の嘉井南大祭の日に失踪した可能性は高いかも……）

もしそうなら、風間の行った「おまじない」がカギだ。

「なあ、俺のしたこと、本当にただのおまじないだよな？　横尾がその……自分で失踪したんじゃなくて消えた、なんてことないよな？」

「カザ……」

複雑な顔をするしかない冬馬と寧々を交互に見て、風間はくしゃりと頭をかき回した。

「そんなことあるわけない、俺のせいじゃないって十年間ずっと思い続けてきたよ。あいつがいなくなって、クラブと契約して、プロになれた。最高の十年だった。……でも最近、ふと思うようになってさ。もしアレが俺のせいなら……俺がやったことが何か、とんでもない事態を引き起こしてたとしたら」

「カザ、あんまり自分を責めるな」

「たとえば人身売買組織が全部仕組んでてさ。消えても支障がない奴を選ぶために『おまじない』の話をしたんじゃないかとか、変なことを考えちゃうんだ。横尾は俺のせいでやばい連中に攫《さら》われて、今頃どこかで強制労働させられてるんじゃないかとか、内臓を取られて殺されたんじゃないかとか」

「何言ってるんだ。そんな都市伝説みたいなこと、あるわけないだろ」

十人のサッカー部員が消えたことは隠し、冬馬は風間をなだめた。

風間はこの十年間、確証もないまま罪の意識を抱えていたのだろう。そしていよいよ我慢できなくなって、嘉井南市に戻ってきた。十年前、自分が何をしたのかを確かめるために。

結局何の手がかりも得られなかったのだろう。恐怖や後悔、安堵《あんど》が入り交じった声で風間がうめく。彼はきっとこの先ずっと、何が何だかわからないまま、うっすらとした罪悪感を抱えて生きていくのかもしれない。

（ただの気休めだと思って、やったことだったんだもんね……。誰にも責められないよ）

それよりも寧々は風間が何気なく言ったことにゾクッとした。

――消えても支障がない奴を選ぶために「おまじない」の話をした。

――名前を知り、「その人」を「誰か」が「どこか」へ連れて行く。

風間は人身売買組織を連想したようだが、それは違う。クルーザーの上から陸《りく》たち十人を煙のように消すことなどできない。

（でも全部つながってる。トーマくんから報告を受けた青佐《あおさ》くんのお父さんが嘉井南神社の摩衣《まごも》さんに電話をかけたことも、風間さんが横尾って人の名前を書いた紙を入れたのが嘉井南神社の賽銭箱だったことも）

一連の出来事は全て、嘉井南神社が絡んでいる。

神社がカギだ。そこで寧々たちの知らない「何か」が起きている。

＊　＊　＊

奇声を発して襲いかかってきた何者かを、陸は素早く避けた。十分襲撃を予想していたため、余裕を持って避けられたと思う。ただ一メートルほど飛び退《の》いたところで陸は目を見張った。

「おじいさん……⁉」

しわだらけで、白髪を振り乱した老人だ。八十代半ばに見えるが、歯はところどころ欠け、目も鈍く濁《にご》っている。歴史の教科書で見るような、原始時代を思わせる服を着ているが、素材は獣《けもの》の毛皮だろうか。それと、植物を編んだ靴。

棍棒を手に、老人は獰猛《どうもう》な目で陸を見据《みす》えた。

さらに森の奥からももう一人、石斧《いしおの》を手にした男が現れた。彼は老人より若く、五十代ほどだ。目鼻立ちが若干《じゃっかん》老人と似ているところを見ると、息子なのかもしれない。腰に藤《ふじ》枝《えだ》の上着を巻き付けているが、それを使って陸を森の中におびき寄せる役割を担《にな》っていたのだろう。

「あなたたちが先住者ですね」

陸は慎重に距離を取り、語りかけた。日本語が通じていなかったらどうしようと考えたが、老人のほうが意外そうな表情を見せた。強襲したのに陸が落ち着いていたからだろう。

「藤枝は用心深い男です。一人でフラッと森に入って行方不明になるなんてあり得ない。

誰かが攫ったんだと思いました」

「…………」

「彼が消えた時、ペアを組んでいたのが青佐だったと聞いて、彼も一枚噛《か》んでるんだと思ったんです。青佐は長いものに巻かれがちというか、自分の身を盾《たて》にしてまで誰かをかばうことはしない奴だから」

まだ玄翔《げんと》の傷が癒《い》えておらず、彼が高熱で倒れた日のことを思い出す。あの日、藤枝と共に森から戻ってきた青佐は山のように食材を持ち帰ってきたのだった。

「藤枝は『一度はぐれた青佐がたくさん食材を見つけてきた』って言っていました。あの時は全然頭が回ってなかったんですが、今思うと青佐はすごく怪しかった。山にも植物にも詳しくないはずなのに、『ヤマボウシだから食べられる』なんて断言できて……」

「それがなんだってんだ？」

「あの日、青佐はあなたたちに捕まったんじゃないですか？　それでこっちの情報を渡して、代わりに食材を受け取った」

老人が日本語を話したことに安堵し、陸は緊張して乾いた唇を軽く舐《な》めた。

「俺たちを皆殺しにする機会を狙っていたなら、まず青佐から殺したはずだ。それで青佐を探して森に入ってきた俺たちを一人ずつ始末すればいい。そうしなかったってことは、あなたたちは俺たちを殺すのではなく、捕まえたかったってことで……」

「ほう？」

「最初に藤枝を攫ったのは、あいつが俺たちのリーダーだと見極めたからじゃないですか？　死んだ魚を川に流して、警戒した藤枝たちが少人数で上流に行くように仕向けた。自分たちが手駒《てごま》にした青佐を藤枝のペアにして、上流で首尾よく攫ったら、何かしら話をつけるつもりで」

「だったらどうする」

「俺も連れて行ってください。俺は……あ、あいつと同じくらいチームの核だから」

自分で言っておいて、顔から火が出そうな気分だった。相手を説得するためには「俺は藤枝以上の実力者で、リーダーだ」と言うべきシーンだったが、とてもそこまで強気には出られない。藤枝と肩を並べる存在だと大口を叩くだけでも心臓が早鐘を打ち、ドッと汗が噴き出す始末だ。

……これでは信じてもらえないかもしれない。なんとかして老人たちに訴えかけ、藤枝のもとまで案内させる、というのが陸の考えた作戦なのに。

ただ、焦る陸をどう見たのか、老人はふんと鼻を鳴らしただけだった。「連れて行け」と五十代の男に顎《あご》をしゃくり、率先して森の奥に歩き出す。後ろ手に縛られ、陸は彼の後に続いた。

しばらく山とも森とも呼べそうな傾斜に沿って進むと、やがて猫の額《ひたい》ほどの小さな平地が現れた。

木々を伐採《ばっさい》し、地面をならしたのだろう。丸太小屋が一軒建てられ、そばには田畑が作られている。畑のそばには鋤《すき》や鍬《くわ》などの農耕具があり、二頭の鹿が杭《くい》につながれていた。

「すごい」

陸たちが断念した生活が目の前に広がっている。

丸太小屋があるからには、老人たちは石斧を作り、木を切り倒したのだ。野生の鹿を捕らえて家畜にし、ミルクや肉を得るだけではなく、食べた後の皮は衣服に加工している。

田畑の野菜は見慣れないものばかりだ。ただトマトに似ているしなびた赤い実や親指ほどの大きさのナスのような実など、品種改良されていない野菜に見えた。おまけにさらに奥には、雑草が生え放題になっている一角がある。

「休耕地……いや、違う。あれ、稲ですか？　古代米」

「おお、わかるか。あれを増やすのはちょっと苦労したぜ。味はひでえもんだがな」

老人はうっそりと笑った。味はひどいと言いながらも、声には誇らしげな響きがある。ブランド米には及ばなくとも、どうしても「米」がほしかったのだろう。その気持ちは陸にもよくわかる。

「おめえらが海岸に家を作り始めた時は笑ったな。この島はこれからの季節、天候が悪化する。台風に次ぐ台風で、家なんて簡単に吹き飛ぶぜ」

「……なるほど、この半月ほどはただ運がよかっただけだったんですね」

老人たちはそれを知っていたから、山の中に拠点を築いていた。そしてそれゆえ、陸たちは彼らの存在を十五日間、知らずにいてしまったということか。

「皮のなめし方も酒の造り方も試行錯誤《さくご》だが、なんとかものになってきた。先輩の俺らが一からよく教えてやるよ。……おら、入りな！」

「水谷《みずたに》？　お前……」

丸太小屋の中に突き飛ばされると、室内から驚いた声が上がった。部屋の一番奥に藤枝が座らされている。陸と同じように両手を縄で縛られているが、怪我《けが》はなさそうだ。

「藤枝、よかった。無事だったんだね」

「……俺はあえて誘いに乗ったんだ」

「はいはい」

気まずそうに言い返してくる藤枝に苦笑しつつ、促《うなが》されるまま彼の隣に座った。

そしてわかる。藤枝の空気が今までにないほど落ち着いていることに。

襲撃され、拉致《らち》されて仲間たちから引き剝がされた男の放つ気配ではない。彼自身が言うとおり、藤枝は青佐の裏切りも予想した上で、老人たちのところに来たのだろう。リーダーとして、仲間の安全を確保するために。

「無茶するよ。万が一のことがあったら、大変なことになっていたのに」

「靴の中に板東《ばんどう》のカミソリを忍ばせてある。隙《すき》を見て、縄を切って逃げるつもりだったさ」

「そんなことする前に、相談しに来てくれればよかったのに」

老人たちは今後の方針を相談しているのか、戸口付近で固まって話し込んでいた。そのため、慎重にそちらをうかがいつつ、陸たちも小声で話し合える。

「……黒田《くろだ》は平気か」

　ぽつりと藤枝が尋《たず》ねた。緊張と後悔が混ざり、かすかに震えたのが陸にもわかった。

　突然無人島に飛ばされるという異常事態だったとはいえ、仲間の命を危険に晒《さら》したことを彼は悔いている。そして自分の行いを恥じている。だからこそ、なんとか挽回《ばんかい》しようとして、一人で敵地に乗り込んだのだろう。

「自分の目で確かめてよ。もしかしたら怒って追いかけてくるかもしれないけど」

「走れるまで回復したか……。ああ、今から覚悟しておく。黒田が怒るのは百パーこっちに非がある時だから、反論できないんだ」

「それは言えてる」

　幼馴染《おさなじ》みの正しさと強さは陸が一番わかっている。思わず噴き出すと、藤枝も小さく笑った。

　……なんだか変な感じだ。こうして藤枝と隣同士で穏やかに会話しているなんて。

（そうか。初めてなんだ）

　藤枝と肩を並べるのは。

　この三年間、同じ部にいたにもかかわらず、二人が隣に立ったことは一度もなかった。

　神谷冬馬にスカウトされた藤枝は一年の頃から目立った存在で、先輩たちに囲まれていた。キャプテンに選ばれてからはなおさらスタメン勢と一緒にいることが多く、控え選手の陸と話すことは滅多になかったと言っていい。

試合ではなおさらだ。陸が出場する時はフォーメーションの関係で藤枝は出場せず、試合の勝利も敗北も藤枝と同じフィールドで分かち合ったことはなかった。

「俺は、お前が怖かった」

藤枝がぼそりと言った。陸以外には聞こえないほど小さな声だったが、だからこそ陸にははっきり聞こえた。

「ずっと神谷監督に言われていたんだ。『お前がふがいない戦い方をしたら、水谷と替えるからな』ってな」

「えっ、そうだったの？　そんなの、俺は一言も……」

「元々監督がどうしてもほしいのは黒田と布施《ふせ》だけだったようだからな。俺もスカウトされたが、もし断ったとしても監督はそこまで落ち込まなかっただろう。それこそ黒田についてきたお前を鍛える方向にシフトしたはずだ」

藤枝は自嘲《じちょう》気味に唇をゆがめた。

「三年間、必死だったさ。絶対にポジションを譲ってたまるかって毎回毎回、決死の覚悟で出場していた。どんなに相手が強かろうと、後れを取ったら交代させられると思うと、ひるむ余裕なんてないほどにな」

「監督、なんでそんなこと……」

「簡単なことだ。……実力は拮抗《きっこう》してた。ただ監督の目指す戦術には俺のほうがマッチしていた。育てる手間をかけずに使えるコマだった。そういうことだ」

「……そうかあ」

もっと言いたいことがあった気がしたが、結局陸はそれしか言えなかった。

冬馬が藤枝にプレッシャーを与え続けていたことは初耳だった。おそらく藤枝はそれを誰にも言わずにきたのだろう。

本当に自分と藤枝の実力は拮抗していたのだ、と陸はやっと理解できた。他でもない藤枝本人に言われたことで。

もし冬馬が守備重視のチームを作ろうとしていたら、選ばれていたのは陸のほうだったのかもしれない。そして陸が冬馬に言われていたのだろう。「ふがいない戦い方をしたら、藤枝と交代させるからな」と。

陸ならおそらく、その重圧に負けていた。憎しみに近い闘争心を無理矢理引きずり出されるような日々に疲れ、ポジションを譲ってしまっただろう。

だが藤枝は驚異的な精神力で三年間戦い抜いたのだ。

それは藤枝自身の力だ。彼が自分の実力でもぎ取った未来だ。

「俺は藤枝がうらやましかった」

藤枝の未来が、ではない。彼の持つ性質そのものが。

「自分にちゃんと自信があって、戦うべき時に戦えて。……俺は、サッカーはすごく好きだったけど何が何でも自分を選ばせる、みたいな気迫は持てなくて」

「だからお前は三年間補欠だったんだよ」

「もうちょっとオブラートに包んでくれないかなあ」

あまりにも容赦《ようしゃ》がなくて笑ってしまう。

「前に出られない自分が情けなくて、自信も持てなくて。……でもやっと、それも悪いことじゃないと思えるようになったよ。藤枝が前だけ見てくれてるから、俺はちょっと後ろから全体を見たり、周囲を見回したりすることもできるっていうか」

「それが活《い》きるのはサッカー以外の状況だろ」

「たとえば『今』とかね」

サッカーだけをしていたら、こんな風には思えなかった。自分自身に対して劣等感を抱いたまま、地元に帰っていただろう。

無人島で遭難生活をするようになり、陸は自分の立ち位置が見つけられた気がした。ずいぶん遅くなってしまったが、ようやく自分自身を受け入れられた気がする。

「全員で帰ろう。俺たちならきっとできる」

「まずはあの老人たちから情報を引き出すぞ」

「おう、待たせたな」

ひそひそと言葉少なに意見を交わしたところで、のそりと八十代の老人が小屋に入ってきた。陸たちがしっかり縄で縛られているのを確かめ、満足そうににんまりと笑う。

もしかしたら笑っているのではなく、威嚇《いかく》しているのかもしれない。獣にとって、歯を見せることは威嚇を意味する行為なのだと以前、テレビか何かで観た記憶がある。

（洞窟《どうくつ》に押し込められていた三体の遺体……。あれはこの人がやったのかな）

陸たちが遺体を見つけたことはまだ老人たちに知られていないようだ。こちらから明かしたい情報ではないが、そのことも頭の隅に留めておく。

「おめえらがそれぞれのグループのリーダーだな。まずはアピールタイムと行こうじゃねえか。どっちのほうが働きもんだ？　え？」

「それってつまり半分は家来に、半分は奴隷《どれい》にするとか、そういうことですか」

「お、察しがいいな、ちっこいの。おめえらに一ポイントだ」

ニタニタと笑われ、陸は思わず顔をしかめた。

趣味の悪い男だ。……だが嫌な方向に頭が回るとも思う。

互いに信頼しあい、一枚岩になっているグループを崩すのは容易ではない。そういう時はグループを二つに分け、待遇に差をつけるのだ。優遇されている側はその立場を守って上役に忠実になり、冷遇されている側は優遇されている側を恨むようになる。そうやって信頼関係を崩し、互いを監視しあうように仕向けた上で、さらに上から管理する……。

こうした趣味の悪い心理実験の話を、陸は社会の授業で聞いた。立場や役割が人間の心理にどう影響するかを調べた「スタンフォード監獄《かんごく》実験」だ。年老いた老教師はもう何年もこの話をしているようで、特に熱もこもらない声で、淡々《たんたん》と教えてくれた。

まさかそれを実際に試されそうになるとは。

「俺たちは三人だけですけど、役に立ちます。俺以外の二人はすごい奴だし」

「いや、コイツらは我が強くて使い物にならない。こっちは団体行動に長《た》けている連中が多いので戦力になりますよ」

かすかな目配せで互いの考えを確認しあう。

（まずは信用させる）

自分たちが従順だとわかれば、老人の口も軽くなるだろう。

「いいねえいいねえ、バチバチにやり合う奴らは好きだぜ。そっちの色男は……あー」

「俺は藤枝。こっちは水谷。蒼萩《あおはぎ》高校は知っていますか？　そこの三年です」

「蒼萩だと？　そりゃ奇遇だ。俺もあそこの出だ」

横尾、と名乗った老人は懐かしそうに目を見開いた。

「もうめちゃくちゃ時間がたったからな……。教師陣で生きてる奴はいねえだろう。えげつねえ心理学の実験の話をしてたジジイとかな。退屈な授業だったが、あれだけは面白かった」

「え……？」

「今は何部が活躍してんだ？　俺の頃はサッカーだ。全国ベスト4まで上り詰めてよ」

どういうことだ、と陸は混乱した。

スタンフォード監獄実験の話を横尾も聞いていた、というのはまだ納得できる。横尾の学生時代に教鞭《きょうべん》を振るっていた老教師の教え子が教師になり、同じ話を陸たちにしていたならつじつまも合うだろう。

だが蒼萩サッカー部が脚光を浴びたのはこれまでに二回だけだ。一回目は十年前、神谷冬馬がキャプテンとして無名だったサッカー部を全国大会に導いた時。そして次はその冬馬が監督として就任し、全国準優勝を飾った今年だ。

横尾が在学していたであろう数十年前にもサッカー部が全国大会に出た、という話は聞いたことがない。

「あの、つかぬ事を聞きますが、横尾さんがこっちに来たのは西暦何年だったか覚えてますか」

「あ？　そんなこと聞いてどうする。二〇一二年だぜ。一月だった」

その答えに陸と藤枝は息を呑《の》んだ。

「今は二〇二二年です。こっちに来たのは一月二十二日。横尾さんたちが来てから、まだ十年しかたってませんよ」

「ああっ？　どういうことだ、そりゃ」

「この島と『統合された世界』は時間の進みが違うのかも」

ずっと半年分だけ時間がずれているのかと思っていた。だからこそ冬の海にいたはずの自分たちが、真夏の島で遭難しているのだろう、と。

だがそもそも、その前提が間違っていたのかもしれない。

「横尾さんがこの島に来てから何年たったのかは覚えてますか」

「十年くらいは数えてたが、それ以上はわからねえ。……おい、誰かわかる奴いるか」

「五十年、だと思うわ」

老婆が一人、ゆっくりと小屋に入ってきた。真っ白になった髪を後ろで一つに結び、麻で織ったような衣服を身につけている。歳は取っているが、口調は若い。ただ歯がほとんどないため声は聞き取りづらく、気弱そうな印象だ。

　横尾が怖いのか、彼を信頼しているのか、どちらとも取れる視線を彼に向け、老婆は部屋の奥にちょこんと座った。

「何日かはずれているかもしれないけれど、年月のほうは正確なはずよ」

「んだよ清佳《きよか》、おめえ、そんなもんをいちいち数えてたのか」

　横尾が馬鹿《ばか》にするように鼻で笑った。

「くはは、まだ戻れると思ってたわけじゃねえだろう。大体戻ってどうする。ジジイの介護に戻るのか？　今じゃおめえのほうが『される側』だろうがよ」

「でも、みんな、きっと心配……」

「してねえよ。どうせ旦那《だんな》も新しく若い女捕まえて、楽しくやってるわ」

きゅっと胸元で拳《こぶし》を握りしめてうつむく清佳を横尾は笑った。横尾の言葉には思いやりやデリカシーが少しもない。

　彼の傲慢《ごうまん》さを腹立たしく思うと同時に、陸は密《ひそ》かに動揺した。この島に来た時の横尾が高校三年生だったとすると、今は六十八歳になるだろうか。医療が発達している日本で七十歳手前となると、見た目はだいぶ若々しい。今、目の前にいる彼のようにしわやシミが顔中を覆《おお》い、歯がガタガタになるのはさらに歳を取った後の話だ。

清佳もおそらく同年代。五十代に見える男も三十代か四十代なのかもしれない。彼らが実年齢以上に老けて見えるのは、栄養も医療も足りていない無人島で暮らしてきたからに違いない。

そんな過酷な生活を送っていながら、横尾が獰猛な活力を失っていないのは驚異的とも言えた。彼のような男が現代で生きていたならば、周囲は持て余すだろう。

「横尾さん、こちらに来た時の状況は覚えていますか」

横尾に気圧《けお》されかけた陸とは対照的に、藤枝は落ち着いていた。キャプテンとして、今自分がやるべきことに集中している。

「二〇一二年の冬と言いましたよね。日付のほうは？」

「んなもん、覚えてるわけねえだろ。普通の……いや、待てよ。なんかあったな」

「嘉井南大祭の日よ」

これにも清佳が即答した。うつむいたまま、彼女はぼそぼそと答える。

「夫と姑《しゅうとめ》はお祭りに行ってしまって……私一人で舅《しゅうと》のお世話をしていたわ。その時、閉め切った家の中なのに、今様歌《いまようう た》が聞こえたの」

「今様歌？」

「遊びをせんとや生まれけむ～……。あなたたちは嘉井南市の生まれではないのかしら？

私は子供の頃からずっとアレを聞いていて……。お祭りのたびに神楽殿《かぐら》から聞こえてきたのを覚えてる。『あの日』はお祭りに行きたいと思うあまり、幻聴を聞いたと思っていたけれど」

「俺たちが飛ばされたのも嘉井南大祭の日だよ。間宮《まみや》さんが『今日は大祭だけど、こっちの祝勝会を優先した』って話してたから覚えてる」

「船の上で聞いた変な歌がその『今様歌』ってやつか？　それじゃあ、なんだ。俺たちは祭り絡みのオカルトで、こんなところに来たと……」

困惑したように藤枝が言ったが、自信を持って答えられる者はいなかった。小屋にいた全員が薄気味悪そうな顔で互いの様子をうかがうばかりだ。

もう少し深く話を聞こうとしたが、その時うんざりしたように横尾が片手を振った。

「もういいだろ。さっきからどうもいけねえ。おめえらの質問タイムじゃねえんだぜ」

「あ、でしたら最後にもう一つだけ」

「おめえらは俺の問いに答えろ」

ジッと探るような目で見つめられ、陸は背中が粟立《あわだ》つ感覚を覚えた。目の前の男たちは殺人を犯したのかもしれない連中だ。年老いていても、油断はできない。

「一つ、蒼萩の生徒ならサッカー部のことを知ってんだろ。五十年……いや、そっちじゃ十年前か。俺らの世代はどうなった。まあ、どうせ全員パッとしてねえだろうよ」

「二人、プロになりました」

藤枝が答えた。

「風間孝《たかし》は二部リーグのクラブで十年間活躍していましたよ。神谷冬馬は一部リーグのクラブの主力選手で、日本代表選手にも選ばれました」

「……っ！」

ぶわっと横尾の全身から赤黒い怒気が噴き出したのが見えた気がした。怒りと憎悪、そしてあからさまな嫉妬《しっと》。自分が無人島に囚《とら》われている間、チームメイトたちが輝かしい表舞台で活躍していたと聞かされ、彼は悪鬼のように真っ赤になった。

「風間がプロ？　神谷が代表？　ふざけんな！　なんだそりゃ！　なんなんだよ、そりゃ！」

「その後神谷冬馬は引退して、うちのサッカー部の監督をしています。そして今年、監督の指揮でサッカー部は全国準優勝しました」

ちらりと藤枝が陸に目配せを送った。

――挑発しろ。

彼の目がそう言っている。陸も視線だけで頷《うなず》いた。

「俺たちはそのサッカー部です。名監督に率いられ、過去イチの成績を収められました」

「監督から現役時代の話も聞きましたが、あなたの名前は一度も聞かなかったな。……水谷、お前は？」

「一度もないよ。それにチームメイトが失踪したって話も聞いたことない」

「そうだよなあ。普通友人が消えたたなら、もっと心配してるはずなんだが」

「〜〜っ、あ、あの野郎……！　あいつら……やっぱりあいつらの仕業か！　あいつらが俺をこんなところに送りやがったんだな！」

「監督たちにそんなことができるわけないと思いますが」

「ずっとずっと気になってたんだ。そうじゃねえかと思ってた。あいつらにとっちゃ俺は厄介者だっただろうからな。何かしたに決まってる。あいつらが俺を！　俺を!!」

正気を手放したように横尾は顔をかきむしり、絶叫を上げた。完全に冷静さを失い、自分で何を言っているのかもわかっていないのだろう。突然激高《げっこう》し始めた横尾に、他の男たちは対処できていない。肉体の若さでは勝っている五十代の男もオロオロするばかりだ。

この五十年間、横尾は生存者たちのリーダーとしてこの島に君臨していたのだろう。彼がいたから、かろうじて他の者たちも生き延びられた。だが彼がいたからこそ、きっと清算できないほどの罪も犯してきたのだ。

横尾は錯乱した様子で壁に掛けてあった石斧に手を伸ばした。

全員の意識が彼の一挙手一投足に集中する。

# 11　タイムリミット

日が沈んだ二十時過ぎ、嘉井南《かいなん》神社は不気味な静寂に包まれていた。

神谷冬馬《かみやとうま》と二人で自然と忍び足になり、寧々《ねね》は神社の鳥居を見上げた。堂々と中に入ってもいいはずなのに、なぜかひるむ。

「裏から回ろう」

冬馬も同じ考えだったようで、二人はぐるりと神社を回り、裏手に向かった。小さな児童公園から続く森林に踏み込み、しばらく進むと木々の隙間《すきま》から本殿が見えてくる。日が落ちると同時に境内《けいだい》にはかがり火がたかれ、同時に風に乗って音楽が聞こえてきた。

遊びをせんとや生まれけむ
戯《たわむ》れせんとや生まれけん
遊ぶ子供の声聞けば
我が身さへこそ動《ゆる》がるれ

雨戸を閉め切った神楽殿《かぐらでん》の中から今様歌《いまようた》が聞こえてくる。その周りには装束を着た神官が数名、特に何をするでもなく、境内をうろうろと歩き回っていた。どの顔も疲労感が濃い。そして恐怖心とも警戒心とも取れる感情がちらついている。

「おう、お疲れ」

その時、鳥居をくぐって誰かが神社へやってきた。本殿裏の物陰《ものかげ》に潜む寧々たちには気づいていない様子で、恰幅《かっぷく》のいい男性は手に提《さ》げた荷物を神官の一人に渡す。

「ご苦労さん。これ、少しだが飲んでくれ」

「ありがとうございます、青佐《あおさ》さん。……あ、摩衣《まごも》は奥に」

「ん、邪魔するわ」

神社を訪ねてきたのは青佐明次《あきつぐ》の父、青佐輝久《てるひさ》だ。彼は慣れた足取りで社務所へ向かう。

寧々は冬馬と頷《うなず》きあい、そっとそちらに移動した。

社務所の裏は湿気が多く、真冬の寒さをより強く感じた。まるで液体窒素が充満しているようで、むき出しの頬《ほお》が痛い。それでも歯の根が鳴る音すら立てないように、寧々は口元を袖《そで》口で覆《おお》いながら、社務所の気配をうかがった。

宮司の摩衣が輝久を迎える声がどんどん近づいてくる。スッとふすまが開く音がして、寧々たちの頭上が明るくなった。しゃがんだ寧々たちの真上に窓があり、室内で明かりがついたためだろう。

摩衣に促《うなが》され、輝久が座る気配がする。

『クボテ島《じま》はどうだい。順調か』

『いやあ、さっき様子をうかがってみたら、まだゴトゴト動いてた』

『続行中か……。今回はだいぶ遅い』

二人とも気安い口調で話している。寧々にとってはまるで意味のわからない会話を、さも当然のように。

『いつもなら大抵一日目には静かになるんだがね。出入り口が閉じてしまえば、箱は止まる。十年前なんてほんの数時間で静かになったというのに、今年はまだ粘ってる。この調子じゃ、三日三晩かかってしまいそうだね』

『それならそれでいいだろう。どのみち、あと小一時間で完了するんだ』

輝久がうっそりと笑う声が聞こえた。

具体的に名前を出したわけではないが、彼らが陸《りく》たち、クルーザーから消えた十人の話をしていることは寧々にもわかった。

――あと小一時間で儀式は完了し、陸たちは戻れなくなる。

そう言っているように聞こえる。ゾッとする話だが、同時に希望も持てた。

(水谷《みずたに》くんたちは、どこかでちゃんと生きてる)

そして「儀式」はまだ終わっていない。彼らを助け出す手段は残っているのだ。

『ふう……それにしても時間がかかると、こっちの精神がすり減るね。今年も十年前のように火種を抱えた連中をそろえたほうがよかったんじゃないかい、青佐さん？　アレならさっさと殺しあってくれただろうに』

『いや、この十年、我が家はどうも運気がよくない。事業のほうは芳《かんば》しくないし、一族にも不運がつきまとっている。挙げ句の果てに私の病だ。自覚症状など何もないのだぞ。健康そのものなのに突然余命半年などと言われ、納得できるものか！』

『本当に間違いないのかね。別の病院で診《み》てもらうというのは……』

『東京の名医にもかかったし、海外で高名な医師も呼び寄せた。皆、同じ診断だ。クローン病に似ているが、そのものではないともいう。あちこちの内臓がじわじわと壊死《えし》していく奇病だそうだ。青佐家には時々、この患者が出る。遺伝性のものなのかもしれん』

『やはり鬼を退治した呪い……』

『村のためにやったことだ！　なぜ我が一族だけが報《むく》いを受けねばならない！』

ドン、と何かを叩く音と輝久が激高《げっこう》する声が聞こえた。荒い息をつく輝久を摩衣がなだめる声がする。しばらく獣《けもの》のようにうめいていたが、やがて輝久は大きく息を吐いた。

『今までのように、嫌われ者の不徳人でまかなっていては、回避できんのだ。偉業をなした有徳《うとく》人を十人！　きっとそれで活路が開ける』

有徳の思想は単純だ。他人のために善行をなし、徳を積む。それが巡り巡って、自身の魂《たましい》の救済にもつながるという考え方だ。日本では室町時代、「身分の高い者ほど徳を積む必要がある。為政者が不徳の者ならば、国は荒れ、様々な天災が訪れる」と考えられていた。そのため、飢饉《ききん》や疫病《えきびょう》が流行《はや》ると為政者や商人は自身の財を捧《ささ》げ、民のために尽くしたという。

尊《とうと》ぶべき思想だが、この考えは日本に根付かなかった。応仁《おうにん》の乱を迎え、群雄割拠の戦乱の世が始まると有徳思想は自然と廃《すた》れていく。その教え自体は素晴らしいものと謳《うた》われながら、実体を伴わない思想になり果てたのだ。

（でも青佐さんの言う「有徳人」っていうのは違う）

陸たちは為政者でもなければ、率先して徳を積もうとしたわけでもない。チーム一丸となってサッカーの技術を鍛え、全国準優勝しただけだ。

ただ輝久はそうとは考えなかったのだろう。

――偉業を成し遂げたからには、彼らには徳があったのだ。そんな彼らを利用すれば、自分に降りかかろうとしている不幸も回避できるはず。

輝久は陸たちの努力も想いも無視し、ひたすらそんな妄執《もうしゅう》に囚《とら》われている。

『活路を開くなら、サッカー部のスタメン？　でそろえたほうがよかったのでは？　確かサッカーは十人だか、十一人だかでやるんだろう』

あまり興味がないのか、摩衣が曖昧《あいまい》に言った。それに対して輝久がうっそりと笑う。

『集団スポーツは複雑なモノだ。明らかに突出した才能の持ち主は言うまでもないが、意外と目立たないところで欠かせない役割を担《にな》っている者もいる。主力選手の精神的な支えや、献身的なサポートをしていた者。他の選手が「あいつよりはマシ」と思えるほどのド素人《しろうと》もまた、集団の中では欠かせない。自分より「下」がいると、人は安心するものだ』

『ふうむ、ややこしいのだね』

『息子も入れたかったしな。あいつには任務を言い渡してある。私の言うことなら、あいつは疑いもせずに従うだろう。そのように育てたからな』

「寧々、わかったぞ、クボテ島だ」

外から話を聞いていた冬馬がハッと息を呑《の》んだ。何のことかと首をひねった寧々とは違い、冬馬は顔から血の気が引いている。寒さのせいではないようだ。

「この街に伝わる昔話だ。寧々も知ってるだろう」

「悪さをする鬼を箱の中に誘い込んだらいなくなってたってやつ？　嘉井南祭りでも毎年、神楽があるし……」

そこまで言いかけて、寧々はハッとした。

『クボテの鬼退治』はこの嘉井南市に伝わる昔話だ。

昔、悪さをする鬼を退治するため、村の外れに住む若者が一計を案じた。大きな箱を作り、中で童子《どうじ》十名を楽しそうに遊ばせた。彼らに興味を持った鬼は箱の中で共に三日三晩遊びほうけ、四日目の朝、忽然《こつぜん》と姿を消していた。若者は庄屋の一人娘と結婚し、幸せに暮らした、という内容だ。

物語の中で鬼は罠にはめられたことに気づき、若者を道連れにしようとして名を尋《たず》ねる。だが賢い若者はそれに勘づいていて、そばにあった神への供物を入れる器、「葉椀《くぼて》」の名を告げた。若者の名前を知ることができなかった鬼は悔しがりながら、箱の中にいた童子たちだけを道連れに、どこかへ消えてしまったという。

「昔、聞いたことがあるんだ。今でも嘉井南祭りでは三日三晩、神楽殿の雨戸が閉められるだろう？　あの中に当時使われた『箱』があるって」

「……え」

「箱といっても物語に出てくる箱は何人も入れる大きさだったそうだからそのまま使うわけじゃない。その箱を切り出して、小さく作り直したらしいが、聞いた時は呆《あき》れたものだ。そこまでこだわるほど特別な昔話か？　ってさ。でも……」

今でも同じことが起きるのならば、特別視しても不思議ではない。

「……『クボテの鬼退治』は昔話じゃない。今の話だ」

「ちょっと待って。クボテの鬼は名前がわかれば、その人を道連れにできるんだよね。じゃあそれが風間《かざま》さんのやった『名前を書いた紙を賽銭《さいせん》箱に入れる』っておまじない？」

「摩衣と青佐さんはそうやって失踪《しっそう》しても騒動になりにくい人を選別していたんだろう。そして集めた紙を儀式で使う……。ただ今年はより効果を高めるため、何かしらの偉業を成し遂げた連中を使いたいと思ったんだろう」

青佐輝久なら息子の所属しているサッカー部の部員名簿など簡単に手に入れられる。その中からめぼしい者を選び、儀式の生《い》け贄《にえ》にすることも可能だろう。彼らの口ぶりからして、気が遠くなるほど長い間、青佐家と神社はこの悪事に手を染めているようだ。少しずつハードルが下がった結果、彼らは完全に道を踏み外したのかもしれない。

「彼らの話から推測するに、儀式が完了する条件は二つだ。一つは生け贄たちが殺しあうこと。万が一誰かが死ねば、その時点でこちらとのつながりが断ち切られる。もう一つは三日三晩という時間がたってしまうこと」

「水谷くんたちが殺しあうはずない。……でも三日三晩っていうのは」

あと小一時間だと輝久たちは言っていた。こんなことをしている間に、時間が過ぎてしまいそうだ。

何か方法は、と歯がみした時、寧々はハッと閃《ひらめ》いた。幼い時から、母に言われてきたことが脳裏をよぎる。「祭りの間、神楽殿を開けてはいけない」「開けたら、鬼が出てきてしまう」と。

「神楽殿を開けたら……ううん、その中にある箱を開けたら、出てこられる？」

鬼か、陸たちが。

どちらが出るのかはわからない。だが陸たちが帰ってこられる可能性が少しでもあるなら、試さない手はない。

「……やるか」

仕方ない、と冬馬が気合いとも諦《あきら》めとも取れる息を吐いた。

「下手《へた》したら現行犯逮捕だが……まあ、その時はその時か」

「うん。やれそうなことは全部やらなきゃ！」

素早く作戦をたて、まずは冬馬が社務所の裏を回り込み、参道から鳥居の方へ移動した。

そして境内にいる人々の注意を惹《ひ》きつけるため、そばに合ったかがり火を蹴《け》り倒す。

派手な騒音と火の粉が舞い、バッと境内が一瞬、赤々と照らされた。

「何の騒ぎだ」

悲鳴を上げる神官たちの声に気づき、社務所から輝久と摩衣が出てくる。彼らは冬馬を見て、忌《い》ま忌ましそうに顔をゆがめた。

「あなたはサッカー部の……」

「監督です、青佐さん。昨日、ご挨拶に伺《うかが》いましたね。その時、この件は預けろと言われましたが、まさかこんなことをしていたなんて」

「……何のことかね」

「とぼけないでくださいよ。全部録音しましたから。これ、週刊誌に売り込んだらどうなりますかね。大抵はまともに取り合わないでしょうが、中には興味を持つ媒体《ばいたい》もあるかもしれない」

冬馬がスマートフォンをポケットから取り出す。本当に録音していたかどうか、寧々にはわからないが、フェイクだろうと事実だろうと、どちらでもいい。肝心なのは輝久がそれを脅威《きょうい》に思うか、だ。何が何でも取り返さなければ、と思えば思うほど、彼らの意識は冬馬に集中する。

「取引をしましょう、青佐さん。これ、いくらで買いますか？」

「目的は金だと？　義憤に駆られたりは……」

「まさか。俺はただの雇われ監督ですよ。給料は安いし、別にあいつらに何の思い入れもない。まあ、全国準優勝してくれたおかげで、俺の名前を売ってくれたことには感謝していますが」

わざと下卑《げび》た話題に持っていったのは、輝久たちの意識を神楽殿に向けさせないためだろう。冬馬が陸たちを助け出そうとしているわけではないと感じ、輝久たちは安堵《あんど》したように神楽殿から注意をそらす。

それを待ち、寧々は動いた。極力音を立てないように気をつけつつ、素早く闇《やみ》に紛れて神楽殿に近づく。閉め切った雨戸の一枚に手をかけた時、神官の一人が寧々に気づいた。

「おい、君」

「な……っ、捕まえろ！」

振り返った輝久が寧々に気づき、野太い声を張り上げた。

「やば……っ」

「いや、ひるむな、寧々。そのまま行け！」

冬馬が輝久たちに飛びつき、妨害しながら叫んだ。一気に騒然とする境内の騒ぎを背中に受けながら、寧々は雨戸に体当たりした。

バァン、と騒々しい音を立て、雨戸ごと寧々は神楽殿の中に倒れる。

「う……っ」

神楽殿の内部にはゾッとするような濃密な空気が満ちていた。四辺に燭台《しょくだい》が置かれ、ろうそくには明かりが灯《とも》っているのに、空気は重く「黒い」。目には見えない闇が充満しているように、呼吸すらうまくできないほどだ。

そんな神楽殿の中央に、一抱えほどの木箱が置かれていた。作られてから数百年は経過しているのか、黒く変色し、表面が血管のようにデコボコしている。四面全てに気味の悪い札が無数に貼られ、異様な様相を成していた。

――ゴトッ、ゴト。

不気味な音が箱から聞こえる。

誰かが押しているわけでもないのに、重い箱がひとりでに動いているのだ。中に閉じ込めた「モノ」が外に出せと暴れているように。

……これは、本当に開けてもいいものだろうか。

膝《ひざ》をつきそうなほどの圧によろめきながら、寧々は一瞬ひるんだ。

こんなに気色悪い箱だ。数百年も、儀式と称して罪もない人々を飲み込んできたであろう箱だ。開けたら最後、災いが解き放たれるとしか思えない。パンドラの箱を筆頭に、何かを閉じ込めた箱は開けてはならないと決まっている。だが、

「水谷くんたちが中にいるなら……！」

ここから出せと鬼が箱の中で暴れていたとして、箱を開けた時に出てくるのは鬼だけではない。陸たちもきっとあがいている。全員で力を合わせ、脱出しようとしているはずだ。

ならば箱を開けた場合、鬼も陸たちも全員出てくる。寧々にとっては、それは「大成功」

と同じことだ。

まずは行動し、その結果を受けて次の策を練る。サッカーも、日々の生活も、きっとその繰り返しだから。

「帰ってきて……！　お願い！」

追っ手の神官たちが追いつき、寧々に手を伸ばした。その腕をかいくぐり、箱に飛びつく。札で封印を施しているが、札自体はただの紙だ。力一杯に箱の上部に体当たりすると、ビッと音を立てて札が破れる。

その瞬間、何かが噴き出してくるような感覚を覚えた。その勢いに合わせ、蓋《ふた》に飛びつく。寧々は箱の蓋に指を食い込ませ、力一杯にこじ開けた。

「お願い……帰ってきて、水谷くんたち！　待ってるから！」

＊　＊　＊

横尾《よこお》が壁に掛けられた石斧《いしおの》に手を伸ばす。

その瞬間、荒々しい騒音と共に戸口付近に立っていた五十代の男がつんのめるようにして床に倒れた。同時に何かが宙を飛び、横尾の側面に激突する。

「ぐあっ」

「布施《ふせ》、ナイス！」

夏みかんを数個手にした布施が、そして続々とサッカー部の面々が丸太小屋に踏み込んでくる。大柄な本田三郎《ほんださぶろう》と素早い阪江《さかえ》が夏みかんの汁まみれになった横尾を取り押さえ、翠《すい》と板東《ばんどう》が二人して、倒れ込んだ五十代の男の首に研いだ石器ナイフを当てた。

「水谷さん、キャプテン、大丈夫ですか！」

駆け寄ってきた川上倫吾《かわかみりんご》が陸の縛《いまし》めをほどく。藤枝《ふじえだ》は、と振り返ると、彼は靴の中に隠し持っていたというカミソリですでに縄を断ち切っていた。万全の準備を整えた上で捕まったのだと豪語していたのは本当だったらしい。

「大丈夫、みんなありがとう」

「思いきり挑発するからヒヤヒヤしたぞ。無茶をする」

皆に遅れて、玄翔《げんと》が入ってきた。後ろ手に縛り上げた青佐を確保しながら苦笑している。

「ごめん。でも横尾さん、ずっと丸太小屋の外も警戒してたから」

森で大人しく捕まった時点で、横尾も陸の作戦を読んでいたはずだ。自分自身を餌《えさ》にして藤枝の監禁場所まで案内させ、その後を追いかけてきた仲間たちが人質を取り返すつもりなのだろう、と。

(確かに俺はそのつもりだったし、それが見透かされてるかもしれないとも思ってた)

それでも作戦を強行したのは、横尾たちの情報源が青佐だったからだ。

青佐は自分の家柄に誇りを持ち、父である青佐輝久以外を格下に見ていた。無人島に来てからもことあるごとに陸を、本田三郎を、他の部員を見下す発言をし、それを反省するそぶりも見せなかった。

そんな彼が横尾たちに陸たちの情報を正しく伝えるだろうか。

最初に囚われた時は「皆が私を慕っています。暴力を振るえば報復されますよ！」などと言ったかもしれないが、横尾の暴力性はおそらくその上を行く。青佐はあっさり寝返り、横尾をおだてるために陸たちの矮小《わいしょう》さを強調したはずだ。「仲間割れして、分裂する程度の人たちです。協調性もなく、計画も立てずにその場しのぎを繰り返すだけなのですから、すぐに横尾さんをリーダーと仰ぐはずですよ」と。

ゆえに横尾は玄翔たちを過小評価した。一気に踏み込んでくるほど豪胆《ごうたん》だとは思わず、自分たちの計画を優先するだろうと陸は考えた。

「当たっててよかった。ここに案内してもらえれば、後はもう成功したも同然だったから」

「は、放してください。部内暴力は犯罪ですよ！」

玄翔に捕まえられながら、青佐がわめいた。開き直っているのか、全く悪びれる様子はない。

「マスコミにリークしたらどうなると思いますか？　せっかくプロ入りするというのに、黒田《くろだ》さんは登録を抹消されるでしょうね！」

「無事に帰れるなら、その程度は何でもないさ。そもそもこの島で起きたことをどうやってマスコミに証明するのか、知りたいものだが」

「私は悪くない！　野蛮人に武器で脅《おど》されたら、誰だって同じことをするはずです！」

今度は横尾を悪者に仕立て、なおも青佐が大声で言う。床に押さえつけられた横尾はそもそも青佐には何の興味もないのか、ただ自分を拘束する三郎と阪江を憎々しげににらむだけだった。

陸はため息をつき、青佐に近づいた。その瞬間、青佐はびくりと身をすくませて硬直した。自分より遥《はる》かに体格のいい玄翔に捕まえられた時も全く動じていなかったのに。

「青佐、一人で横尾さんたちに囲まれて脅されたら、俺だって怖いと思うよ」

「あ、あ、あの……」

「その場で寝返るかどうかは別として、怖かったことは理解できる。……でも、違うよね」

「あ、えっと……もしかして全部気づいて」

「横尾さんに脅されて寝返ったんじゃない。青佐は最初から、俺たちの敵だったんだ」

「水谷、どういうことだ」

眉をひそめた藤枝に、陸は苦いため息をついた。

「気づいたんだ。漂着二日目、藤枝がイカダで海に出たのは自分の他に、青佐も救助船を見たって言ったからだったんじゃないかな」

「……まあ、そうだな。他に誰も見てないなら、俺が幻を見たんだと思っただろう」

「同じものを見た人がいたから藤枝は海に出た……。その後、どんどん様子がおかしくなって、阪江とも距離を置いて青佐とばっかり一緒にいるようになったよね。あの時、青佐にずっとささやかれてたんじゃない？　『水谷さんがキャプテンの座を狙っていますよ』

とかなんとか」

「正解だ。『もちろん私はキャプテンについて行きますが』のおべっか付きでな」

元々陸をライバル視していた藤枝にとって、それは猛毒に等しい言葉だっただろう。

そうやって悪意のある妄言を吹き込まれ、藤枝はどんどん余裕を失っていった。陸が別行動して物理的に距離を置かなければ、もしかしたら取り返しのつかない事態になっていたかもしれない。

「青佐は絶対自分の手を汚さない。誰かの陰に隠れて、誰かを操って揉め事を起こさせる。きっと、そうしろって言われてたんだ」

「横尾さんにか？」

「ううん……多分、父親に」

「はあ？」

陸と藤枝のやりとりを聞いていた玄翔が困惑したような声を上げた。他の面々も似たような顔だ。青佐だけが青ざめ、わなわなと震えていた。バレるはずのない悪事を白日の下に晒《さら》された罪人のように。

「不寝番でペアを組んでた時、青佐はお父さんの話ばかりしてたんだ。その中で『するべきことをする』って言ってた。俺にはそれが、無人島での行動のことだったように思えて」

「なんでそんなことを……」

「わからない。でも」

無人島で生きるか死ぬかの瀬戸際で、仲間同士の対立を煽《あお》るなど、普通ならば何の利益もない。青佐がそんなことをする理由はそう多くはないはずだ。

「鬼を喜ばせるため、かしら」

ぽつりと清佳《きよか》が呟《つぶや》いた。困惑する陸たちとは逆に、横尾はぎょっとしたように清佳を振り向く。言うな、というように彼の口が動いたが、清佳は静かに首を振った。

「ここにいるのが私たちだけなら黙っていることは難しくなかったわ。だって全員知っているもの。でも何も知らない人がいると思うと……。不思議ね。隠し事がある、ということが苦しいの。秘密を抱き続けるには疲れてしまったわ」

「何かあったんですか？」

「この島には鬼がいるの。姿は見えないけれど、確かに……」

どう考えても荒唐無稽《こうとうむけい》な話だったが、陸たちは誰も笑わなかった。神隠しに遭《あ》った自分たちの状況と「鬼」という単語は不思議とよくなじむ。

「私たちがこの島に来た五十年前……。漂着初日に一人死んだわ。乱暴な人で、私を無理矢理……」

「清佳」

「晃平《こうへい》さんが助けてくれたのだけど、運が悪かったのね。その人が殴り飛ばされて倒れた先に尖《とが》った岩があって」

死んだの、と清佳は蚊《か》の鳴くような声でささやいた。横尾は渋面《じゅうめん》を作ったまま、グッと黙る。

「その日、夢を見たわ。真っ暗な箱の中……そうね、よくわからないけれど、私はその空間を『箱』だと感じて……その中で、鬼が楽しそうに踊っていた……」

「鬼というのは比喩《ひゆ》ではなく？」

「姿形はよくわからないけれど、ああ、鬼ね、と思ったことは覚えてる。私たちが『遊ぶ』のを見て、とても喜ぶ鬼。もっと遊ぼうと誘う鬼」

「俺ら全員がその夢を見た。そんで妙に攻撃的になってな……争ううちに、もう二人死んじまった」

横尾が忌ま忌ましそうに舌を打った。

「多分、俺らだけじゃねえぞ。山の奥に古い骨が大量にあった。気が遠くなるほど長い間、この島じゃそういうことを繰り返してるんだろうよ」

「私たちがこうして生き延びたのは奇跡に近いわ。晃平さんがまとめてくれたおかげね」

横尾が圧倒的な支配者になったから争いがやんだ、ということだろうか。

時には暴力で、時には恐怖で、横尾はこの島に飛ばされた人々を統治した。その結果、全滅を防げたというなら、陸には横尾が間違っているとは言えない。正しいとも思えなかったが。

青佐は最初から全て知っていたのだろうか。自分たちはこの島で争い、殺し合い、鬼を楽しませるために送られた生け贄なのだということを。

「そちらの男の子は私たちやあなたたちをここに送った人の関係者……。でも立場は同じはずよ。哀《あわ》れで無力な生け贄の一人」

　清佳が静かに青佐を見た。その目が彼の首にかけていた首飾りに据《す》えられる。

「私、昔から天然石が好きで……だからわかったの。その首飾りの石。死者を偲《しの》ぶ装身具の白い真珠と黒いジェット。『欺《あざむ》く』という石言葉を持つイエローアパタイト。あなたは誰かに欺かれ、『死者』になるために送られた……」

「嘘《うそ》だ！」

　清佳の言葉を遮《さえぎ》り、青佐が悲鳴を上げた。嘘だ、嘘だ、と繰り返しつつ、青佐はガクガクと震えた。

「お、お、お父様はそんなこと……こ、これは私にしかできないことだからやり遂げろと。鬼退治で村を救った一族の次期後継者として、成すべきことだと！」

「鬼退治？」

「クボテの鬼ですよ。常識でしょう！」

　聞き覚えのない単語に陸は眉をひそめた。陸と同じように困惑している者が大半だが、川上倫吾と本田三郎だけは驚いている。嘉井南市で生まれ育った二人がわかるということは、あの地に由来する伝説なのかもしれない。

「この首飾りは青佐家に伝わる家宝だと……これがあれば私は帰れると」

「俺たちを揉めさせろって言われてたんだね」

「血を流せば儀式が完成すると！　そうしたら、この首飾りを目印に、お前だけは連れ戻すからと！　わ、私はお父様の期待に応《こた》え……青佐家の長男として！」

「そんな風にそそのかされて、捨て駒《ごま》にされたってのか」

布施が嘆息した。怒っているのか、哀れんでいるのか……。その両方なのかもしれない。

……なんて残酷な父親なのだろう。

青佐輝久はこの日のために青佐をこう育てたのだ。父である自分だけを盲信するように。

そして青佐家以外の人間は徹底的に見下すように。

その結果、青佐は何の良心の呵責《かしゃく》もなく藤枝をそそのかし、陸たちを仲違《たが》いさせた。輝久の思惑通りだ。

「子は親を選べないし、悪意を持って育てられた青佐がそうなったのは青佐のせいじゃないと思う。おかしいと気づけていたら軌道修正できたかも知れないけど、そういう機会も潰されてきたと思うから」

陸も反省することが多い。約一年間、同じ部活で汗を流してきたのだから、青佐のいびつさに気づく機会はいくらでもあったはずだ。

しかし他人と争うことを嫌い、目を閉じてやり過ごしてきたため、彼のゆがみを見逃した。腹を割って話し合えば、何かできたかもしれないのに。

全て自分のせいだと思うほど傲慢《ごうまん》にもなれないが、全て青佐だけのせいだとも思えない。

「この島に来て、俺はみんなと色々話し合えて、少しはわかりあえたと思ってる。青佐も、今度こそちゃんと話そう。そうすればきっと……」

その時、突然島が揺れた。

最初は気のせいかと思ったが、徐々に揺れは激しくなり、立っていた陸たちは思わずよろけた。

「これは……」

十五日前、クルーザーの上で感じた揺れに似ている。あの時は高速でエレベーターが下がっているような感覚を覚えたが、今は逆にどこまでも上がっている時に似た不快感が襲ってくる。

「な、なんだ……？」

「おい、陸！　向こうの方がなんか変だ！」

外に出た玄翔が何かに気づいた様子で陸を呼んだ。外に飛び出すと、高台から海岸が見下ろせた。海の水が妙な流れを作っている。

「なんだろう、北側に吸い寄せられてるみたいな……例の渦が大きくなってるのかな」

「北側に渦？　なんだそりゃ」

縛られたままの横尾が眉をひそめた。

「知らないんですか？」

五十年もこの島にいた横尾たちが知らないことなのだろうか。

違和感を覚え……陸はハッとした。もしかしたら北側の渦は陸たちが漂着したと同時に発生したものだったのだろうか。

島に流れ着いた後、陸たちはずっと海岸で生活していた。そのため、陸たちとの接触を避けてこの南側の山頂から動かずにいた横尾たちは渦が起きていることを知らなかったのだとしたら。

「何かが起きているのかも」

清佳が呟いた。

「わからない。私には何も。五十年間、誰にも、何も教えてもらえず、この島で過ごしてしまったけれど……」

「清佳さん」

「でもわからないなりに、私はここで生きてきた。あなたたちが来るまで、ここは私たちの島だった。……行きなさい。ここから出て行って」

清佳が静かに言った。口調も声音《こわね》も穏やかだが、彼女からは強い拒絶の意思を感じた。非力で、他人の思惑に流されるばかりの人生だったのかもしれない。それでも清佳は流された場所に根付く強さがあった。それはそれで、彼女の才能だ。

「行ってみよう、みんな」

陸は言った。

「なんで急に渦が大きくなったのかはわからないけど、確かめたほうがいい気がする」

「待て待て待て、まだ話は終わってねえぞ！　勝手に行くんじゃねえ！」

荒々しく横尾が静止の声を上げたが、陸たちは構わず山を下りた。その際、少し迷ったが青佐の拘束だけほどき、横尾たちは小屋に置き去りにする。

山道を下る途中で目をこらすと、海の水が島の北側に向かって高速で流れているのが見えた。

南側の崖ほどではないが、北の果ても砂地ではなく岩棚になっている。森と海岸を区切るように平らに続く岩場から海を見下ろすと、今まではいくつも発生した渦が白く波打つ様子が見て取れた。

それがここに来て一つにまとまり、巨大な渦になっている。まるで海底まで見えるほどの力強さで、海水がぐんぐんと引きずり込まれていく。

『……で……く』

山を下り、砂浜を走っていると、渦の方から声が聞こえてきた。

必死で、まっすぐで、一途《いちず》な声。この三年間、ずっと聞いていた声だ。

『……待って、る……みずた……帰ってきて……！』

「間宮《まみや》さんだ！」

なぜ渦から寧々の声がするのか、説明できる者はいなかった。それでも全員の足が速くなった。

ずっと共に戦っていた仲間の声だ。呼んでいるなら応えなければ。

「行くぞ！」

藤枝の号令で一斉に駆け出す。まるでサッカーの試合中、全員で攻撃に転じる時のようだった。守備陣もゴールキーパーも、全員が攻撃に参加するなどむちゃくちゃだが。

「帰るぞ、陸」

「うん!」

玄翔に力強く頷き返し、陸も駆けた。

まっすぐに渦が近づき、磯《いそ》の香りが強くなり……。

「ま、待ってぇえ……」

その時、背後から切羽詰まった泣き声が聞こえた。振り返ると、最後尾を走っていた青佐が横尾に羽交い締めにされている。

「青佐!」

「帰さねえぞ」

唯一陸たちが拘束できずにいた清佳を急《せ》かし、縄をほどかせたのだろう。

老体だというのに、横尾は完全に青佐を圧倒していた。蛇《へび》のように腕を青佐の首に絡ませ、血走った目で笑っている。

「戻ってこい。ここで仲良く暮らそうや」

「何を言ってるんですか! あなたたちだって元の世界に……!」

「もう三人殺した。もう老いた。向こうで十年しかたってないなら帰ったところで、ババアやジジイより年上だ。奴らが信じるわけねえし、その場合戸籍も金もねえだろ」

「横尾さん！」

「ここでも生きていける。少なくとも俺らに嫌悪感や軽蔑《けいべつ》の目を向ける奴はいねえしな」

「わた、わたしは……私は違う！」

横尾を振りほどこうとした青佐の口を、追いついてきた五十代の男が押さえた。さらに青佐の手を清佳が。

そして……陸は見た。山の方から、さらに三人の男女が走ってくるのを。

（あれはまさか……）

二十代や十代もいる。皆、ボロボロの衣服をまとい、異様な風体だ。日本語は話しているが、こざっぱりとした陸たちを見る目は同族を見るそれとは違う。初めて見る、得体の知れない生き物に警戒し、排除しようとしているような目だ。

横尾や清佳を一代目とするなら、五十代の男性は二代目、若者たちは三代目なのだろうか。誰と誰が結ばれて子をなしたのか、陸にはわからない。陸たちの前には姿を見せなかった住人が他にもいる可能性もあるが、いずれにせよ、この無人島で命がつながれていることは間違いないように思われた。

この島で生まれ、この島で育ったのなら、食べられる動植物や警戒すべきものは知っていても、現代日本の法律やルール、文明の利器に至るまで、何もかもが未知のものだろう。横尾が陸たちの相手を自分で引き受けたのも、この島しか知らない若者たちと接触させるのは危険だと思ったからだろうか。

……彼らは現代日本では生きられない。

そう察してしまった。同時に、横尾たちに帰る気がないことも。

「おめえらがいれば、コイツらも外の世界のことを知る。色々教えてやってくれや。サッカー部の先輩直々の頼みだぜ」

「青佐を放してください！　これ以上罪を重ねるのは……」

「水谷、動くな！」

先に走っていたはずの藤枝が声を張り上げた瞬間、何かが顔の真横を飛び、五十代の男の手に激突した。こぶし大の石だ。藤枝が容赦《ようしゃ》なく蹴りつけたのだろう。藤枝のシュートは威力こそないが、狙った場所を正確に射貫く。試合中、同点のままPKにもつれ込めば、彼は百パーセント決めてきた。

「布施！」

藤枝の合図で、今度は布施が夏みかんを蹴った。横尾は腕で防ごうとしたが、こちらは蒼萩《あおはぎ》サッカー部が誇るエースストライカーだ。二十メートル離れたところからでも威力は衰《おとろ》えず、キーパーが手を伸ばしたとしてもその手ごと弾き飛ばしてゴールを決める。

夏みかんは横尾の腕に当たって弾けるように潰れ、果汁が彼の目を攻撃した。

「ぐあっ」

「青佐、走って！」

横尾たちの拘束から逃れた青佐がよろめきながら走ってくる。陸と玄翔で両脇から彼を支え、渦を目指した時だった。

――ヒュッ！

鋭い音と共に何かが砂地に突き刺さった。

矢だ。横尾の孫に当たるであろう女性が弓を構え、陸たちに狙いを付けている。

ヒュ、ヒュ、と矢継ぎ早に何本もの矢が飛んでくる。とっさに青佐と玄翔をかばおうとした時、その青佐が陸を横尾たちの方に突き飛ばした。

「わ、私は帰るんだ！　あなたとは違う。万年補欠のあなたとは……」

「青……うあっ」

砂地に倒れ込み、起き上がろうとした瞬間、陸は二の腕に激しい衝撃を覚えた。目を向けると、腕に矢が深々と突き刺さっている。

現代日本で生きてきて、矢を射られる経験などしたことがない。痛みよりもそのショックで血の気が引いた。とっさに抜こうとしたものの、矢に触れただけで二の腕に激痛が走る。一拍遅れ、すぐにどろりとした血が腕を伝い、肘《ひじ》まで流れた。

「陸、大丈夫だ。こんなの、病院に行けばすぐ治る！」

玄翔が駆け寄り、着ていたシャツを脱いで陸の腕に巻き付けた。血は砂浜に流れることなく、シャツの布に吸い込まれる。

「あり、がと、玄翔」

「行くぞ。どんどん渦が小さくなっていってる」

玄翔が陸を支え、渦の方に全速力で走った。前方で藤枝と布施が横尾たちを牽制《けんせい》するように夏みかんや石を手にして立っている。

『帰……きて……水谷、くん、たち……！』

渦に近づくほど、その中から寧々の声がはっきりと聞こえた。どういう原理なのかはわからないが、渦が「レイヤーの剝がれた世界」と統合された世界の接点なのだと直感する。二つの世界は完全に剝がれたわけではなく、この渦でかろうじてつながっていたのだろう。

（飛び込めば帰れる……！）

寧々の声が道標《みちしるべ》だ。そう感じた瞬間、渦に飛び込む恐怖が消えた。

「私はかけがえのない存在なんだ！　青佐家の長男として、選ばれた……ああぁっ！」

よたよたと陸たちの前を走っていた青佐が突然悲鳴を上げて倒れた。

太ももを射られたのだ。

慌《あわ》てて駆け寄ろうとしたが、玄翔は止まらない。陸を抱え、走る速度を緩めることなく渦を目指した。

「玄翔!?　青佐を……っ」

「悪い、陸。……俺は、お前を取る」

「く、ろ、だあぁぁぁぁぁぁぁあっ！」

彼の目に自分が映っていないことを悟った青佐が絶望的な悲鳴を上げる。

追いついた横尾たちが青佐を押さえ込んだ。右手を、左手を、砂地に押しつけられ、青佐はもう動けない。

「いやだ……いやだぁ……」

「あおさ……っ」

泣きながらすがるように手を上げた青佐に、陸も手を伸ばそうとした。だが矢で射られたせいで、腕が動かない。視界いっぱいに何度も陸たちの名を呼ぶ青佐が映った。

「青佐！」

名を呼んだ瞬間、陸は玄翔に抱えられ、岩棚から海に落ちた。

グンッと急な流れに巻かれ、渦に引きずり込まれていく。誰かに腕を摑《つか》まれ、目を開けると布施がいた。反対側には藤枝が。

渦に揉まれてはぐれないよう、互いに手をつかみ合う。

海中から見える太陽の光がぐんぐんと遠ざかり、そして――。


ざばぁっ、と激しい水音と共に、陸はゴロゴロと転がった。あまりの衝撃で何が起きたのかわからない。

激しく咳《せ》き込みながら目を開けると、辺りは真っ暗闇だった。一瞬、目が見えなくなってしまったのかと焦ったが、どうやら違う。

「神、社……？」

あちこちにかがり火がたかれている。今にも逃げ出しそうな様子で遠巻きにこちらを見ている神官がいる。そして頭上には満天の星。

「は、くしっ！」

奇妙なくしゃみがすぐそばで聞こえ、ハッとした。陸の腰を玄翔が、両腕を布施と藤枝が摑んでいる。我に返った瞬間、手を放すところが彼らしいが。

「一体何が……って、さっむ！」

急に北風が吹き付けてきて、陸は身震いした。全身の骨が金槌《かなづち》で打たれたようにきしむ。つい先ほどまで常夏の島にいたというのに、ここは真冬だ。しかも全身びしょ濡れで、神社の境内に打ち上げられたトドのように倒れている。

そばには分厚い雨戸が数枚転がっていた。ぽっかりと口を開けた神楽殿と川のように水浸しになった境内。そして水たまりに転がっている空の木箱と自分たち……。

「俺たち、海水と一緒に神楽殿から出てきた……？」

「水、谷、くん‼」

その時、誰かが陸に突進した。

とっさに受け止めてからその正体に気づき、ボッと顔から火を噴きそうになる。

「間宮さん⁉」

「生きてたあああっ、よかったああああああっ！」

人目もはばからず、ワンワン泣き出す寧々に抱きつかれながら、あたふたする。ハンカチの一つでも差し出したいが、あいにく全身ずぶ濡れだ。

陸だけではない。寧々自身も全身、濡れそぼっていた。

「ま、間宮さん、なんで？　どうしてそんなに濡れて……」

「無事だったあああっ、げ、げんきでよかっ……無事じゃないいいいっ!!」

絶叫する寧々の悲鳴で、陸はようやく自分の腕に矢が刺さったままだと気づいた。この急な寒暖差で筋肉が収縮したのか、血は止まっているように見える。ただこれでは矢を取り出すのが難しそうだ。大がかりな手術になるかもしれない。

（夢じゃ、ない……）

真夏のように暑い島で、矢を射られたことも、あの地で過ごした十五日間も。

クルーザーの上では寧々を支えきれずによろけた自分が、今は受け止められている。その変化をむずがゆく思いながら、陸は寧々の背中を軽く叩いた。

「ただいま、間宮さん」

多分、いやきっと、彼女が何かしてくれたのだ。

その確信を胸に、陸は安堵のため息をついた。

＊　＊　＊

ぶわっと桜の花びらが目の前で舞い、陸は目をしばたたいた。

蒼萩高校の正門前には大勢の生徒が集まっている。あちこちで拍手が起き、胴上げが行われていた。そろいの筒を持った者を囲み、泣いている後輩や、仲のいい友人同士で写真を撮り合っている者たちもいた。

「陸、どうした」

声をかけられ、陸は振り返った。

玄翔がニコニコと笑いながら近づいてくる。

「ああ……うん、あっという間の二カ月だったなって」

今日は陸たちの卒業式だった。

二カ月前の一月二十二日にクルーザーから海に転落し、気づけば知らない小島に流れ着いていた。それから十五日間過ごした後、陸たちは海に発生した渦に飛び込み、元の世界に帰ってくることができたのだった。

「腕は大丈夫か」

「もう平気。傷も塞がったし、感染症の心配もなかったよ」

陸たちが島で生活していた間、「こちら側」で何が起きていたのかは神谷冬馬と寧々がざっくりと話してくれた。

嘉井南神社と青佐家は十年ごとに忌まわしい儀式を繰り返していたらしい。鬼の生け贄にするため、人名を書いた紙を儀式用の「箱」に入れて神楽殿に安置すると、生け贄は鬼の住む島……「クボテ島」に飛ばされる。

箱が三日三晩閉ざされたままなら、生け贄はクボテ島から帰る術《すべ》を失う。また三日三晩たたずとも、生け贄が一人でも島で命を落とすと同じく道は閉ざされる――。

それが寧々たちの知る全てだった。

クボテ島が食料豊富な美しい場所だったこと、体感時間は変わらないが、向こうで十五日暮らしたはずが、戻ってきてみれば三日しかたっていなかったことなどは実際、島に行った陸たちしか知らない。

(横尾さんのこと、監督は結構ショックを受けてたな)

変わり果てた元チームメイトの話を聞いた時、冬馬はさすがに言葉をなくした。十年前の儀式の犠牲になっていたことは察していただろうが、五十年間、人を殺してでも生き延びていたとは思わなかったのだろう。

帰ってきた日、境内では神谷冬馬が神官たちに羽交い締めにされていたが、これは宮司の摩衣が制した。陸たちが戻ってきたことで、何かを諦めたような顔で。

『帰してやりなさい。これ以上こちらからできることはないからね……』

疲れたように呟き、摩衣は社務所に戻ってしまった。そのそばで青佐輝久は素早く陸たちを凝視し、一人足りないことを知ると、ホッとしたように息を吐いたのだった。

『まあ、ゼロよりはマシか』

その輝久に妻以外の女性がいたと発覚したのは一週間ほど後のことだ。五歳になる息子は今、青佐家に引き取られて大切に育てられているという。「唯一の跡取り息子」として。

(青佐の行方不明者届は出されていないって聞いた)

それも輝久が内々に処理したという。なんといっても彼は嘉井南市有数の名家の主だ。「息子は都内の有名大学に進学した」とでも言えば、姿を見かけなくなったとしても疑う者はいないだろう。

(青佐は無事かな)

無人島の海岸で横尾は陸たちに「子や孫に外の世界のことを教えろ」と言っていた。ならば陸たちが全員帰ってしまった後、若い肉体を持つ貴重な労働力として歓迎されたはずだ。

それは青佐家の長男として家のために育てられてきた青佐にとって、耐えがたい生活の始まりかもしれない。ただ本当にそうなのか、陸に決めつけることはできない。父親の傀《かい》儡《らい》として、一族のために生かされていくことと、青佐明次という一個の人間として、何もない島で横尾たちに迎え入れられることと。

陸はただ願うだけだ。彼が少しでも自分自身の価値を認められる日が来ることを。

「水谷くん、黒田くん!」

なじみの声がして、振り返る。

寧々だ。満面の笑顔だが、目元は赤い。普通なら友人たちと涙の別れを惜しんだのだと思うところだが、

「振られてきた!　でも第二ボタンはぶんどってきた!」

「……本当にすごいな、間宮さん」

布施の気持ちが自分に向いていないと知った上で、呼び出して玉砕してきたのだろう。

この行動力と精神力に惚《ほ》れ惚《ぼ》れしてしまう。こんな彼女が駆け回ってくれたからこそ、自分たちは帰ってくることができたのだ。

「ブレザーの第二ボタンってもらう意味があるのかどうか、ちょっと微妙なところだよね。全然心臓の位置にないじゃん、みたいな。でもまあ青春の一ページとして、大事に取っておくけどね」

「間宮さん」

「それより聞いてよ。あの布施がちょっと気まずそうにしてたの。『悪い』とか言っちゃってさー。『三年間、世話になった』って頭下げたんだよ。そういうこと言えたんだ？って驚いちゃった。あははっ、水谷くんたちとサバイバルして、あいつもちょっと変わったのかな？」

「……うん」

「あの一言が、ほしかったんだよねえ。役に立ってたなら、よかったあ」

寧々は笑いながら、再びぼろぼろっと涙をこぼした。

人前だとか異性の前だとか、寧々はあまり気にしない。涙を見せてもいいと思った相手の前なら、気兼ねなく泣けるのだろう。その素直さに陸はずっと惹かれていた。これからもずっと惹かれるのだろう。

「陸」

玄翔が肩を小突いた。お前も勇気を出せ、と言っているのだろう。

それはわかるが、たった今、振られたばかりの少女にこれ以上負担をかけるのはためらってしまう。他人の思いを拒絶するのもまた、きついものだと想像できてしまうから。

「俺、実家に帰るけど、また頻繁《ひんぱん》にこっちに来るよ。やり残したことがあるから」

「やり残したこと？」

儀式の成り立ちや、クボテの鬼のことを陸はよく知らないままだ。儀式を中止する方法はわかったので、そう深刻になる必要はないかもしれないがすっきりしない気持ちは残っている。

(だって……俺たち十人はもう鬼に名前を知られた)

クボテの鬼を閉じ込めていた箱も開いた。

それが今後、自分たちにどう影響するのか、わからない。

「また来るから……その時、会ってくれる？」

「もちろん！　待ってるよ」

ニコッと笑う寧々に笑い返し、陸は空を見上げた。

初春の爽《さわ》やかな青空に一瞬、ギラつく真夏の太陽がよぎる。目を焼かれ、思わずまぶたを閉じると、網膜の裏に何かが近づいてくるのが見えた気がした。

――遊ボウ。一緒ニ。葉椀ノ島デ。

了

※この作品はフィクションです。実在の人物・団体・事件などにはいっさい関係ありません。

集英社オレンジ文庫をお買い上げいただき、ありがとうございます。
ご意見・ご感想をお待ちしております。


● あて先
〒101-8050　東京都千代田区一ツ橋2-5-10
集英社オレンジ文庫編集部 気付
樹島千草先生


# 神隠しの島で

## 蒼萩高校サッカー部漂流記

集英社
オレンジ文庫


2022年8月24日　第1刷発行

著　者　樹島千草
発行者　北畠輝幸
発行所　株式会社集英社
〒101-8050東京都千代田区一ツ橋2-5-10
電話【編集部】03-3230-6352
【読者係】03-3230-6080
【販売部】03-3230-6393（書店専用）
印刷所　大日本印刷株式会社




ISBN 978-4-08-680462-2 C0193

集英社オレンジ文庫

# 佐倉ユミ

# 霜雪記　眠り姫の客人《まろうど》

旅の商人ヤコウは、ひょんなことから
謎多き術師のソウシと精霊・緑禅の
供として道中の世話をすることになった。
伝説の眠り姫を目覚めさせるのは——？
翠色のフェアリーテイル……！